나를 좋아하는 건 **너**뿐이냐 ⑰

You're
the
one who
likes me

라쿠다 지음
브리키 일러스트

contents

You're
the only
one who
likes me

나를 좋아하는 건 너뿐이냐

라쿠다 지음
브리키 일러스트

eXtreme novel

나와 나의 작년 지역 대회 결승전

제 **1** 장

드디어 내일부터 신학기! 어제까지는 고등학교 1학년이었던 내가 고등학교 2학년이 된다.

올해는 대체 어떤 한 해가 될까? 생각만 해도 두근두근거려!

아! 이런! 모두에게 자기소개를 안 했네!

내 이름은 키사라기 아마츠유(如月雨露). 통칭 '쵸로'.

내 이름에서 '달 월(月)' 자를 빼면 '쵸로(如雨露)'가 된다. 그러니 쵸로. 단순한 이야기지?

용모 평범. 성적 평범. 운동 평범.

조금 특이한 별명 이외에 이렇다 할 특징이 없는, 어디에나 있는 평범한 고등학생이야.

라고 말하긴 했지만, …일일이 마음속까지 스스로를 꾸미지 않아도 되지 않을까!

내 이름은 키사라기 아마츠유! 통칭 '쵸로'다!

내 이름에서 '月'을 빼면 '쵸로'가 된다. 그러니까 쵸로. 단순한 이야기잖아?

용모는 중간에서 조금 위(자칭). 성적 평범. 운동 중간에서 조금 위(아마도).

매일 둔감순정BOY를 연기하며 멋진 하렘 러브 코미디 라이프를 목표로 하는 나이스 가이지!

…뭐? 본모습을 속이면서까지 여자랑 친해지려고 하다니, 쓰레기 같다고?

아주 잘 알고 있습니다요~! 나는 쓰레기입니다요~!

어라라? 뭡니까? 솔직한 모습으로 부딪쳐 보라고요?

너희는 무슨 소릴 하는 거야? 말해 두겠는데, 세상이란 건 그렇게 만만하지 않거든?

남고생이 진짜 자기 모습을 드러내고 여자와 친해지려면 뭔가 열심히 매진하는 게 있든가, 요시자와 료* 급의 얼굴이 필요해.

하지만 나는 공부를 잘하는 것도, 스포츠를 잘하는 것도, 장래에 꿈이 있는 것도, 동아리 활동에 매진하는 것도 아닌, 향상심이란 놈이 전혀 없는 정말 한심한 나이스 가이다.

더불어서 얼굴도 요시자와 료와 비교하면 크레이터. 운석 낙하 후다.

이미 이 시점에서 막다른 골목이란 건 알겠지?

말해 두겠는데, 일반적인 고교 생활에서 우연이라도 미소녀와 만나 그 아이의 고민을 해결하고 사랑을 얻는 일은 애당초 일어나지 않으니까 말이야?

우연에 기대하는 수동적인 녀석에게 연애의 찬스는 찾아오지 않아.

※요시자와 료 : 일본의 남자 배우. 2018년에 '국보급 미남 배우'로 꼽힌 바 있다.

그런고로 얼굴 노멀, 특기 없음, 매진하는 것 없음의 내가 고교 생활에서 능동적으로 러브 코미디를 만나기 위해 짜낸 것이 본모습을 감추고 둔감순정BOY를 연기하는 방법이지!

자, 스스로 움직일 용기도 없는 근성 없는 이들이여, 각오는 됐나?

지금부터 나의 멋진 러브 코미디 길을 보여 주마! 우케케케케!

....

....

....

라는 바보 같은 생각을 하던 시기가 제게도 있었습니다….

이건 자신도 러브 코미디의 주인공이 될 수 있다고 믿어 마지 않던, 어딘가의 바보의 운명을 크게 바꾼 날의 이야기.

이날을 기점으로 나의… 아니, 우리의 운명은 크게 일그러진 것이다….

※

고등학교 1학년 여름 방학.

"히마와리, 자, 서둘러! 얼른 안 가면 시합에 늦는다고!"

아침, 주택가를 조금 서둘러 걸으면서 나는 옆에서 걷는 소녀에게 말했다.

물론 본래의 '내'가 아니라 거짓된 '나'로.

"우우~…. 아직 졸려~…. 그렇게 서두르지 않아도 안 늦어…."

잠이 덜 깬 눈을 비비면서 나와 함께 야구장으로 향하는 것은 소꿉친구인 히나타 아오이(日向葵). 통칭 '히마와리'.

별명의 유래는 풀네임에서 한자의 배치를 바꾸면 '히마와리(向日葵)'가 되기 때문이다.

나이에 어울리지 않는 두뇌와 외견을 가졌지만, 상당한 미소녀. 우리 반의 인기인이다.

"무슨 소리야! 혹시 전철이 멈추면 어쩌려고? 그 경우도 생각해서 조금 일찍 출발했으니까! 자, 어서, 어서."

오늘은 고교야구 지역 대회 결승전.

대전 카드는 토쇼부 고등학교와 니시키즈타 고등학교.

토쇼부는 코시엔* 단골인 야구 명문교. 중학교 때 주목을 모은 선수를 다른 지방에서까지 추천이라는 형태로 모아서 구성된 강호 팀이다.

거기에 비교해 내가 다니는 니시키즈타 고등학교는 코시엔 출장 경험도 없고, 지역 대회 준준결승이 과거 최고 기록인 어중간

※코시엔 : 정식 명칭은 한신 코시엔 구장. 한신 타이거즈의 홈구장이지만 고교야구 전국 대회가 열리는 곳으로도 유명하여, 코시엔이라고 말하면 고교야구 전국 대회를 일컫는 경우도 많다.

한 팀.

하지~만! 올해만큼은 그렇지 않아!

왜냐면 내 베프인 오오가 타이요… 통칭 '썬'이 있으니까!

썬은 정말로 대단해! 공부는 조금… 아니, 꽤나 못하는 편이지만, 그만큼 운동 신경은 아주 뛰어나다. 아직 고등학교 1학년인데 야구부의 에이스에 4번을 맡을 정도거든?

던지는 공은 강속구. 그 강한 완력으로 맹타자들을 날려 버리고… 지금까지 아무리 노력해도 준준결승이 한계였던 니시키즈타 고등학교를 지역 대회 결승전까지 데려왔다!

이제 한 번만 더 이기면 코시엔. …야구소년들의 꿈, 코시엔에 출장할 수 있어!

베프인 내가 이걸 응원하지 않으면 대체 누가 응원하느냔 말이지!

"조금이 아냐…. 엄청이야…. 음냐…."

무슨 소리야? 집합 시간에서 겨우 두 시간 전에 도착할 수 있도록 아침 5시에 일어나서 준비를 했을 뿐인데. 역시 이 소꿉친구는 조금 머리가 나쁜 모양이군.

어디, 어쩔 수 없지. 아직 시간에는 여유가 있고, 히마와리의 눈을 띄울 비책을 써 볼까.

"정신이 들면 아마오우 크림빵을 사 줄 건데~"

"…우와! 아마오우 크림빵! 먹고 싶어! 죠로, 사 주는 거야?!"

자, 비책은 대성공. 정말이지 쉬운 녀석이다. …참고로 아마오우 크림빵이란 조금 비싸지만 항간에서 대인기인 크림빵으로, 보다시피 히마와리가 매우 좋아한다.

평소에는 그 인기 때문에 순식간에 다 팔려서 구입할 기회가 별로 없지만, 오늘만큼은….

"좋아. 마침 지금은 6시라서 편의점에 빵이 들어올 시간이니까."

"와아! 고마워! 죠로, 좋아해!"

으음~! 정말이지 이 무자각bitch는 기쁨을 바로 몸으로 표현한다니까~!

갑자기 껴안고 들잖습니까!

상식적으로 생각해도 아무런 생각도 없는 남자를 껴안고 들진 않겠지?

즉 히마와리는 이미… 크크큭. 역시 나날의 노력은 결실을 맺는군!

틀림없이 이 소꿉친구는 내게 반했다!

"그래, 그래, 알았어. 자, 얼른 편의점에 가자."

"응! Let's dash야!"

뭐, 상식적으로 생각해서 미소녀 소꿉친구는 대단치 않은 주인공에게 호의를 품는 법이고!

하하핫! 내 하렘의 일원으로서 앞으로의 활약을 기대하마!

※

"으음~! 역시 아마오우 크림빵은 달고 폭신폭신해!"

"그래. …그보다 지금 몇 개째?"

"겨우 일곱 개! 남은 건 야구장에서 먹을 거야!"

겨우? 지금 겨우라고 했어?

구입 직후에 두 개. 전철 대기 시간에 하나. 하차하고서 두 개. 이동 중에 하나. 그리고 현재… 야구장 북문에 도착해서 하나라는, 히마와리의 아마오우 크림빵 코스다.

아무리 좋아한다고 해도 너무 먹잖아…. 나는 두 개에서 포기했다.

뭐, 확실히 눈을 떠서 무사히 예정대로 7시에 도착했으니까 잘된 일이겠지.

어디 보자, 니시키즈타 고등학교의 집합 시간은 9시니까… 아직 여유가 있군!

그럼 얼른 집합 장소로 가서… 어라?

"오늘은 지역 대회 결승전…. 사람이 많이 와. 즉 돈이 잔뜩 벌릴 게 틀림없달까. …어떻게든, 어떻게든 이익을 내지 않으면…."

게이트에서 조금 떨어진 장소에서 엄청 귀기 어린 표정으로 가게 준비를 하는 녀석이 있군.

나이는 나와 그리 차이가 없을 듯한데, 고생이 많은 모양이다.

"아버지의 꿈을 끝낼 수는 없어…. 내가 반드시 돕고 말겠달까…."

솔직히 저렇게 귀기 어린 표정을 하면 오히려 사러 가기 껄끄러울 것 같지만, 생판 남인 내가 일일이 충고를 할 필요는 없겠지.

미안하지만 알아서 어떻게든 해 줘! 굿바이, 이름 모를 가게의 점원 씨!

"좋아. 히마와리, 집합 장소로 갈까."

"응! 그래! 분명 우리가 1등이야!"

"어머? 너희는, …1학년인 키사라기와 히나타구나. 이렇게 이른 시간에 오다니, 조금 놀랐어."

"에에엑?! 우리가 1등이 아냐?!"

야구장 북문의 집합 장소에 도착함과 동시에 울리는 히마와리의 목소리.

솔직히 나도 같은 마음이다. 설마 우리보다 먼저 와 있는 학생이 있다니….

"후훗. 미안하지만, 학생회 부회장으로서 이건 양보할 수 없어."

놀라는 우리를 보면서 여유 넘치는 어른의 미소를 보이는 여학생. 솔직히 꽤나 미인이다―라고 처음 본 것처럼 말해 보았지만, 이 사람이 누군지 나는 알고 있다.

"우우! 처음 만났으면 일단은 자기소개야!"

너도 자기소개 안 했잖아. …참나, 히마와리 녀석. 자기가 1등이 아니라 분한 마음인 건 알겠는데, 전력으로 자기 처지는 싹 무시하고 불만이나 늘어놓고.

"아! 듣고 보니 그러네! 미, 미안해!"

히마와리의 불평을 진지하게 받아들이고 바로 사죄. …너무 고지식한 거 아닌가?

"나는 아키노 사쿠라. 2학년이고 학생회 부회장을 맡고 있어."

사죄 직후에 아름다운 미소와 함께 자기소개를 하는 아키노 부회장.

확실히 굴곡 있는 몸매에 눈물점이 잘 어울리는 매력적이고 단정한 얼굴. 교복을 입고 있지 않았다면 대학생으로 잘못 봐도 이상하지 않은, 어른스러운 용모가 특징적인 사람이다.

이만한 외모만으로도 충분히 대단한데, 더불어서 학력이 무진장 대단하다.

입학 이후로 항상 학년 1위 자리를 지키면서 전국 모의고사에서도 상위에 이름을 올려놓을 정도니까. 뭐, 그건 그렇다고 치고….

"난 히마와리! 1학년에 테니스부! 우움!"

뭐라고 할까, 히마와리가 이렇게까지 적대심을 드러내는 일도 드문데….

평소에는 누구와도 친하게 지내는데, 왜 아키노 부회장에게만….

"과연…. '히나타 아오이'니까 한자의 배열을 바꿔서 '히마와리'인가. 그럼 나는 '아키노 사쿠라(秋野桜)'니까 중간에 한 글자를 빼고 '코스모스(秋桜)'라고 불러 주면 기쁘겠어, 히마와리."

"알았어, 코스모스 선배!"

아, 그건 제대로 부르는구나.

하지만 아무래도 경계 상태에라도 들어간 건지, 곧바로 내 뒤에 숨었다.

참고로 내가 이 사람을 아는 것은 딱히 아키노 부회장… 아니, 코스모스가 학생회 부회장이면서 미인에 공부를 잘해서가 아니다.

실은… 나는 예전에 딱 한 번 코스모스와 만난 적이 있거든.

2년 전에 일어난… 아키노 사쿠라가 '코스모스'가 된 작은 사건.

다만 그때 나는 내 이름도 말하지 않았고, 이미 2년이나 전의 일이다.

분명 나 같은 건 기억하지 못하겠지…. 그러니까 그건 또 다른 이야기다.

…라고 생각하는 게 일반적인 러브 코미디의 주인공이지만, 나는 다르죠~~!

자세한 내용은 생략하겠지만, 꽤나 임팩트 있는 사건이었어!

내가 기억하는데, 머리 좋은 코스모스가 기억하지 못할 리가 없지!

2년 전에 우연히 만난 두 사람이 재회한다. …참 멋진 러브 코미디잖습니까!

물론 확신은 없으니까 입 다물고 있지만!

"어어, 저는 1학년인 키사라기 아마츠유입니다, 아키노 부회장."

"응, 너에 대해서는 잘 알아, 키사라기… 아니, 죠로."

"어?! 어떻게 제 별명을?"

"후훗…. 너는 1학년 중에서도 친구가 많기로 유명하니까. …아, 가능하면 너도 '코스모스'라고 불러 주면 기쁘겠어."

"그, 그렇습니까…. 알겠습니다, 코스모스 부회장!"

봐라, 왔어, 얏호! 들었습니까? 나를 '잘 알고 있다'라고 하잖습니까!

이건 즉 코스모스도 2년 전의 일을 기억할 가능성이… 우히히히히!

이거 새로운 하렘 요원으로서 기대하지 않을 수 없군!

"우웃! 죠로, 얼굴 풀어졌어! 히죽거리지 마!"

히마와리, 내 뒤에서 코스모스를 계속 위협하는 건 그만두지 않겠어?

"왜 그래, 히마와리? 평소에 이런 일은…."

"왠지 장래에 엄청 라이벌이 될 것 같은 느낌이 들어! 우웃!"

우호오~! 그래서 위협하는 거라고 생각했습니다요!

이해해, 히마와리. 너의 예감은 장래에 코스모스 회장이 나와 꺄아꺄아우후후한 러브 코미디를 시작할 것만 같은 예감이 드니까, 너한테 거슬린다는 의미겠지?

아예 오늘부터 코스모스에게 순정우연틱한 어택을 해 봐도 되지 않을까~?

※

1시간 30분 뒤…. 아직 집합 시간 30분 전이지만 서서히 늘어나기 시작하는 니시키즈타 고교의 학생들.

더불어서 야구부 멤버는 한 명을 제외한 전원이 이미 모여 있었다.

"쿠츠키! 오늘은 힘내 줘!"

"음! 어떻게든 이겨서 코시엔에 가 주겠어! 하하핫!"

"히구치, 응원할 테니까! 아, 이거 선물이야."

"으음…. 고맙군."

학생들은 야구부 주위에 모여서 응원이나 선물을 전했다.

역시나 오늘의 주역이로군. 인기도 많잖아.

"죄송합니다, 시바! 오늘 시합에 대해 취재를 좀 해도 되겠습니까! 1학년이면서 주전이 된 당신의 이야기를 꼭 좀 듣고 싶습니다!"

"내 이야기? 딱히 이야기할 건 없어. 그런 건 여기까지 우리를 데려와 준 에이스 님이신 오오가한테나 들어."

"무슨 말인가요! 그 썬의 공을 계속 받은 것은 초등학생 때부터 배터리를 짜 온 시바 아닙니까! 그러니까 당신의 이야기도 듣고 싶습니다!"

가시 돋친 말을 던지는, 날카로운 태도의 남자는 야구부의 주전 포수인 시바.

그런 시바의 태도를 개의치 않고 기운차게 트레이드마크인 포니테일을 흔들면서 취재하는 소녀는 하네타치 히나(羽立檜茶). 통칭 '아스나로'.

나와 같은 반이고 소박한 미소가 귀여운 민완 신문부원이다. 통칭의 유래는 성의 한자를 합치고 이름에서 한 글자를 따다 붙이면 '아스나로(翌檜), 나한백'이 되기 때문에. 우리 학교는 왠지 모르지만, 꽃이나 나무 이름이 별명인 녀석이 많군. 신기한 일도 다 있지.

"칫…. 알았어. 그래서 뭘 묻고 싶지?"

"그렇군요! 그럼 시바가 좋아하는 취향인 여성에 대해 물어보도록 할까요!"

"오늘 시합과 전혀 관계가 없잖아!"

"후훗! 농담입니다! 하지만 조금은 긴장이 풀어졌습니까?"

"…아, 그, 그렇군…. 고마워, 하네타치."

"아뇨, 아뇨, 무슨 말씀을! 그럼 이제부터 진짜 취재인데요…."

그런데 야구부 부원은 거의 전원 모였는데… 제일 중요한 썬은 어디 있지?

항상 시합 때는 누구보다도 먼저 왔었는데 오늘은….

"죠로, 썬은 어떻게 된 거야? 평소라면 분명히 제일 먼저…."

히마와리도 그게 걱정인지, 내 옆에서 근심 어린 목소리를 흘렸다.

그렇지…. 혹시 뭔가 묘한 사건에 휘말려들기라도 했으면….

"다들 기다렸지! 미안, 잠깐 어딜 좀 들렀다 오느라 늦었어!"

그때 한층 커다란 열혈 보이스를 울린 것은 오늘의 주역이라고 해야 할 남자.

오오가 타이요… 썬이다!

"썬, 기다렸다고! 오늘은…."

"썬, 왔구나! 오늘 열심히 해! 내가 응원할게!"

"오오가, 기다리고 있었어! 오늘은 네 힘으로 꼭 니시키즈타 고등학교를 코시엔으로 데려가 줘!"

어어어어어이! 히마와리, 코스모스!

베프인 나를 제쳐 두고 썬에게 말을 걸다니, 무슨 짓이야?!

"고마워, 히마와리! …그리고 아키노 부회장도 고맙습니다!"

"에헤헤! 무슨 말씀을!"

"후훗. 이 정도는 부회장으로서 당연해."

썬의 열혈 미소에 천진난만한 미소와 어른스러운 미소를 돌려주는 히마와리와 코스모스.

아니, 좋긴 한데…. 제길, 내가 제일 먼저 썬에게 말을 걸고 싶었어….

그런데 한 가지 마음에 걸리는 게 있는데….

"우우…. 오오가, 미안하다. 번거롭게 했군…."

"신경 쓰지 않으셔도 됩니다, 쇼모토 선생님!"

왜 썬의 옆에 항상 생활지도로 깐깐한 체육 교사인 쇼모토 선생님… 우탄이 있지? 아, 참고로 '우탄'이란 별명의 이유는 오랑우탄과 닮았기 때문이다.

일일이 중년 남교사에게 이 이상의 지면을 할애하진 않겠어.

"썬, 왜 쇼모토 선생님이…."

"오, 죠로인가! 남문에서 서성대던 쇼모토 선생님과 우연히 만났어! 무슨 일인가 했더니 길을 잃었던 모양이야!"

"윽! 오오가, 그렇게 큰 소리로 말하지 않아도…."

설마 교사가 미아가 되어서 학생에게 도움을 받다니….

하지만 이 이상 추궁하지 않아도 되겠지. 그보다 신경 쓰이는 건….

"썬, 왜 남문에? 역에서 오는 거면 집합 장소인 북문이 제일 가까울 텐데….”

“아아! 뭐, 조금 돌아서 오고 싶은 기분이었어!”

“…그런가.”

평소처럼 웃는 걸로 보이지만, 오랫동안 알고 지낸 나는 안다.

썬은 긴장하고 있다. 그런 상태로 니시키즈타 학생들 앞에 나서고 싶지 않았으니까, 그 긴장을 억누르기 위해 일부러 돌아서….

“헤헷! 죠로, 오늘은 기대하라고! 나의 강속구를 토쇼부 놈들에게 선보여서 삼진의 산을 쌓아 올릴 테니까!”

썬은 고집 센 성격이다. 긴장을 풀어 주려고 이상한 소리를 하면, 오히려 더 긴장한다. 그러니 내가 해야 할 말은….

“응, 썬이라면 분명 할 수 있어. …힘내!”

솔직히 응원하는 것뿐이지.

“음! 나는 누구한테도 질 생각 없어! 누구한테도!”

“물론이야!”

…결국 이때의 나는 썬의 본심을 이해한다고 생각했을 뿐이지, 사실은 아무것도 몰랐던 거야.

썬이 나에게 말했던 ‘누구한테도 질 생각 없어’라는 말.

이 말의 진짜 의미를 내가 알게 되는 건… 아직 더 훗날의 이야기다.

　썬을 포함한 야구부 멤버들은 선수대기실로 갔기에, 우리 일반학생은 응원석인 1루 쪽 스탠드로. 시합 개시까지 앞으로 30분. 왠지 나까지 긴장되었다….

　"죠로, 이제 곧 시작이네! 기대돼! 썬이라면 이길 수 있어!"

　내 오른쪽 옆에 앉은 히마와리가 바보털을 뿅뿅 흔들면서 천진난만한 미소를 지었다.

　"사전평가로는 토쇼부 고등학교가 이긴다고 예상한 사람이 많았지만, 시합은 시작하기 전까지 모르는 법. 오오가라면 분명 이길 수 있을 거야."

　또한 그런 히마와리의 옆에는 부회장인 코스모스.

　응원석 순서는 집합 장소에 온 순서라서 누구보다도 먼저 온 코스모스나 나, 그리고 히마와리가 맨 앞줄의 제일 좋은 자리를 확보했다.

　참고로 내 왼쪽 옆에 누가 앉았냐 하면 말인데….

　"참나, 모처럼의 여름 방학에 왜 일부러 이렇게 더운 장소에…."

　우리 반의 카스트 중 톱에 군림하는, 카리스마 그룹 A코가 앉아 있는 것이다.

　외모는 한 마디로 해서 날라리. 두 마디로 하면 무진장 날라리.

야구장에 있으면 위화감밖에 안 드는, 무서울 만큼 화장이 짙은 인간이다.

"아~ 진짜로 귀찮아…. 얼른 시합이나 시작해."

이런 소리를 하고 있지만, 제일 앞줄에 앉아 있다는 소리는… 그런 거다. 화나게 하면 엄청 무섭지만, 기본은 다정다감하지, A코는.

"아하하! 그렇게 불평하면서 지금까지도 제대로 응원했잖아!"

"정말로 솔직하지 않다니까! 사실은 걱정되기 짝이 없으면서!"

"그래~ 정말로 불평을 하고 싶은 건 억지로 일찍 일어나서 따라온 우리야~"

"아아, 싫다, 싫어."

A코의 옆에 앉은 카리스마 그룹의 B코, C코, D코, E코가 깔깔 웃으면서 하는 소리. …약 한 명, 꽤나 유행에 뒤처져 있지만… 뭐, 신경 쓰지 말자.

"시끄러! 괜한 소리 하지 마!"

새빨간 얼굴로 화를 내는 A코는 외모는 저렇지만 조금 귀엽기도 하다.

…어차, 착각은 하지 마? 딱히 나는 A코를 나의 러브 코미디 길에 더할 생각은 없다. 앞뒤 가리지 않고 여러 여자에게 손을 대는 짓은 않는다.

엄선에 엄선을 거듭하여 히로인을 선출하고 있다.

A코는 적으로 돌리면 '카리스마 그룹의 일제 공격'이라는 대단히 무서운 스킬을 가지고 있는 사람이다. 즉 미움을 사면 확실히 학교 안에서의 입장을 잃는다.

카리스마 그룹에게는 거스르지 마라. 이게 우리 반의 공통 인식으로….

"…잠깐, 너. 왜 아까부터 빤히 쳐다보는 거야?"

"어? 아, 아니, 딱히 그럴 생각은…."

아니, 힐끗 보긴 했지만! 어디까지나 허용 범위 안의 행위….

"딱히 너 들으라고 말한 게 아니거든요?"

"물론 알고 있어! 다만 옆에 앉았으니까 다소는…."

"하앙~? 그럼 훔쳐들었다는 소리? 우와아…."

말꼬리 잡는 게 무섭다.

뭐라고 하고 싶은 마음은 굴뚝같지만, 거스르면 험한 꼴을 당할 게 뻔하니까….

"미안…."

여기서는 둔감순정BOY답게 얌전히 사과하도록 하자.

괜한 파란은 일으키지 않는다. 나의 처세술 중 하나다.

"뭐, 됐어. …다만 사죄를 확실히 받도록 할까?"

"사, 사죄?"

내가 그렇게 묻자, A코를 포함한 카리스마 그룹의 모두가 웃으면서 나를 쳐다보았다.

그리고 다섯 명은 각자 순서대로,

"난 콜라! 아, 그냥 콜라 말고 제로 칼로리로!"

"옥로가 든 녹차 부탁해~!"

"피치오렌지 사이다 맛의 칼피스, 부탁해!"

"아이스커피! 에메랄드마운틴으로! 다른 건 인정 못하니까!"

"미스터 페퍼로!"

네, 그런 거군요. 보기 좋게 음료수 심부름에 이용당했다.

이것 또한 러브 코미디 주인공의 숙명인가….

다행스럽게 아직 시합 시작까지 시간에 여유는 있고… 가 볼까.

"아, 죠로!"

"응? 왜 그래, 히마와리?"

어, 역시나 제1후보 히로인. 혹시 같이 사러….

"난 요츠야 사이다!"

그렇게 나올 줄 알았다!

참고로 코스모스가 여기서 따라오는 일은….

"얼른 썬이 나오지 않을까! 플레이 볼이 고대돼, 코스모스 선배!"

"그래, 히마와리! 분명 토쇼부 고등학교도 오오가의 강속구에 놀랄 게 틀림없어!"

너희들, 사이 나쁘지 않았어? 왜 둘이서 친하게 깍깍대고 있어?

히로인으로서의 자각, 너무 없지 않아?

하아… 알겠습니다요…. 혼자서 가면 되는 거죠, 혼자서 가면.
…흥!

※

"제길! 이거고 저거고 야구장 안에서는 안 팔잖아!"

다행스럽게도 카리스마 그룹의 모두에게서도, 히마와리에게
서도 돈은 받았지만, 귀찮게도 그 녀석들이 요구한 음료는 야구
장 안의 어디에서도 팔지 않았다.

그래서 어쩔 수 없이 서문을 통해 일단 야구장 밖으로 나가서
자판기를 찾는 여행을 스타트.

아예 편의점으로 갈까? 아니, 아무리 그래도 거리가 있고… 응?

"큭, 안 보여…. 이 근처라고 생각하는데…."

왠지 야구부 유니폼 차림의 남자가 입장하는 문과 조금 떨어
진 곳에서 정신없이 주위를 둘러보고 있군. 혹시 저 남자도 음료
심부름을 나왔나?

그렇다면 말을 걸어서 협력해 음료를 찾는 것도….

"저기, 잠깐 괜찮을까?"

어라? 어라라? 누가 뒤에서 말을 걸었는데.

게다가 지금 목소리… 여자잖아!

어이어이, 방금 전에 히로인즈가 따라오지 않았던 것은 그런 이유인가?

내가 새로운 여자와 만나니까, 자기들은 방해된다는 건가?!

으음, 히로인의 자각이 없다고 생각해서 미안했어!

어디, 여기서는 그녀들의 허가를 얻어서 새로운 히로인과….

"응! 무, 슨, …우와…."

"사람의 얼굴을 보자마자 실망하다니, 당신은 꽤나 무례한 사람이네."

아니, 옳은 말씀입니다만…. 상상을 뛰어넘게 기대 이하라서.

돌아본 곳에 있던 여자는 한마디로 하면 수수. 꽤나 긴 스커트에 헐렁헐렁한 상의.

몸매는 좋게 말해서 날씬. 내 식으로 말하자면 납작가슴에 말라깽이.

이 정도까지는 그래도 나은데, 그 땋은 머리에 안경은 뭐야? 수십 년 전에서 왔어?

"참나, 이렇게 귀여운 여자가 말을 걸어 줬는데 실례잖아. 안구가 썩은 게 아닐까?"

아, 이거, 위험한 여자다.

"행운이 소멸한 당신에게 기적적으로 내려온 행운이야. 나랑 이야기 좀 하지 않을래?"

안 합니다. 특히나 너 같은 독설녀와는 절대로.

어디, 어쩔 수 없지. 여기선 둔감순정BOY답게.

"아니, 미안. 난 중요한 일이 있어서 이야기할 시간이 별로…."

"아직 시합 시작까지는 시간이 좀 있어. 그러니까 이야기해도 응원에는 안 늦을 텐데?"

이 여자, 어떻게 내가 니시키즈타를 응원하러 온 것을…. 아니, 교복을 보면 아나.

지금은 여름 방학이지만, 야구부를 응원하러 온 것이니 니시키즈타 학생은 전원 교복이고.

다만 중요한 일의 내용을 착각한 모양이라서.

"저기, 내 중요한 일이란 건 응원도 물론이지만, 그 전에 모두의 음료를 사러 가는 것도 포함되어 있어서…."

"어머… 심부름 다니고 있구나. 아주 어울려."

화내도 될까?

"그, 그럴지도! 아하하하하!"

으그그그그! 참자! 참아!

여기서 본성을 드러내서 소리쳤다가 혹시 지인이 보기라도 하면 내 인생은 끝난다! 그러니까 참는다. 참아….

"…이 정도로 말해도 드러내지 않다니…. …귀찮은 사람이네."

"응? 무슨 이야기?"

뭐지, 이 여자? 내 얼굴을 보고 의아스러운 표정을 짓는데….

"아무것도 아냐. 지금까지의 당신과의 생산성 없는 대화에 대한 감상이니까 신경 쓰지 말아 줘."

그거, 너무 아무것도 아니라서 오히려 신경이 쓰이는데?

"그런데 음료를 찾고 있다고 했는데, 왜 야구장 안의 자판기나 매점에서 사지 않은 거야?"

일일이 독설을 날리는 주제에 왜 대화를 계속 이어 나가는 거지?

"야구장 안에서 안 파는 특별한 게 많아서. …그래서 밖까지 나왔어. 저기, 나 정말로 급하니까…."

시합 시작까지 앞으로 25분밖에 없으니까, 얼른 놓아줘.

이러다가 썬의 시합에 늦기라도 하면….

"미안, 잠깐 괜찮을까?"

아니, 이번엔 또 뭐야? 이번에는 뒤에서 누군지 모를 남자가 말을 걸어왔잖아!

혼자서 야구장 밖에 나왔더니 수수한 외모의 독설 안경녀와 잘 모를 남자가 말을 걸어오다니, 러브 코미디 주인공이 당할 일이 아냐!

"이 근처에서 배팅 글러브를 보지 못했나? 노란색 바탕의 것인데…."

말을 걸어온 것은 방금 전의 독설녀가 말을 걸어오기 전에 보았던, 입구 부근에서 뭔가를 찾던 야구부 유니폼의 남자.

키는 약 190센티미터. 덤으로 엄청 잘생겼다.

"배팅 글러브?"

"음. 유니폼 주머니에 부적 대신 넣어 두었는데, 집합 장소로 가는 도중에 그만 흘렸을 가능성이 크군. …예비용도 있지만, 가능하다면 그 배팅 글러브로 시합에 임하고 싶다."

부적 대신 쓰는 거라면 꽤나 중요한 거겠지.

다만 아쉽게도….

"미안. 난 못 봤어…."

"그런가…. 그쪽의 여자도 못 봤나?"

"……못 봤어."

뭐지, 그 이상할 정도로 긴 침묵?

"알았다. …그럼 다른 장소를 찾아볼까…. 갑자기 말을 붙여서 미안했군."

"아니! 마음 쓰지 마!"

참나, 괜한 이벤트에 나의 귀중한 시간을 소비하지 마.

이쪽은 시합이 시작될 때까지 얼른 음료를 사서 돌아가고 싶다고.

미소녀가 아니면 얼른 없어져, 라고 평소의 나라면 생각하겠지만….

"그럼 나는 다른 장소를 찾으러…."

"아! 잠깐 기다려!"

"왜 그러지?"

"괜찮다면 나도 거들게! 네 배팅 글러브를 찾는 거."

이번만큼은 완전 특별이니까! 착각하지 마!

러브 코미디의 주인공으로서 곤경에 처한 녀석을 저버리지 않는 것뿐이니까!

"괜찮나?"

"물론! 곤경에 처한 사람은 저버릴 수 없으니까!"

"…마치 내 친구 같은 말이군."

"어?"

그게 뭐야? 나 같은 러브 코미디 주인공이랑 같은 녀석이 있어?

뭐, 아무래도 좋지만.

"아니, 이쪽 이야기다. 도와준다면 고맙지."

"OK! 그럼 어느 쪽을 찾으면 될까?"

"…그렇군. 나는 서문에서 와서 동문의 집합 장소로 갔다. …그러니까 이 부근을 맡기고 싶다. 나는 우리의 집합 장소였던 동문 부근을 찾을까 하고…."

"분명히 둘로 나뉘는 편이 효율이 좋을 것 같네! 응! 맡겨 줘!"

"감사하지. 그럼 미안하지만 발견했을 경우에는 동문까지 와 줄 수 있겠나?"

"알았어!"

"거듭 고맙다."

커다란 몸을 굽혀서 인사한 미남 야구부원은 곧바로 고개를 들더니 서둘러서 동문 쪽으로 향했다. …자, 기세를 타고 찾는 걸 거들겠다고 말했지만, 서둘러야겠군.

시합 시작까지는 25분 남았다. 주스를 사는 시간도 생각하면, 제대로 찾을 시간은 10분 정도가 한계겠지. 혹시 그때까지 못 찾으면 시합 시작에 늦는 데다가 음료는 미구입. 여러 의미로 위험하다….

아아~ 역시 거든다고 말하는 게 아니었을지도….

"일단 다른 사람에게라도 물어보는 게 좋을 거라 생각해."

이 수수한 여자는 갑자기 무슨 소리를 하는 거야?

음? 설마 싶지만….

"혹시 너도 거들어 주는 거야?"

"응, 그럴 생각이야."

이 독설 수수녀, 뭘 꾸미고 있지?

다만 그 참뜻을 물을 시간조차도 아깝고, 지금은 배팅 글러브가 최우선이다.

쓸 수 있는 건 뭐든지 써 주도록 하지.

"고마워. 그런데 사람들에게 물어본다고 해도 이 근처에 사람은…."

"하아…. 당신의 뇌는 곰벌레 정도의 크기야? 정말로 바보네."

"너, 너무 이상한 소리 하지 마. 아하하하….."

참아라…. 참는 거다! 인터넷이든 차든 인생이든 그렇잖아?

부채질에 절대로 반응하면 안 돼.

"있잖아. 이 근처에서 아침부터 계속 있었고, 지금도 있는 사람이."

하양? 그런 녀석이 어디에 있지? 주위를 봐도 그럴듯한 녀석은… 아.

"아앗! 그런 건가! 이 근처에서 노점을 내고 있는 사람에게 물어보란 소리로군!"

분명히 노점을 하는 사람이라면 아침부터 계속 여기에 있으니 딱히 서두를 것도 없다.

제법이잖아, 독설 수수녀!

"그래, 맞아."

좋아! 그럼 일단 서문 근처에 있던 그 노점… '씩씩한 닭꼬치 가게'에서 물어볼까!

수수녀를 데리고 야구장 서문에 노점을 낸 '씩씩한 닭꼬치 가게'로.

그러자 거기에는….

"치후유, 괜찮다니까! 오빠가 같이 있잖아? 그러니까 용기를 내서 가게를….."

"무, 무리야~! 모르는 사람, 무서워~!"

꽤나 겁먹고 가게 안쪽에서 웅크린 소녀와 그걸 필사적으로 질타, 격려하는 남자가 있었다.

"하아…. 큰일인데…. 그 애랑 싸운 뒤로 치후유의 낯가림이 더더욱 심해져서…. 아, 어서 오세요! 주문입니까?"

우리의 존재를 알아차린 그 형이 활짝 웃음을 띠면서 말을 붙여 왔다.

"죄송합니다. 혹시 떨어져 있는 배팅 글러브를 못 보셨습니까? 지인이 오는 도중에 이 근처에서 떨어뜨린 모양이라서. 노란색 바탕의 디자인이라는 모양인데요…."

"어? 배팅 글러브? …미안한데, 못 봤네요."

으음…. 한 방에 찾을 수 있지 않을까 싶었지만, 그렇게 만만하지 않나. 아쉽군.

"치후유는 못 봤니? 이 사람들, 난처한 모양인데…."

"나, 나?! 어어… 봐, 봤어…."

"정말? 그럼 그게 어디쯤이었어?!"

"히익! 무, 무서워! 다가오면 안 돼!"

이런. 흥분하는 바람에 캐물었더니, 순식간에 겁먹기 시작했다. 당황하지 마. 급할수록 돌아가는 거야.

"무, 무서워~…."

겁먹은 소녀는 괜찮은 몸매에 예쁜 얼굴, 코스모스나 히마와리에 필적하는 미소녀.

눈물을 머금고 떠는 모습을 보기론, 꽤나 낯을 가리는 거겠지.

"미안…. 저기, 가능하면 어디서 봤는지 가르쳐 줄 수 있을까?"

"어어, 아까 가게 뒤쪽에 떨어져 있었어…. 하지만 여자애가 주워 갔어."

진짜냐…. 왜 그런 말도 안 되는 전개가….

"참고로 어떤 애가 주워 갔는지 말해 줄 수 있을까?"

"바, 바보인 애가 주워 갔어…. 처음부터 끝까지 바보였어…."

정보가 너무 심하지 않아? 그것만으로 발견할 수 있을 만큼 내 탐색 능력은 대단하지 않은데?

"가능하면 조금 더 구체적인 정보가…."

"힉! 모, 몰라! 바보인 애였어!"

이거 틀렸다.

자세히 물어보려고 해도, 이 상태면 제대로 커뮤니케이션이 불가능하다.

하아, 어떻게 한다.

어디에 떨어져 있는 게 아니라 누가 주워 갔다면 발견은 더더욱 곤란….

"남문으로 가자. 아마 거기에 배팅 글러브를 주운 애가 있을 거야."

"어?"

"어머, 못 들었어? 설마 안구만이 아니라 고막까지 썩은 거려나?"

양쪽 다 안 썩었어. 네가 예상 밖의 발언을 했으니까 되물은 거야, 멍청아.

그렇게 말해 주고 싶은 마음이야 굴뚝같지만….

"너, 뭐 짚이는 거 있어?"

"그런 것도 묻지 않으면 모르는 거려나?"

묻지 않아도 압니다요~! 만일을 위해 확인했을 뿐입니다요~!

"…알았어. 그럼 남문으로 가자. …아, 가르쳐 줘서 고마워. 큰 도움이 됐어."

"힉! 벼, 별말씀을…이야…."

겁먹은 소녀에게 간단한 감사의 말을 한 뒤에 나는 꽤 서둘러서 남문으로 향했다.

바보인 여자라니, 언뜻 보기만 해서 어떻게 알까 싶지만, 이 수수녀에게 짚이는 바가 있다면 거기에 걸어 보도록 하자. 혹시나 없으면 각오하라고, 이 자식.

※

"보자, 남문에는 왔는데… 그 애가 어디쯤에 있을 것 같아?"

"몰라."

"…무슨 소리야?"

네가 남문에 있다고 해서 일부러 왔잖아.

그런데 '몰라'라니, 무슨 소리야?

"그녀의 행동은 복잡기괴하고 무작위야. 그러니까 남문에 있다고 생각하지만, 그 이상은 나로서도 몰라."

그 발언이 복잡기괴해.

이거 본격적으로 위험하군. 이제 시간이 별로 없다.

서둘러서 찾지 않으면 진짜로 시합에 늦게 된다.

그런데 정보는 '바보'라는 것뿐.

이대로 가다간 배팅 글러브를 찾는 건… 음?

"우훗! 우후후훗! 오늘도 저는 너무 귀엽네요! 그야말로 보석 같은 귀여움…. 에메랄드파운틴 엔젤입니다! 분명 이렇게 귀여운 저라면… 우훗! 우후훗!"

조금 떨어진 곳에 있는 자판기 앞에서 유리에 비친 자신을 바라보며 히죽대는 소녀.

키는 작고, 얼굴도 어려 보이니까 중학생 정도일까?

뭐, 그건 그렇고 말이지. 설마 저 여자가….

"하아~! 자판기 씨도 이렇게 귀여운 제가 주스를 사러 와서 기쁘기 짝이 없죠? …핫! 하지만 제가 주스를 사도 되는 걸까요? 이렇게 귀여운 제가 주스를 사면 자판기 씨가 흥분해서 대량의 주스를 토해 낼지도 모릅니다! 효와와와와…."

아, 틀림없어. 단편적인 정보로 확신적인 바보를 발견했어.

게다가 잘 보니 왼손에 배팅 글러브를 들고 있고.

"저기, 혹시나 말인데….."

"그래, 저 애야. 오늘은 자판기랑 장난치고 있나 보네."

오늘은, 이라니…. 대체 다른 날은 뭐랑 장난치고 있는 건데….

뭐, 그건 그렇고, 목적하던 사람과 만났다면 잘된 일이다.

"저기, 너, 잠깐 괜찮을까?"

"우후후~웅. 자판기 씨, 흥분하면 안 됩니다. 어디까지나 돈을 넣은 만큼만… 음? 왠지 누가 말을 걸어온 듯한…. 효왓! 뭐, 뭔가요, 당신! 갑자기 제게 말을 걸어도 같이 사진은 찍어 주지 않을 거니까요! 으르르르릉!"

왠지 곳곳에 바보가 토핑된 위협을 해 왔다.

"아니, 사진을 찍고 싶은 게 아니라, 네가 갖고 있는 배팅 글러브를 좀 넘겨줬으면 해. 그걸 찾는 사람이 있어서….."

"그런 말에 안 속습니다! 제가 손을 내민 순간, 그 손을 붙잡고 억지로 솜털솜털 댄스를 같이 추려는 건 다 알고 있으니까요! 우훗~!"

뭘 어떻게 알면 그렇게 되는 건데?

"애초에 이건 제게 까칠한 선배의 물건입니다! 그러니까 시합이 끝나면 '천사인 제가 찾아 주었습니다! 우훗!'이라면서 건네주어 점수를 따서, 그 까칠한 선배를 몸종으로 삼으려는 멋들어지고 순정무구한 계획이 있습니다!"

어디가 순정무구한 건지 자세히 좀 가르쳐 주지 않을래?

"아니, 아마도지만, 지금 바로 그 사람이 열심히 찾고 있는데."

"그런 진부한 말에 안 속습니다! 우훗!"

아까부터 진부한 말을 연발하는 녀석한테 그런 소리 듣고 싶지 않다.

…하지만 어쩐다? 이런 식이면 무슨 소리를 해도 넘겨주지 않을 것 같은데.

억지로 빼앗는 건 아무래도 내키지 않고….

"애초에 당신은 그 옷을 보니 니시키즈타의 학생 아닙니까! 그런데 왜."

"저기, 거기 있는 매우 귀여운 천사 아가씨. 잠깐 괜찮을까?"

"네~! 무슨 일인가요~?"

가벼워! 조금 비위를 맞춰 주었더니 순식간에 활짝 웃었다!

"우리는 꼭 그 배팅 글러브가 필요해. 그러니까 천사인 당신이 자비를 베풀어서 넘겨주었으면 하는데, 어떻게 안 될까?"

어르는 실력이 대단하다. 하지만 이 바보에게는 아무래도 그게 효과적인 듯한데….

"효왓! 분명 솜털솜털 댄스를 추고 싶어서 그러는 건가 싶었습니다만, 설마 진짜로 필요했습니까! 하지만 이건….."

제대로 커뮤니케이션이 되고 있습니다.

"지금 그걸 떨어뜨린 사람이 동문에서 열심히 찾고 있어. …그러니까 우리에게 넘겨줘. 아니면 당신이 같이 가 주었으면 하는데…."

"음…. 그랬습니까…. 저는 여기서 움직일 수 없는, 아주 중대한 사정이 있고…."

가볍기 짝이 없을 것 같은데, 그 사정.

"알겠습니다! 그럼 저 대신 전해 주시면 고맙겠습니다! 우홋!"

바보인 애가 활짝 웃으면서 수수녀에게 배팅 글러브를 내밀었다.

첫 대면인 상대를 믿는 속도조차도 바보다. 이 경우는 고맙지만.

"고마워, 정말 기뻐."

"무슨 말씀을요! 그렇긴 해도 당신은 저의 예쁜 선배와 목소리가 똑같네요! 모습은 전혀 다르지만요! 우홋!"

"어머, 그래?"

"네! 아주 예쁘고 자상해서, 제가 제일 존경하는 선배입니다! 그 사람과 똑같은 목소리를 가지고 있으니 당신도 좋은 사람이 틀림없습니다!"

과연. 그런 이유로 이 수수녀에게 넘겼나.

이유는 아주 바보 같지만, 넘겨주었으니 좋은 걸로 치자.

게다가 덤으로 행운이다 싶은 일도 있었고.

"그럼 저는 남문 솜털바라기 계획을 실행하기 위해 실례하겠습니다! 우후후훗~!"

결국 바보인 애는 바보인 채로 바보인 모습으로 바보같이 떠나갔다.

세상에 저 정도로 바보가 있다니….

"두 사람 다 알아차리지 못했네. 그럼 그 사람도…. 아니, 그렇게 단정하는 건 일러."

"어, 무슨 이야기?"

"혼잣말이야. 신경 쓰지 말아 줘."

알았어, 신경 안 써. 왜냐면 수수녀의 사정 따윈 아무래도 좋으니까.

"자, 동문으로 가자."

"아, 잠깐만 기다려 줘. 그 전에 하고 싶은 게 있어."

여기라면 마침 내 진짜 목적도 달성할 수 있으니까.

아니, 평소라면 편의주의의 축복 같은 건 없지만, 이런 때만큼은 축복이 있는 것도 평소의 선행 덕분일까? 뭐, 그런 건 아무래도 좋지만.

그보다도 서둘러서….

"음료 좀 살게. 여기 자판기에선 내가 사려는 음료를 다 팔고 있으니까."

카리스마 그룹의 모두와 히마와리의 음료를 사도록 하자.

※

자판기에서 음료를 구입하고 수수녀와 함께 동문으로.

이런데 미남 야구부원이 없으면 어쩌나 싶어 조금 불안해지기도 했지만, 그건 기우. 확실히 동문 근처를 찾으며 머리를 싸쥐고 있었다.

"기다렸지! 이거 맞아?"

"찾아 주었나!"

내가 수수녀에게 받은 배팅 글러브를 보여 주자, 아까까지 비교적 냉정했던 미남 야구부원이 어쩐 일로 놀란 목소리를 냈다.

역시 정말로 소중한 물건이었던 거겠지.

"응, 찾았어. 그렇다고 해도 내가 아니라…."

"당신이 돕겠다고 말했으니까 나도 도운 거야. 이건 당신의 성과야."

어라? 분명 또 독설이 날아들까 싶었는데, 꽤나 기특한 소리를 하잖아.

하지만 찾은 건 거의 수수녀 덕분이겠지.

남문에 있다고 단정해 준 것도, 바보를 설득해 준 것도 전부 이 녀석의 힘이다.

"감사하도록 하지. 그럼 미안하지만 나는…."

"응, 서두르고 있었지. 신경 쓰지 말고 가 봐."

"거듭 고맙다. …그렇지! 괜찮으면 시합을 보러 와다오! …반드시 나의 홈런을 보여 주기로 약속하마!"

마지막에 그렇게 말한 미남 야구부원은 서둘러서 야구장 안으로 향했다.

…반드시 홈런이라. 저 녀석 입장이라면 그렇게 말하겠지.

뭐, 아무튼 무사히 음료도 샀고, 배팅 글러브도 찾았다.

그럼 나도….

"저기, 하나만 물어봐도 될까?"

칫. 얼른 응원석으로 돌아가고 싶은데, 수수녀가 또 말을 걸어 왔잖아.

가능하다면 험하게 대해 주고 싶지만, 이 녀석 덕분에 해결하기도 했고….

"무슨 일이야?"

조금 이야기를 들어 줄까.

"당신, 그 사람의 정체… 깨닫고 있었지?"

그렇다. 나는 그 미남 야구부원의 정체를 알고 있다.

그 남자는….

"토쿠쇼 키타카제. 1학년이면서 명문 토쇼부 고등학교 야구부의 4번 타자를 맡고 있는, 올해 최고의 선수로 꼽히는 사람이지?"

썬에게 최대의 라이벌이니까.

"그래, 맞아."

수수녀가 날카로운 시선을 내게 보냈다.

"어째서 당신은 토쿠쇼를 도와주었어? 정신적인 이야기지만, 그는 그 배팅 글러브가 없으면 힘을 발휘할 수 없었을 가능성이 커. 그편이 니시키즈타 학생인 당신에게 좋을 거라 생각하는데?"

그렇지. 혹시 내가 그 녀석과 야구 승부를 한다면 분명히 배팅 글러브를 찾아 주지 않는다.

그래도 이번에 도운 것은….

"내 친구를 위해서야."

썬이 싫어할 테니까.

"당신의 친구?"

"분명히 토쿠쇼의 컨디션이 안 좋은 편이 니시키즈타가 토쇼부에게 이기기 쉬울지도 몰라. 하지만 그래선 내 친구는 납득할 수 없을 거라 생각했어."

"무슨 의미야?"

"진짜 실력인 토쇼부에게 이겨서 코시엔에 나가야 의미가 있다는 소리. 어쩌다 손에 넣은 우연에는 기대지 않아. 신뢰와 노력, 동료와 자신이 해 온 일을 믿고, 어떤 때라도 도망치지 않고 전력투구. …그게 내 친구니까."

혹시 컨디션이 안 좋은 토쿠쇼에게 이겨도 썬은 절대로 납득하지 않겠지.

그러니까 나에게 귀찮고 싫은 남자라도 돕기로 결심했다.

"그래. …친구의 속마음까지 확실히 이해하고 있구나."

"그런 건 아냐. 어디까지나 내 억측이고. …게다가 모든 걸 다 아는 것도 아냐. 분명 내가 모르는 마음도 숨기고 있겠지."

"후훗. 그럴지도 몰라."

…음. 외견은 엄청나게 수수한데, 웃으니 조금 귀엽잖아.

물론 내 러브 코미디 길에 더할 정도는 아니지만.

"겨우 진짜 당신과 다소 이야기를 했네."

응? 진짜 나라고? 설마 이 여자… 내가 둔감순정BOY를 연기한다는 것을….

아니, 괜한 억측으로 깊게 파고들다간 오히려 위험하다. 여기선 그냥 넘기자.

"고마워. 이것저것 가르쳐 줘서. 아주 의의 있는 시간이었어."

"그거 별말씀을. 저기, 슬슬 정말로 시간이…."

"알고 있어. 친구를 최우선하고 싶다는 거지? 그러니까 이다음은 시합이 끝난 뒤로 할게."

"아니, 시합이 끝난 뒤에도 썬이 최우선이니까…."

그보다 또 심각한 독설이 날아들 것 같으니까 만나고 싶지 않다.

"친구를 최우선. …나랑 같네."

어? 이 수수녀, 친구가 있어?! 그 사람은 대체 무슨 보살이냐.

"그럼 그 말이 정말인지 확인해야만 하겠네. 혹시 거짓이라면 거기서 당신은 끝이 될 거고."

무진장 무서운데요….

아니, 하지만 말이지. 우연히 만난 여자와 나중에 재회한다니, 어지간한 사정이 있든가 러브 코미디가 아닌 이상 보통은 그런 일이 없지.

그러니까 이 만남도 소중히 여겨야겠지. 서로 이름도 모르는 관계고.

"잘은 모르겠지만, 알았어. 그럼 난 이만 갈 테니까…."

자! 서둘러서 응원석으로 돌아가자!

다행스럽게도 아슬아슬하게 시합 시작에 맞출 수 있을 것 같으니까.

히마와리의 말을 빌려서 Let's dash다.

나는 수수녀에게 등을 돌리고 서둘러서 야구장 안으로 돌아갔다.

"나중에 또 만나자, 죠로. …이번에는 다른 쪽의 나로."

※

"죠로, 늦어! 시합, 이제 곧 시작되겠어!"

"미, 미안! 음료수 파는 곳이 전혀 안 보여서…. 그래도 이렇게 다 구해 왔어!"

어떻게든 아슬아슬하게 세이프. 지금은 딱 시합 시작 전의 인사를 하고 있다.

그러니 나는 안심하고 방금 사 온 음료수를 히마와리나 A코 등에게 건넸다.

"와아~! 고마워, 죠로!"

"어? 그렇게 필사적으로 찾았어?! 미, 미안해…. 고마워…."

분명히 늦었다고 히마와리와 마찬가지로 화를 낼 줄 알았더니 조금 얼굴을 붉히면서 사죄와 감사의 말을 하는 A코. …외모는 저렇지만, 역시 좋은 녀석이다.

"좋았어~! 이제부터 썬을 응원한다! 코스모스 선배보다 더 대단한 응원을 할 테니까!"

"호오, 세게 나오네, 히마와리! 내 응원도 제법이거든!"

왠지 응원 쪽으로 맞붙는 히마와리와 코스모스.

뭐, 안타깝게도 내 응원에는 못 당하겠지만! 지금까지 단련한 화려한 응원을 야구장 안에 울려 주마!

참고로 썬은… 아! 있다, 있어! 우와, 진지한 얼굴을 하고 있어.

게다가….

"상대 타자의 배팅 글러브, 꽤나 밝으니까 눈에 띄네. 저 사람이 올해 제일가는 타자라는 소리를 듣는 토쿠쇼란 녀석이겠지?"

"그런가 봐! 하지만 분명 썬이라면 이길 수 있어!"

내 옆에서 대화하는 카리스마 그룹의 A코와 E코.

그 말에 따르듯 우리 학교 야구부와 대치하는 토쿠쇼를 보자… 분명히 노란색 배팅 글러브를 끼고 있었다.

과연 내가 한 짓은 올바른 걸까? …아니, 만약 썬이 토쿠쇼의 이야기를 알았다면 분명 '그렇게 해! 나는 베스트 컨디션인 토쿠쇼에게 이기고 싶으니까!'라고 말할 거야. 내가 한 짓은 분명 올바른 행동이다.

그러니까 내가 앞으로 해야 할 일은….

"썬! 힘내!! 지지 마!!"

누구에게도 지지 않도록, 바보처럼 큰 목소리로 응원하는 거야!

"잠깐만, 너! 옆에서 소리치지 마!"

"와아! 죠로, 대단해! 기운 쌩쌩해!"

"이거 나도 지고 있을 수 없겠네! 오오가, 힘내~!"

내 주위에 있는 소녀들이 각기 내 목소리에 대한 감상을 말하지만, 그런 건 전혀 귀에 들어오지 않는다. 평소에는 러브 코미디 주인공을 목표로 하며 내 자신을 꾸미고 있지만, 그건 잠깐 휴식.

지금만큼은 조금이라도 썬에게 힘이 될 수 있는 일을 해야 해!

지지 마, …썬!

[그럼 지금부터 지역 대회 결승전을 시작하겠습니다!]

야구장 안에 울리는 아나운서의 목소리. 선공이 니시키즈타 고등학교, 후공이 토쇼부 고등학교.

1번 타자인 히구치 선배가 타석에 서고, 토쇼부 고등학교의 야구부원들이 수비 위치로 간다.

그리고 주심이,

"플레이 볼!!"

구장 전체에 울리는 목소리로 그렇게 선언했다.

…이것이 모든 일의 시작.

이 대회를 통해서 우리의 운명은 크게 변하게 된다.

시합 결과나 이후에 내게 들이닥치는 운명을 생각하면, 정말로 망해 먹을 하루였지.

혹시 다시 되돌릴 수 있다면… 아니, 되돌렸다고 해도 나는 같은 행동을 하겠지.

정말로 최악의 하루였지만, 딱 하나 있었으니까.

…최고의 만남이란 게.

나를 좋아하는 건
너뿐이냐

나는 학생회장과 싸워 본다

제 **2** 장

이것은 내가 내 본성을 드러내기 전. 아직 두 미소녀에게서 말도 안 되는 상담을 받지도 않고, 독설 스토커 도서위원에게 협박받지도 않았던 무렵의 자잘한 이야기다.

··················.

············.

·······.

"죠로, 큰일이야! 도와줘!"

"나도 부탁할게! 죠로, 네 힘이 필요해!"

아침, 정신없는 모습으로 히마와리와 썬이 내 자리로 달려왔다.

꽤나 서두르기라도 한 건지, 두 사람 다 아침 연습을 마치고 옷도 갈아입지 않아서 각각 테니스 웨어와 야구부 유니폼 차림이었다.

"아니, 무슨 이야기야?"

"학생회가 너무해! 횡포야, 횡포!"

"히마와리의 말이 맞아! 이번만큼은 아무리 나라도 인내심의 한계다!"

흠, 학생회의 횡포라.

이런 소리를 하는 게 히마와리뿐이라면 사소한 일일지도 모르지만, 썬도 같은 말을 한다면 정말로 뭔가 귀찮은 일이 일어난 거겠지.

천진난만하고 본능에 따라 바보 같이… 어흠, 자유롭게 행동하는 히마와리와 달리, 열혈한이지만 의외로 냉정하게 행동하는 게 썬이니까.

"조금 더 자세히 가르쳐 줄 수 있겠어?"

"시간이 없어졌어!"

그거, 하나도 자세히 않아.

"휴우. 확실하게 정보를 전달했어!"

뭔가 큰일을 해냈다는 얼굴이로군요~

뭐, 히마와리의 조금 뭐한 부분은 이해하고 있고, 애초에 지금 질문은 히마와리에게 한 것이 아니다. 내가 질문한 것은….

"썬, 가르쳐 줄 수 있겠어?"

"그래! 맡겨 줘!"

제대로 가르쳐 줄 듯한, 내 베프 쪽이다.

"최근 학생회가 세대 교체를 해서 학생회장이 바뀐 건 알고 있지?"

"응. 분명히 성적이 항상 학년 1위인, 무진장 머리 좋은 사람인가 그랬지?"

"그래, 맞아."

몇 명 입후보한 사람은 있었지만, 사전 예상대로 압도적인 차이로 그 사람이 이긴 게 인상적이다.

그 정도까지 압승인 경우도 꽤 드물다.

"그래서 말인데, 새로운 학생회장의 시책으로 '학생은 더 공부에 집중해야 한다'라면서 말이지, 동아리 활동 시간이 30분 단축되었어!"

분명히 썬이나 히마와리에게는 심상찮은 사태로군.

하지만 말이야.

"으음…. 그게 학생회장의 방침이라면 어쩔 수 없을 것도 같은데…."

"아니, 문제는 이다음이야."

"이다음?"

"운동부뿐이라고. 활동 시간이 단축된 게."

"뭐?"

어이어이. 그게 무슨 소리야? 공부를 위해 동아리 시간을 단축하는 건 이해된다.

하지만 운동부만 콕 집어서 그러는 건 너무 이상하지 않아?

"왜 운동부만? 문화부 쪽은…."

"그렇지? 나도 이상하다고 생각했어! 학생회장의 말로는, 운동부는 아침 연습도 하니까 방과 후에는 조금 짧아도 된다는 이야기인가 본데…."

이치에 맞는 듯 보이면서 꽤나 횡포인 느낌이다. 운동부가 아침 연습을 하는 것은 사실이지만, 그게 방과 후의 활동 시간을 줄일 이유는 되지 않잖아.

"그렇지? 이상하지? 난 조금이라도 야구 연습을 더 하고 싶어! 물론 공부가 중요하다는 것도 알지만…."

그래. 썬은 야구를 좋아하지.

그러니까 최대한 야구 연습을 하고 싶을 게 당연해….

"나도 썬이랑 같아! 테니스 연습, 많이 하고 싶어!"

그래, 히마와리는 테니스를 좋아하지.

그러니까 최대한 테니스 연습을….

"또 공부하기 싫어! 시험 전에 죠로한테 배우면 괜찮으니까!"

테니스부만 활동 시간을 줄여도 문제없을 것 같다.

용케 그런 머릿속으로 썬과 같다는 소리가 나오는구나, 어이.

"그러니까 죠로, 큰일이야! 도와줘!"

"나도 부탁할게! 죠로, 네 힘이 필요해!"

그런고로 시작 지점으로 돌아왔습니다요.

다만 이야기를 계속하기 전에 다소 남아 있는 의문을 해결하도록 하자.

"으음…. 두 사람의 사정은 알겠는데, 왜 나야?"

애초에 나는 학생회장이랑 아는 사이도 뭣도 아닌데.

가령 내가 학생회 임원이라면 모를 것도 아닌 이야기지만….

"죠로는 학년을 불문하고 친구가 많잖아? 그러니까 연줄을 더 듬어서 학생회장과 담판을 벌일 수 없을까 하고!"

"그런가? 친구가 그렇게 많은 것도 아닌데…."

사실은 말이지. 분명히 나는 지인이 많다.

매일 둔감순정BOY로서 많은 사람과 얕고 넓은 교우 관계를 유지하고 있으니까.

…아니, 깊은 사이인 사람도 있거든! 썬이라든가! 썬이라든가!

"그렇지 않아! 야구부 녀석들도 말했거든? 우리 학교에서 모두와 서슴없이 대화할 수 있는 녀석은 죠로 정도밖에 없다고!"

스스로도 자각하고 있는 일이지만, 썬에게 칭찬을 들으면 기쁘다.

이거 의욕이 단숨에 솟는다고 할까….

"테니스부에서도 죠로 이야기해! 남자로서의 매력을 전혀 느끼지 못하니까, 오히려 말하기 편하다고 다들 그랬어!"

너는 아까부터 나한테 원한이라도 있는 거냐?

어째서 썬이 올렸던 내 의욕을 멋지게 상쇄시키는 건데?

"저기, 혹시 내가 학생회장과 담판을 지을 수 있다고 해도, 그 전에 역시 운동부 사람들이 말하는 편이 좋지 않을까? 당사자이기도 하고…."

"해 봤는데 틀렸어…. 아무래도 학생회장은 운동부를 싫어하기라도 하는 건지, 제대로 이야기를 들어 주지 않아. '활동 시간은 단축한다'라고만 말했어."

"그랬구나…."

그래서 나를 찾아왔다는 건가.

…자, 어떻게 한다.

솔직히 말하자면 나는 둔감순정BOY로 행세하고 있어서, 되도록 파란을 일으키는 행동은 하고 싶지 않다. 학생회장과 담판을 짓는다니, 제대로 파란을 일으키는 행동이고, 실패했을 때의 디메리트가 클 것 같다.

더불어서 가령 운동부의 활동 시간이 줄어들더라도 내게 디메리트는 없다.

나는 운동부에 소속된 게 아니니까. 그렇게까지 운동을 잘하는 것도 아니고.

요약하자면 이 문제는 내게 하이리스크 로우리턴이다.

그러니까 거절하는 게 무난하다고 생각하지만….

"저기, 어떻게 할 수 없을까, 죠로?"

"죠로, 부탁이야. 나, 잔뜩 연습하고 싶어…."

이렇게까지 진지하게 부탁을 하면 거절하기 어렵지.

게다가 러브 코미디 주인공을 목표로 하는 자로서, 트러블에 휘말려드는 건 자명한 이치.

이건 어떤 의미로 나에게 부여된 하나의 시련이라고 할 수 있겠지.

…좋아! 결심했어! 될지 안 될지는 모르지만, 소꿉친구와 베프의 부탁이다!

해 보도록 할까!

"알았어. 그럼 잘 될지는 모르겠지만, 학생회장과 이야기를 해 볼게."

"그렇게 말해 줄 거라고 믿고 있었어! 역시나 내 베프로군!"

"죠로, 고마워! 좋아해!"

이렇게 나는 운동부의 활동 시간 단축을 저지하기 위해 학생 회장과 담판을 짓게 되었다.

※

방과 후, 학생회실 앞에 도착한 나는 문을 두 번 정도 노크. 그러자 안에서 씩씩한 목소리가 들려왔다.

"들어오세요."

"실례하겠습니다."

허가가 나왔기에 문을 열고 안에 들어가자, 거기에는 한 학생.

나이에 어울리지 않는 어른스러운 외모, 냉정침착함을 느끼게 하는 날카로운 눈빛. 의도한 건지 아닌지 모르지만, 얼굴을 맞대 기만 해도 기가 죽는 느낌이 드는군.

선거 이후에는 처음 보는 거지만, 이 사람이 우리 학교의 학생 회장이다.

"어라? 너는…. 미안하지만, 이름을 가르쳐 줄 수 있을까?"

"키사라기입니다. 2학년인 키사라기 아마츠유. 저기, 친구인 학생회 임원을 통해서 부탁을 했습니다만. 할 이야기가 있다고…."

일단 사전에 연락을 했다고 해도, 갑자기 모르는 녀석이 할 말이 있다고 시간을 만들어 달라고 하면 솔직히 귀찮겠지.

되도록 기분을 해치지 않았으면 좋겠는데….

"아, 네가 키사라기인가! 물론 들었어! 그래서 나한테 무슨 볼일이지?"

어라? 기분이 상하긴커녕 오히려 좋아 보이네? 생각 이상으로 환영해 주는 모양.

왠지 신이 난 기색…이긴 한데, 눈동자의 날카로움은 전혀 변하지 않았다.

내 가치를 재는 듯한 느낌인데….

에잇, 쫄지 마.

아무리 무서워도, 아무리 도망치고 싶어도, 하기로 마음먹었으면 한다. 그게 나의 모토다.

"그게 말이죠… 운동부의 활동 시간 문제로 학생회장과 이야기를….

"뭐야, 또 그 이야기인가."

순식간에 흥미를 잃은 듯이 한숨을 한 번.

그 이야기는 이미 실컷 했다는 느낌이군.

그보다 실제로도 그렇겠지. '또'라고 말할 정도고.

"미안하지만, 운동부의 활동 시간은 단축하겠어. 이건 결정 사항이야."

"어째서 운동부뿐입니까? 만약 줄일 거면 문화부도."

"조사도 하지 않고 바로 답을 알려고 한다. 그건 좋지 않아, 키사라기."

흐흥. 내가 아무런 정보도 없이 여기에 왔다고 생각하지 마라.

제대로 썬에게서 사정을 들었단 말이야.

"저기… 운동부는 아침 연습을 하니까 그만큼 활동 시간을 줄이는 거죠?"

"어라, 내가 너무 성급히 판단했나. 이거 실례했어, 라고 말하고 싶지만, 역시나 준비 부족이야, 키사라기."

"무슨 말씀입니까?"

"방금 전에 한 말을 내가 또 한 번 해야 할까?"

"윽! 죄송합니다…."

"뭐, 괜찮아. 다른 학생도 모두 비슷했고. 오히려 최소한의 정보를 준비한 뒤에 나와 대화하러 온 너는 대단하다고 생각해."

칭찬해 주는 거지만, 이쪽의 말을 전혀 들어 주지 않을 것 같다.

하지만 어떻게 된 거지?

썬이 거짓말을 할 이유는 없고, 나는 잘못된 소리를 한 게 아닐 것이다.

"애초에 운동부 친구에게 '우리 이야기는 들어 주지도 않으니까 대신 이야기를 하고 와 달라'라고 부탁받았겠지?"

"네. 그렇습니다….."

"후훗. 네 반응은 재미있어. 최근에는 그 이야기를 하러 오는 학생들뿐이라서 조금 스트레스가 쌓였는데, 너는 다른 학생들과 달리 조금 특별하게 느껴져."

그럼 특별 덤으로 이유도 들려주지 않겠어?

들려주지 않겠지. 그렇게 만만하진 않아.

"네게는 운동부의 활동 시간을 단축하는 진짜 이유를 가르쳐 주지."

"진짜 이유… 말입니까?"

"사실을 말하자면, 내가 운동부만 활동 시간을 줄인 것은 그들이 아침 연습을 하기 때문이 아니야. 다만 구실로 그쪽이 납득을 얻을 수 있을 거라 생각하고, 궤변이지만 그렇게 전했어."

아무런 성과도 올리지 못하는 것보다는 낫지만, 그걸 듣는다고 뭘 할 수 있을까?

"제한한 진짜 이유는 두 가지. 첫 번째는 성적의 저하, 두 번째는 최종 하교 시각의 위반. …특히나 두 번째가 대단히 중요해."

"최종 하교 시각의 위반, 입니까?"

첫 번째인 성적의 저하는 이해된다.

말하자면 운동부 활동에 매진한 나머지 공부를 등한시했다는 소리겠지.

어디의 소꿉친구가 그 좋은 예라고 생각한다.

활동 시간을 줄이는 이유로 썬이 말해 준 것이기도 하군.

다만 두 번째 이유를 잘 모르겠다.

"그래. 선생님들도 이 문제로 골치를 앓고 있어서 이전부터 곧잘 불평을 들었어. 우리 학교에서는 최종 하교 시각을 지키지 않는 학생이 대단히 많아. …특히나 운동부에."

"어째서입니까? 시간을 알고 있다면, 거기에 맞춰 활동을 끝마치게 하면…."

"키사라기의 말이 맞아. 어느 동아리건 최종 하교 시각을 지키지 않으면서까지 활동을 계속하진 않아. …다만 문제의 동아리 활동 종료 시간의 설정이 잘못됐어."

최종 하교 시각이네, 동아리 활동 종료 시간이네, 복잡한 소리가 나오는군.

"문화부, 운동부 양쪽 모두, 일반적으로 종료 시간을 최종 하교 시각의 10분 전으로 하고 있어. 다만, 그러면 운동부는 최종 하교 시각까지 하교할 수 없어. 왜인지는 알려나?"

그건 즉 문화부와 운동부에 뭔가 차이가 있다는 소리지?

왜 그런 차이가…. 아, 혹시….

"…뒷정리가 있기 때문입니까?"

"바로 그거야! 으음, 키사라기는 눈치가 빨라서 다행이야! 이

전에 온 학생은 여기까지 설명을 듣고도 전혀 이해하지 못해서 '더는 몰라! 죠로가 학생회장을 박살낼 거니까! 흥이다!'라고 투덜대면서 뛰쳐나갔으니까."

내 소꿉친구 때문에 정말로 죄송합니다.

"문화부와 비교해서 운동부는 활동이 끝난 뒤에 할 일이 많아. 기재 정리, 환복, 학생에 따라서는 샤워를 하는 사람도 있지. 그걸 최종 하교 시각의 10분 전부터 시작해서 제시간에 하교할 수 있을 것 같아?"

"…아뇨."

그래서 학생회장은 운동부만 활동 시간을 줄인 걸까.

종료 시간을 앞당기면 그만큼 정리에 착수할 시간도 일러진다.

그럼 전원이 최종 하교 시각까지 하교할 수 있으니까.

"그럼 그 사실을 제대로 전달하면 되는 것 아닙니까? 그렇게 하면…."

"내가 하지 않았을 거라 생각해?"

"윽! 혹시…."

"했어. 아직 내가 학생회장이 되기 전의 이야기지만. 각 운동부의 부장에게 '활동 종료 시간을 앞당겨 줘. 이대로는 최종 하교 시각까지 하교할 수 없으니까'라고 전달했어. 그랬더니 뭐라고 했을 것 같아? '사소한 걸로 잔소리하지 마', '임기응변이라는 말도 몰라?', '이쪽은 진심으로 하고 있어', '어! 난 제대로 시간 지키는데!' 등등. 전혀 대화가 안 통하는 말만 돌아왔어."

마지막 말만큼은 누가 했는지 특정하기 너무 쉬워서 큰일이다.

더불어서 정말로 시간을 지켰는지도 의심스럽지….

"그렇습니까….."

"선생님들에게 이 이야기를 제안했더니 바로 승낙해 주신 게 다행이었어. 뭐, 이전부터 골칫거리였던 문제였으니까 당연하다면 당연하지만."

큰일인데. 이거 학생회장이 압도적으로 정론이다.

게다가 교사들까지 저쪽에 붙었으니 호랑이에게 날개가 달린 격이잖아.

"저기, 하다못해 그 사실을 전하면 제대로 대처하는 운동부도 나오지…."

"그 가능성도 고려했어. 하지만 말이야, 키사라기. 지금까지 몇 차례나 거듭해서 주의를 줘도 듣지 않던 학생들이 사실을 안다고 제대로 대응하리라 생각해? '알았어. 앞으로는 제대로 지킬게'라고 말만 하고, 결과적으로 지키지 않는 미래가 예측되는데?"

"그건…."

"나는 결과지상주의자라서 말이지. '노력한다'는 말은 신용하지 않아. 그들이 활동 시간에 제한이 걸린 뒤에 최종 하교 시각을 지킨다는 결과가 나온다면 그 이후의 일을 생각해 봐도 좋지만."

"참고로 그건 얼마나 시간이 걸립니까?"

"그래. 최소한 반년, 길면 내 임기가 끝날 때까지일까."

즉, 최악의 경우 앞으로 1년은 활동 시간이 제한된다는 소리다….

"이 이상의 설명은 필요 없겠지?"

"…네."

"그럼 이야기는 이걸로 끝이야."

만족스럽게 승자의 미소를 띠는 학생회장.

이건 좀 귀찮은 안건이로군….

지금까지의 이야기를 들으면, 오히려 나도 학생회장의 편에 붙고 싶을 정도다.

"하지만 그래. 키사라기와 이야기하는 건 제법 즐거웠어. 게다가 너는 설령 운동부 친구가 부탁했다고 해도 개인감정을 섞지 않고 나와 이야기해 주었어. 저기… 괜찮으면 학생회에 들어오지 않겠어? 마침 서기 자리가 비어 있어! 너는 테니스부의 히마와리나 야구부의 오오가와도 친하지? 운동부와 돈독한 관계이면서 중립적인 사고로 행동할 수 있는 네가 있으면, 아주 든든할 것 같아! 그러니까 부디…."

"운동부의 활동 시간을 줄이지 않아 준다면 들어가도 좋을지 모르겠군요."

"어차, 권유는 실패인가. 그럼 이번에는 인연이 없는 걸로."

"…알겠습니다."

학생회장의 설득은 멋지게 실패했습니다.

하아…. 이거 나중에 히마와리에게 불평을 듣게 생겼군….

※

학생회장의 언변 앞에서 멋지게 참패한 나는 혼자 터덜터덜 귀가.

이거 큰일인데….

어떻게든 파고들 틈이 있으면 좋겠는데, 완벽한 철벽 가드.

이런 상황에서 저쪽이 생각을 바꾸게 하는 건 꽤나 어렵겠어.

게다가 썬이 말했던 '학생회장이 운동부를 싫어한다'도 아까 이야기를 들어 보면 이해할 수 있다.

학생회장이 되기 전, 전혀 이야기를 들어 주지 않았다면 그야 화날 법도 하지.

뭐, 그 울분을 풀기 위해 일부러 깐깐하게 구는 건 아니겠지만.

애초에 가령 활동 시간을 단축하지 않았다고 해도, 최종 하교 시각에 맞추도록 활동 종료 시간을 설정하면 결과적으로 활동 시간은 짧아진다.

그렇게 되면 결국 썬이나 히마와리의 희망은 이루어지지 않는다.

두 사람의 요망은 근본적으로 동아리 활동의 시간을 줄이지 말아 달라는 것이니까.

어쩐다? 내가 떠올린 대책은 최종 하교 시각 자체를 늘리면 되지 않겠냐는 건데, 그렇게까지 할 수 있는 안건도 아닐 테고.

"하아…. 얌전히 포기하고 내일 썬과 히마와리에게 사과할 수밖에 없나. 히마와리는 떼를 쓸 것 같지만, 썬은 이해해 주겠지…."

"저기… 뭘 포기하는 겁니까?"

"음? 그야 동아리 활동 시간을 단축시키… 우, 우와앗! 뭔데, 너?!"

까, 깜짝 놀랐다!

갑자기 말을 걸어오기에 무심코 대답했는데, 전혀 모르는 녀석이잖아!

"왓! 저기, 죄, 죄송합니다! 갑자기 말을 걸어서… 저기, 죄송합니다!"

그보다 큰일이다! 혼자라고 방심하고 둔감순정BOY가 아니라 본래 내 식으로 반응했어!

어떻게든 둘러대야 해!

"어, 어흠…. 괘, 괜찮아!"

"왓! 태도가 갑자기 표변했습니다!"

"으, 으음, 사소한 건 신경 쓰지 마! 아까 그건 어쩌다 그런 거니까! 어쩌다!"

"그렇습니까…. 저기, 죄송합니다…."

내게 말을 걸어온 소녀가 표정을 흐리며 사죄를 한 차례.

교복을 입었는데 처음 보는 것이니까 다른 학교 학생이겠지.

아니, 다행이야. 혹시나 같은 학교 녀석이었으면 진짜로 위험했어….

"나야말로 갑자기 소리 쳐서 미안해."

"아, 아뇨. 이쪽이야말로 정말로 죄송합니다!"

깊이 고개 숙이는 소녀는 언뜻 봐서 나와 별로 나이 차이가 없는 모양이로군.

날카롭지만 힘없는 눈동자, 여자치고 비교적 큰 키, 단정한 외모. 솔직히 말해서 미인이다.

훗. 역시나 매일 러브 코미디 주인공으로 둔감순정BOY의 길을 매진한 나로군.

이런 식으로 낯선 미소녀와 만나다니, 그야말로 러브 코미디잖아!

"그래서 왜 나한테 말을 걸었어? 너랑은 첫 대면인 것 같은데!"

"저기, 왜 갑자기 그렇게 신이 나서…."

"어, 어어. 신경 쓰지 마! 난 항상 이런 식이니까!"

어차, 그만 러브 코미디 전개에 흥분했군. 실수했다.

"그렇습니까…. 저기, 그게 말이죠, 당신이 뭔가 고민하는 모습이라 궁금해져서. …또 제 연습도 될까 싶어서!"

응? 앞부분은 그렇다고 치고, 뒷부분은 무슨 소리?

"네 연습? 그건…."

"들어 주겠습니까?! 제 고민을!"

내 고민이 궁금하다는 이야기는 어디로 날아갔어?

하지만 아주 예쁜 얼굴이 바짝 다가오니, 고민을 듣고 싶어졌다.

"그럼 쇠뿔도 단김에 빼죠!"

너무 서두르는 거 아냐? 아직 네 고민을 듣는다는 소린 안 했거든?

아, 이거 완전히 듣는 흐름이 되었네. 반쯤 강제적으로.

"이대로 서서 이야기하기도 그러니까, 어디서 차분히 이야기할 수 있는 장소가…. 아! 근처에 공원이 있었습니다! 거기로 이동해서 이야기하죠! 자, 얼른, 얼른!"

꽤나 소녀틱하게 신이 났다.

왜 내 고민 이야기에서 이 아이의 고민 이야기로 바뀐 거냐고 한소리 하고 싶어졌지만, 귀여우니까 넘어가 주자.

이것 또한 러브 코미디 주인공의 참맛이겠지.

그런고로 소녀틱 소녀와 함께 공원으로 간 나는 둘이서 그네에 착석.

근처에 벤치도 있었지만, 왠지 본능이 '벤치는 피해!'라고 호소했기에 그네로 했다.

마치 가까운 장래에 내가 벤치 때문에 무시무시하게 불행한 미래로 끌려갈 듯한 오한이 들었는데, 그런 일은 있을 리 없겠지. 불행한 미래로 끌고 가는 벤치 같은 건 이 세상에 존재하지 않고.

"그래서 무슨 이야기야?"

"실은 전… 사람들 앞에서 이야기하기가 무척 힘듭니다…. 저기, 죄송합니다."

"군중공포증 같은 건가?"

"네, 많은 사람들 앞에서 이야기하는 게 아무래도 어려워서…"

말하자면 스테이지 같은 곳에 올라가서 이야기하기 힘들다는 소리인가.

"그러니까 어떻게든 익숙해지기 위해 길가에서 모르는 사람에게 말을 걸어 보려고 말 걸기 쉬운 사람을 찾고 있었는데…. 그러다가 찾은 게 당신이었습니다. 아, 죄송합니다. 갑자기 말을 걸어서…."

뭐, 나의 무해한 오라는 보통이 아니니까. 그 마음은 모를 것도 아니지.

"그렇구나. 그런데 왜 남들 앞에서 이야기할 수 있게 되고 싶어? 딱히 못하더라도 그렇게 부자유스러울 건 없을 것 같은데?"

실제로 나도 많은 사람들 앞에서 이야기할 수 있느냐 하면 어려울 것 같고.

합창 콩쿠르 등에서 모두와 함께 스테이지에 올랐을 때도 꽤나 긴장하고.

그 시선이 전부 나 하나에게 쏠린다고 생각하면 오싹해지지.

"전… 오빠와 언니가 있는데요, 두 사람 다 아주 우수한 사람입니다. 언니는 고등학교에서 학생회장을 하고 있고, 오빠는 대학교를 수석으로 입학했고…."

오빠의 대학 수석은 몰라도, 학생회장 언니라는 건 뭔가 좀 있을 것 같군.

방금 전에 우리 학생회장과 그런 일이 있었기에 왠지 복잡한 기분이 된다.

"그러니까 저도 두 사람에게 지지 않도록 노력하고 싶습니다! 저도 내년부터 고등학생이 되고, 우선 언니처럼 학생회장을 목표로 할까 해서! 다만…."

군중공포를 어떻게든 극복하지 않으면 학생회장이 될 수 없다는 소리인가.

뭐, 학생회장이 되면 남들 앞에서 말할 기회가 많이 있다.

뿐만 아니라 입후보한 시점에서 연설을 해야 하고. 지금 이대로는 힘들다는 거군.

"그래, 그런 건가…."

"저기, 죄송합니다. 갑자기 이런 이상한 이야기를 해서…."

"아니, 괜찮아. 그보다 말이지…."

"뭐, 뭔가요?! 저기, 죄송합니다!"

"너, 사과가 너무 잦지 않아?"

아까부터 '저기, 죄송합니다'가 많다, 이 애는.

"네?! 그, 그렇습니까? 저기, 죄송합… 아!"

"봐. 딱히 화난 것도 아니고, 그렇게 사과하지 않아도 괜찮아."

"아, 알겠습니다! 이제는 사과하지 않겠습니다! 사과하지 않는다, 사과하지 않는다…."

그렇게 진지하게 메모를 하지 않아도 괜찮아.

다만 이 애의 군중공포증의 원인은….

"혹시나의 이야기인데, 너는 스스로에게 자신감이 없는 거 아냐? 오빠나 언니가 대단한 건 알겠지만, 반대로 그러니까 너는 안 된다고 판단한다든가…."

"아, 아뇨! 두 사람과 비교하면 저는 틀렸습니다! 게다가 실제로 두 사람은 사람들 앞에서 말할 수 있는데, 저는 못하고…."

역시나. 히마와리는 정체 모를 자신감으로 넘쳐나는데, 이 아이는 그 정반대.

스스로에게 자신감이 전혀 없는 타입의 소녀다.

"그럼 반대로 질문하겠는데, 오빠와 언니가 못하는데 네가 할 수 있는 건 있어?"

"그렇군요…. 아! 전 요리는 잘해요! 부모님이 맞벌이고, 오빠와 언니가 학업에 전념하는 동안 제가 가사를 담당하고 있으니까요! 그러니까 요리 실력이라면 두 사람에게 지지 않습니다!"

아무래도 정말로 요리에 자신이 있는 모양이군. 방금 전과 비교해 꽤나 가슴을 펴고 있다.

게다가 특기 분야 이야기이기 때문일까, 똑바로 나를 바라보며 또렷하게 말하고 있다.

방금 전까지는 고개를 숙이고 말하던 사람이라고는 생각할 수 없을 정도로.

"역시 그렇군. 너는 스스로에게 자신감이 없어. 그러니까 남들 앞에서 말할 수 있게 되려고 생각하지 말고, 자신 있는 부분을 모두에게 말한다고 생각하면 되지 않을까?"

"과연! 자신을 가지는 게 아니라 자신 있는 것을 말한다. 크게 배웠습니다!"

조금 이상하긴 하지만 성실한 아이로군.

열심히 메모를 하고 엄청 반짝이는 눈으로 나를 바라보고 있어.

"당신과 만나서 다행이었습니다! 설마 이런 식으로 제 고민들을 들어 줄 거라고는 생각도 하지 못해서! …아! 그리고 보니 당신도 뭔가 고민이 있었죠? 그럼 다음은 제가 당신의 이야기를 듣겠습니다! 자, 말해 주세요!"

"어? 내 고민? 아니, 하지만…."

솔직히 말해서 말한다고 해결할 수 있을 만한 게 아니잖아.

지금 시점에선 거의 두 손 든 안건이고.

"우우…. 제게 이야기하기 싫습니까?"

그렇게 노골적으로 울상을 하지 말아 줘.

그보다 히마와리와는 타입이 다르지만, 감정에 따라 행동하는 아이로군.

"아니, 말할게! 말할게!"

"와아! 다행입니다! 그럼 가르쳐 주세요! 얼른, 얼른!"

자각이 있는지 없는지 모르지만, 그렇게 손을 꼭 붙잡지 말아 줘.

아무리 둔감순정BOY를 연기하는 나라고 해도, 꽤나 창피해.

"알았어. 그럼 내 고민 말인데…."

"과연. 최종 하교 시각을 지키게 하기 위해 운동부만 활동 시간을 30분 단축시킨다. 어디까지나 뒷정리 같은 걸 할 시간을 위해…."

내 이야기를 들으며 꼼꼼히 메모하고 중얼중얼 혼잣말을 흘리는 소녀. 방금 전까지의 소녀틱하게 허둥대는 소녀와는 확 다른, 든든한 오라가 넘쳐나고 있었다.

"그러니까 나로서는 운동부의 활동 시간을 단축시키지 않았으면 하는데, 학생회장의 말이 압도적으로 정론이니까 친구에게 사정을 설명하고…."

"정말로 그렇습니까?"

"…어?"

"이야기를 듣기로는 학생회장의 말은 옳게 들립니다. 하지만 정말로 그게 다 옳은 것입니까? 그 이면의 생각을 읽었습니까?"

"이면의 생각? 그게 무슨…."

"안 되죠. 상대의 말을 뭐든지 그대로 받아들이면. 정말로 사실을 말한 건지 확인해야죠."

"…죄송합니다."

"후후. 사과가 너무 잦네요."

"윽!"

아까 내가 한 말이 그대로 돌아왔다.

왠지 엄청 분하다….

"이제 사과 안 할 테니까."

"이제 사과하지 말아 주세요."

기쁜 듯이 미소 짓는 얼굴이 꽤나 예뻐서 조금 두근거리지만, 지금은 넘어가자.

"저기, 무슨 소린지 좀 가르쳐 줄 수 있겠어? 학생회장이 하는 말이 모두 옳은 게 아니다? 그럼 그 사람은 내게 거짓말을 했다는 소리?"

"반은 정답이고, 반은 오답입니다. 학생회장이 전부 옳은 게 아니라는 건 정답이지만, 거짓말을 한 건 아니라고 생각해요."

"무슨 소리야?"

"즉 모든 운동부가 최종 하교 시각을 어겼다고는 할 수 없다는 이야기입니다."

"…아!"

"운동부 중에는 최종 하교 시각을 지키는 곳이 있을 겁니다. 다만 학생회장으로서는 모든 운동부가 그걸 지키게 하고 싶은 거죠. 그걸 위해서 특정 운동부만 활동 시간을 제한하면 모가 나니까, 운동부라는 카테고리 전체로 했을 가능성이 있습니다."

이 애, 사실은 엄청 대단하지 않아?

난 그런 생각을 전혀 못 했는데….

"그럼 학생회장을 설득하려면…."

"일단 조사부터 해야겠죠. 최종 하교 시각을 지키는 곳과 지키지 않는 곳, 그걸 모두 조사해서 학생회장과 이야기를 하면… 어쩌면 당신의 친구가 있는 운동부는 활동 시간을 제한받지 않을지도 모릅니다!"

"너 대단하잖아! 난 그런 생각 전혀 못 했어!"

"후훗, 그렇게 말해 주니 기쁩니다만, 기뻐하기는 아직 이릅니다. 중요한 건 지금부터니까요."

"그래! …좋아! 그럼 내일은 운동부를 돌면서 최종 하교 시각을 지키는가 확인해야지!"

"그렇죠! 같이 힘내요!"

"엥?"

잠깐만 기다려. 지금 말, 명백히 이상하지 않아?

"같이? 아니, 너는 다른 학교 학생이고…."

"여기까지 들었으면 물러날 수 없습니다! 내일 저도 당신의 학교에 가서 같이 조사를 하겠습니다! …생각해 보세요, 운동부를 조사하러 간다면 많은 사람이 있는 곳에 가는 거죠? 많은 사람들 앞에서 말하는 것과는 조금 다르지만, 연습에 딱 좋다고 생각해요!"

뭐지? 이치에 맞는 듯하면서, 안 맞는 듯한, 억지스러운 느낌.

아니, 나로서도 혼자서 조사하는 것보다는 둘이서 조사하는 편이 든든하니까 좋지만….

"우우…. 아니면 저랑 같이 다니는 건 싫은가요?"

그러니까 울상이 되는 게 너무 빨라!

"아니, 전혀 그렇지 않아! 괜찮아!"

"와아! 다행입니다!"

정말로 감정의 기복이 심한 아이로군. 순식간에 웃는 얼굴이 되었어.

"다만…. 너 괜찮아? 갑자기 다른 학교 학생이 오면 꽤라고 할까, 상당히 주목받을 텐데…."

"그거야말로 바라는 바입니다! 전 주목받을 때의 연습을 하고 싶으니!"

뭐, 분명히 그렇기는 한데.

문제는 그것을 이 애가 견딜 수 있나 없나 하는 점이고….

다만 그걸 말해도 납득하지 않을 뿐만 아니라, 또 풀이 죽을지도 모른다.

그런고로 여기서는 얌전히….

"그럼 내일 방과 후… 우리 학교 교문에서 합류하는 거면 될까?"

"그러죠! 왠지 재미있을 것 같네요! 전 두근거리기 시작했습니다."

나도 심장이 벌렁대고 있어. 주로 네가 폭주할 것만 같아서.

"그럼… 내일 또 봐요! 오늘은 이만 실례하겠습니다!"

"어, 그래. 내일 봐…."

이야기가 정리돼서 만족했는지, 소녀는 경쾌한 모습으로 그네에서 내리더니, 가벼운 발걸음으로 떠나갔다.

꽤나 신이 난 모습이었지만, 괜찮을까?

솔직히 말해서 꽤나 안 좋은 예감이 드는데.

주목받아서 허둥대는 미래가 보인다고 할까, 뭐라고 할까….

※

다음 날 방과 후, 교문 앞에서 어제의 소녀와 합류.

일단 우선 출입 허가증을 받으러 사무실로 가고 싶은데….

"하아~! 하아~! 하아~!"

숨이 장난 아니게 가쁜 모습이다. 그냥 하아하아거리는 식으로 호흡이 가쁘면 귀엽겠는데, 거기에 ~가 하나 들어간 것만으로 순식간에 불안해지니까 큰일이다.

예상대로 나의 불길한 예감이 멋지게 적중했군….

"저기… 괜찮아?"

"녜, 녜이, 안 괜찮습니다!"

안 괜찮은 모양이다. 본인 나름대로 애써 본다고는 하는 것 같은데, 대답에서부터 벌써 불안해지고 있다.

"죠로와 함께 있는 저 애, 누구지?"

"다른 학교 애지? 왜 우리 학교에….""

"헤에~ 예쁘네."

다른 학교 학생인 것만 해도 주목받는데, 덤으로 이 애는 미인이니까.

한층 주목을 받고 있지. 뭐, 본인은 미인이라는 자각이 없는 모양이지만.

"왜, 왜 제가 주목을 받고 있습니까? 딱히 이상한 짓도 안 했는데!"

"아마 네가 다른 학교 학생이라서겠지….."

"핫! 듣고 보니 분명히! 맹점이었습니다!"

나는 어제 말했거든?

너는 그거냐? 흥분하면 남의 이야기를 안 듣는 타입이야?

"어쩌죠?! 모처럼 많은 사람에게 주목받아도 괜찮아질 수 있도록 연습하러 왔는데, 이렇게 많은 사람에게 주목받으면 연습이 안 됩니다!"

연습밖에 안 돼.

얌전히 더 없을 기회를 받아들여.

"떠, 떨어지지 말아 주세요! 전 이렇게 주목받으면……~~!"

조심스럽게긴 하지만, 내 교복을 너무 꽉 잡지 말아 줘. 늘어나, 교복이 늘어나.

"같이 있어 주는 거죠? 절대로, 절대로 떨어지면 안 되니까요! 떨어지면 더 심한 짓을 할 테니까요! 뒤에서 손가락으로 찌를 거니까요?"

얼마나 예리한 거냐, 네 손가락은. 하다못해 손가락질로 해.

"알았어. 그보다 일단 사무실로 가자. 네 출입 허가증을 받아야만 하니까."

"녜, 녜입! 아, 그리고, 가능하면 주목받지 않도록, 눈에 띄지 않게 변장을…. 그, 그렇지! 선글라스와 마스크를 준비하면 눈에 띄지 않게…."

그랬다간 그냥 수상한 녀석이 탄생한다. 다른 방법을 모색해 줬으면 해.

그 뒤로 둘이서 사무실에 가서 소녀의 출입 허가증을 무사히 취득했기에, 드디어 조사를 개시. 일단 나에게 특히나 중요한 야구부로 가 보았다.

"여어! 죠로! 기다렸어!"

"여어, 썬."

평소와 같은 열혈 미소로 우리를 환영해 주는 썬.

유니폼에 묻은 진흙 얼룩은 연습의 노력을 그대로 보여 주는 듯하다.

"그래서 우리에게 물어보고 싶은 거란 게 뭐야? 활동 시간에 관한 중요한 일이라고 들었는데…. 그보다, 그 애, 괜찮아?"

"우우…. 왜 이렇게…. 아니, 약한 소리를 하면 안 됩니다! 이건 연습! 이건 연습! 힘내라, 나!"

조금 더 조용히 하는 연습도 해 줬으면 싶다.

"하지만 교문보다는 사람이 줄어서 여기라면 주목받지 않고…. 응, 이제 괜찮을 것 같아!"

네 연습으로서는 완전 글렀지만.

"으, 으음, 신경 쓰지 마! 그보다 물어보고 싶은 거 말인데, 야구부는 항상 연습을 몇 시 정도에 끝내?"

"야구부의 연습? 그렇군~ 평소에는 최종 하교 시각 10분 전에 끝내고 있어!"

벌써부터 안 좋은 정보가 나왔어!

"그, 그리고 뒷정리 같은 걸 하면 최종 하교 시각에 늦지 않아?"

"아니, 괜찮아! 1학년이 그 전에 뒷정리를 시작하니까! 그러니까 뒷정리나 환복도 포함해서 최종 하교 시각 10분 전에 끝낸다는 의미야!"

세이프! 위험했다!

그렇다면 야구부는 학생회장이 문제시하는 곳이 아니란 소리다.

그럼 최악의 경우라도 어떻게든 야구부만큼은….

"그리고 뒷정리가 끝난 뒤에는 선배들과 추가 연습을 하고 돌아가는 거지!"

오! 아웃! 결국 틀렸다!

"저, 저기, 썬. 참고로 묻는 건데, 만약의 이야기로… 선배들과 하는 연습 시간을 줄이면… 안 될까?"

"당연하지! 나는 최대한 야구 연습을 많이 하고 싶어! 귀중한 시간을 줄일 수는 없다고!"

네 귀중한 시간을 줄이지 않는 대신 학생회장의 위장이 아작아작 갈려 들어가고 스트레스가 축적되었습니다만….

"과연. 야구부 자체는 깨뜨리지 않았지만, 개인적으로 깨뜨리는 학생이 있다. 그럼 그 대책으로는….."

소녀는 사람이 줄어서 주목받지 않게 되어 진정을 찾았는지, 썬의 말을 열심히 메모하며 뭐라고 중얼거렸다.

"저기, 죠로. 그래서 학생회장 쪽은 어떤 느낌이야? 나한테 물어보러 왔다는 소리는 뭔가 방법이 보이기 시작한 건가 싶은데!"

오오, 이 얼마나 순진무구한 눈동자인가.

진실을 전하기 너무나도 힘들다.

"어, 어어, 나름대로는…. 이, 일단 물어보는 건데, 지금까지 최종 하교 시각을 실수로 넘겨서 학생회장에게 주의를 들은 적은…."

"학생회장에게 주의? 아니, 그건 한 번도 없어! 애초에 야구부는 제대로 최종 하교 시각을 지켰고! 야단맞을 이유는 전혀 없어!"

야단맞을 이유 씨께서 열혈 미소로 멋지게 엄지를 치켜드는 점에 대해서는… 건드리지 않는 게 좋을지도 모른다. 중요한 첫걸음부터 성대하게 좌절이로군….

"주의를 들은 적이 없다? …그렇다면 학생회장이 주시하는 건 운동부 활동이지 개인이 아니라는 소리일까요? 저, 저기! 지금 이야기, 조금 더 자세히 들려주실 수 있겠습니까?"

"음! 괜찮아! 뭐든지 물어봐!"

"네! 감사합니다!"

그 뒤에 소녀는 썬에게 야구부나 썬 개인의 이야기를 자세히 들으며 진지한 얼굴로 메모를 하고, 그게 다 끝나자 만족한 듯이 미소 지었다.

"후우! 역시 주목받지 않는 건 좋네요! 집중해서 작업을 할 수 있습니다!"

네 본래의 목적은 어디로 갔어?

야구부에서 이야기를 다 들은 우리가 다음에 간 곳은 테니스 코트.

거기서 연습하는 히마와리에게 이야기를 들으러 온 건데….

"죠로! 그 사람, 누구?! 우우～!"

왠지 시작부터 불온한 분위기를 느끼는 오늘 이 시각이다.

우리의 존재를 알아차리자 이쪽으로 온 것까지는 좋았는데, 아무래도 기분이 안 좋은 눈치.

누가 봐도 알 만큼 나와 함께 있는 소녀에 대해 적대심을 태우고 있다.

"네! 저기, 운동부의 활동 시간 조사를 거들고 있는 사람입니다!"

"나, 당신에게 안 물었어! 죠로한테 물었어!"

"아우! 죄, 죄송합니다…."

크으~! 뭐지, 이 기쁘면서 난처한 상황은!

새롭게 나타난 여자에게 질투하는 소꿉친구! 그야말로 완전 왕도 러브 코미디 전개가 아닌가!

한번 경험해 보고 싶었지, 이런 거!

"히마와리, 왜 그래? 갑자기 그렇게 퉁명스럽게…."

"이 사람, 왠지 싫어! 언젠가 나의 엄청난 라이벌이 될 것 같아!"

진짜로?! 그건 즉 이 사람도 내 러브 코미디 길에… 이거 끝내주는구만!

소꿉친구의 감은 잘 맞죠!

"죠로, 왠지 기쁜 거 같아! 나 화났어! 왜 내가 모르는 여자랑 같이 있어!"

"아, 미안! 저기, 지금 이 애가 말한 것처럼, 운동부의 활동 시간에 대해 같이 조사하고 있어. 어쩌면 활동 시간을 단축시키지 않을 수도 있을 테니까."

"어! 정말?! 와아! 그럼 앞으로 평범하게 연습할 수 있구나!"

기뻐하는 건 고맙지만, 너무 이르다.

아직 결정 난 거 아냐. 어디까지나 가능성이 있다는 소리야.

"그건 아직 모르지만, 일단 이야기를 좀 들려줄 수 있을까?"

"응! 좋아! 나 뭐든지 대답할 거니까!"

에헴! 이라며 작은 몸으로 가슴을 펴는 히마와리.

다만… 솔직히 이 여자가 가장 학생회장의 분노를 샀을 만한 위험인물일 거란 느낌이 든단 말이지….

"저기, 테니스부는 평소에 어느 정도에 연습을 끝내?"

"으응! 최종 하교 시각 조금 전에 끝내고 있어! 그리고 다 같이 뒷정리를 하고 같이 하교해!"

왜일까, 이 '조금 전'에서 풍기는 불온한 느낌은….

"그런데 학생회장이 항상 주의를 줘!"

테니스부는 최종 하교 시각을 꽤나 지키지 않는 것 아닐까?

그러지 않으면 그렇게 빈번하게 주의를 주러 오지 않을 텐데….

"오늘도 아까 왔어! 시찰이라면서! 그래서 난 '학생회장, 끈질겨'라고 한소리 해 줬으니까!"

정말로 너는 불에 기름을 붓는 재주가 있구나….

"죄송합니다. 저기, 조금 전이라는 게 어느 정도인지 자세히 알려 주실 수 있습니까?"

"응? 어느 정도? 으응, 모두 다 같이 돌아갈 수 있을 정도야!"

"그게 정확히 어느 정도인지 알고 싶습니다만…."

"몰라! 하지만 괜찮아! 확실히 돌아가니까!"

"그렇습니까…."

캐치볼에서 폭투가 이어져서 한쪽이 난항 중이다.

그래도 일단 꼼꼼히 메모를 하는 점에는 감탄하겠는데, 좀처럼 진전이 없다.

"저기, 어떻게 하면⋯."

결국 소녀는 나에게 도움을 청하는 시선을 보내 왔습니다. 뭐, 그렇게 되겠죠.

"다른 사람에게 물을까⋯."

"죠로! 그 애하고만 이야기하고, 나랑 이야기하지 않는 건 너무해! 나랑도 이야기해! 너무해너무해너무해!"

소꿉친구여, 그 반응은 기쁘기도 하지만, 지금은 그만둬.

아무튼 목적을 달성하는 게 최우선 사항이다.

"아, 아니, 여러 사람에게 이야기를 듣고 그걸 정리해서 학생회장에게 전달할까 싶으니까. 그, 그러니까 히마와리는 진정하고. ⋯응?"

"어? 죠로, 오늘도 학생회장이랑 이야기하러 가? 그럼 나도 도울래! 따끔하게 말할 거니까!"

아니, 일이 복잡해질 것 같으니까 됐습니다.

※

"좋아, 그럼 갈까. ⋯준비는 됐어?"

"네! 완벽합니다!"

그 뒤에 각 운동부의 조사를 마친 우리는 드디어 마지막 난관인 학생회실로.

거기서 기다리고 있을 학생회장을 이번에야말로 설득하고자 학생회실 앞에 왔다. 잘 되면 좋겠는데 말이지~

"저기, 괜찮습니까?"

"아! 미안! 응, 괜찮아."

이런, 이런. 내가 정신 바짝 차려야만 하는데 이래선 안 되지. 그럼 정신줄을 다시 단단히 잡아 볼까.

그런고로 어제와 마찬가지로 학생회실 문을 두 번 노크. 그러자….

"들어오세요."

어제와 마찬가지로 씩씩한 목소리가 학생회실 안에서 들려왔다.

"실례하겠습니다."

안에 들어가자 오늘도 혼자 학생회장용 의자에 분위기 있게 앉아 있는 학생회장. 다른 임원은 아무도 없다. 학생회는 이 사람밖에 없나? 보통 다른 임원도 있는 거 아냐?

"다른 사람들에게는 각각 각 위원회나 각 동아리 활동의 조사를 의뢰했어, 키사라기."

"그렇습니까…."

이쪽이 무슨 생각을 하는지 꿰뚫어 본다니, 기분이 안 좋아지는군….

"그래서 키사라기가 어제에 이어서 오늘도 찾아왔다는 소리는, 즉 학생회 서기에 취임해 주는 거라 생각하고."

"운동부의 활동 시간 제한에 대해 이야기하러 왔습니다."

"끈질긴 사람은 미움 살걸?"

꽤나 애수 어린 목소리네요, 학생회장.

"체념을 모른다고 해 주셨으면 싶네요."

"…하아, 역시나 이틀 연속으로 같은 사람이 오는 것은 별로 기분이 좋지 않은 일이야. …게다가 다른 학교 학생까지 같이 온다니 말이지."

이런. 어제는 처음이었으니까 그나마 나았지만, 두 번째… 게다가 이틀 연속으로 내가 왔기 때문일까, 기분이 언짢은 기색이다. 이거 제대로 이야기하지 않으면 설득하기 어렵겠군.

"학교 측의 허가라면 받았습니다."

"그런 당연한 일을 자신 있게 말해 봤자 아무런 효과도 없어."

학생회장의 날카로운 시선이 나와 함께 있는 소녀에게 꽂혔기에, 살짝 몸을 움직여서 소녀를 내 뒤로 숨겼다.

"감사합니다. …하지만 괜찮아요."

부드럽고 온화한, 그러면서 자신감 넘치는 목소리가 뒤에서 들렸다.

주목받는 건 거북하다고 했지만, 이런 상황은 거북하지 않은 모양이다.

"키사라기, 용건은 짧게 부탁해. 이래 보여도 나는 나름 다망해. 너에게만 할애할 시간은 그리 없어."

"운동부의 활동 시간 단축을 재고해 주세요."

"그다음 이야기를 빨리 들려 달라는 말이야."

서론을 들을 짬도 아깝다는 걸까.

"알겠습니다."

그럼 얼른 이쪽의 조사 결과를 토대로 설득하도록 할까.

"어제 학생회장은 '운동부는 활동 종료 시간의 설정을 잘못해서 최종 하교 시각까지 귀가하지 않는 학생이 많다'고 말했죠?"

"응, 그래."

"하지만 실제로는 달랐습니다. 오늘 우리가 모든 운동부를 조사했습니다만, 실제로 최종 하교 시각을 넘긴 곳은 다해서 세 곳. …농구부, 검도부, 축구부뿐이었습니다."

그래, 의외로 그 이외의 곳은 제대로 최종 하교 시각에 맞출 수 있도록 뒷정리까지 마쳤다. 즉 소녀틱 소녀의 예상대로 학생회장은 거짓말을 하지 않았지만, 모든 말이 다 옳았던 건 아니었다.

"호오…. 거기까지 조사했나. 조금 네 평가가 올랐어."

어라? 내 예상으로는 조금 허둥댈 거라고 봤는데, 완전 여유

만만한 태도다.

　오히려 뭔가 감탄한 기색으로 나를 보고 있는데….

　"그리고 다른 운동부는 최종 하교 시각을 준수했으니까 그 세 운동부 이외의 활동 시간을 제한하는 걸 그만둬 달라고 내게 말하려는 거야?"

　말하려는 거였습니다….

　아니, 하지만 그렇잖아? 야구부나 테니스부, 그리고 다른 운동부는 제대로 최종 하교 시각을 지켰어! 그러니까 일부러 줄일 필요는….

　"애석하지만 키사라기. 그런 이야기라면 기각이야. 설령 시간을 준수한 운동부가 있었다고 해도, 지키지 않은 운동부도 있어. 말하자면 '운동부'라는 카테고리로 생각했을 경우, 결과적으로 그들은 시간을 안 지킨 게 되니까."

　"하지만 제대로 시간을 지켰는데 활동 시간을 줄이는 건."

　"연대 책임이라는 거야, 키사라기. 혹시 아까 네가 말한 세 운동부가 제대로 시간을 지키려 한다면 검토하겠지만… 거기에 대해서는 어제도 말했지?"

　짧아도 반년, 길게는 1년 동안 제대로 시간을 지키는 모습을 보인 뒤가 아니면, 판단하지 않겠다는 건가. …제길, 귀찮게 됐군.

　"과연. 이런 식으로 차분하게 말하면 다소의 횡포가 있어도 상대의 입을 막을 수 있다. …흠흠, 크게 배웠습니다!"

느긋하게 메모나 할 상황이냐!

우리가 준비한 작전이 멋지게 박살났다고!

이거 이 애의 말처럼 다소 횡포 같은 면이 있지만, 근본적으로 이번 이야기는 학생회장이 압도적으로 유리한 고지를 차지하고 우리를 몰아붙이는 상태.

이걸 뒤엎으려면 확실하게 학생회장을 무릎 꿇릴 만한 것이 있지 않으면….

"죄송합니다, 학생회장 씨. 잠깐 괜찮을까요?"

거기서 메모를 하고 만족했는지, 소녀가 한 걸음 앞으로 나서며 말했다.

무슨 말을 할 생각이지? 이쪽 작전은 이미 실패했는데….

"뭐지? 아까도 말했듯이 그리 시간이 없어서."

"제 질문에 거짓 없이, 솔직히 대답해 주세요."

"…좋아."

학생회장의 말을 가로막고, 웃으면서 팍팍 압박을 가하는 소녀.

반대로 학생회장은 조금 찔린 기색이다.

"지금 당신은 어딘가 한 운동부라도 시간을 깨뜨렸으면 연대 책임으로 다른 운동부도 마찬가지로 활동 시간을 단축한다고 말씀하셨죠?"

"그래, 맞아."

"그럼 왜 거기에 문화부는 포함되지 않습니까? '운동부'가 아니라 '동아리 활동'이라는 카테고리로 생각하면, 그쪽도 포함시켜야 하지 않습니까?"

"나도 그렇게 호랑이는 아냐. 최대한 활동 시간을 줄이는 곳은 적었으면 싶지. 그러니까 동아리 활동이라는 카테고리보다 한 단계 아래… 운동부와 문화부라는 카테고리로 생각한 거야."

그럼 한 단계 더 아래까지 봐주세요…라고 말하고 싶지만, 말해도 허사다.

아까의 대화를 또 거듭할 뿐이다.

"과연. 그건 멋진 생각입니다…. 그럼 다음 질문으로 들어가죠."

"다음 질문? 이 이상 말해도 헛수고라고…."

"문화부는 모든 학생이 최종 하교 시각을 준수하고 있습니까?"

"……."

학생회실에 씩씩하게 울리는 소녀의 목소리가 학생회장의 입을 막았다.

어이어이, 혹시 문화부에서도 안 지킨 곳이 있는 건가?

혹시 그렇다면 그 상황에서 운동부만 활동 시간을 단축시킨다면….

"그, 글쎄, 어떨까? 거기까지는 조사를 해 보지 않았으니까… 모, 몰라."

이거 분명히 안 지킨 곳이 있구만!

아까까지의 압도적인 여유로운 태도에서 표변해, 명백히 초조해진 기색으로 시선이 우왕좌왕하는 학생회장. 힐끗 다리를 보니 덜덜 떨기까지 시작했다.

"모른다? 즉 당신은 문화부의 활동 시간, 최종 하교 시각을 지키는지 아닌지도 확인하지 않고, 운동부만 활동 시간을 단축시키려 했습니까?"

말했다아아아아! 우와아! 얘, 진짜 대단해!

든든함이 장난 아냐!

"그, 그건…."

"혹시 그렇다면 명백히 월권행위인데요?"

"그, 그럼 문화부도 조사해서 안 지킨 곳이 있으면, 문화부 역시 마찬가지로 활동 시간을 단축시키면 될 뿐인 이야기잖아!"

반쯤 될 대로 되라는 심정인지, 학생회장의 어조가 날카로워지고 소녀를 매섭게 노려보았다.

하지만 소녀는 전혀 개의치 않고 냉정한 태도를 지키고 있다.

혹시나 이거 이기는 흐름 아닌가….

"그렇게 되면 모든 동아리 활동의 활동 시간이 단축되고, 아까 당신이 말씀하셨던 '최대한 활동 시간을 줄이는 곳은 적게 하고 싶다'라는 발언과 모순된다고 생각합니다만?"

"큭! 끄으으으! 마, 맞는 말이야…."

이겼다! 그만큼 철벽이라고 여겨졌는데, 순식간에 대역전을 했어!

아니, 이 애, 진짜로 대단해! 진짜로!

"제길! 뭐지, 이 애는…!"

소녀에게 멋지게 한 방 먹은 학생회장은 분한 듯이 신음하고 있다.

그동안 힐끗 소녀의 낌새를 확인하니, 아름다운 윙크를 날려 왔다.

…역시 미인이군.

"자, 슬슬 마무리로 들어갈까요."

드디어 마무리 일격을 날리기 위해서인지, 소녀가 똑바로 학생회장을 바라보았다.

그리고….

"실례하겠습니다! 저기, 전 야구부의 오오가 타이요입니다만, 학생회장에게 동아리 활동 시간 문제로 할 말이 있어서 왔습니다! 다른 야구부원들도 같이 왔습니다!"

"배구부의 주장입니다만… 학생회장! 배구부 일동, 역시 활동 시간 단축을 받아들일 수 없어서 직접 이야기하러 왔습니다!"

"유도부입니다만, 부디 동아리 활동 시간은 이대로 놔둬 주세요! 부탁합니다!"

"테니스부의 부장입니다! 다시 한번 이야기를 하게 해 주세요!"

이거 엄청난 숫자로군. 일단 대표자만 학생회실에 들어오긴 했지만, 힐끗 밖을 확인하니 우와, 수많은 운동부 학생들이 주르 륵 와 있구만.

"죠로, 도우러 왔어! 역시 너한테만 맡기는 건 미안하고!"

"고마워, 썬."

게다가 등장하는 타이밍이 완벽하다.

지금 승부가 결판나는 순간인데, 나와 학생회장, 그리고 이 아 이만 있어선 나중에 학생회장이 딴소리를 할지도 모르니까.

하지만 이렇게 많은 학생이 있으면 그대로 증인이 되어 주는 거지!

자, 소녀틱 소녀여! 준비는 다 끝났다!

학생회장에게 마무리 일격을 날려….

"호, 호에에~ 크아타~ 와타타타타…."

왜 갑자기 이소룡 같은 소리를 내고 있는데?

아니, 설마….

"크크크…큰일입니다! 사, 사람이 많아! 주, 주목이! 주목이 모이고 있습니다! 주목 지수, 쭉쭉 상승 중입니다! 크아타타타… 큰일이다!"

'큰일이다'가 왜 무슨 기합 소리처럼 바뀌는 건지 정말 궁금합 니다만?

하지만 역시 그런가. 갑자기 밀려든 학생들, 그것도 전원 거의 모르는 상대.

그 시선이 지금 학생회실 안에 있는 학생회장… 그리고 나와 이 아이에게 쏠리고 있다.

이거 큰일이군. 설마 증원이 오히려 문제가 되다니….

"죠로, 그 애 괜찮아? 왠지 이상한 소리를…."

"괘, 괜찮으니까! 응! 정말 괜찮으니까!"

"크아타! 크~크아타타타타타!"

네가 그래서 큰일인 건 나라는 사실을 알아줬으면 합니다!

"이건 설마…. 훗."

게다가 그 약점을 학생회장에게 들킨 거 아닙니까?

"각 동아리 활동의 대표 제군! 미안하지만, 지금은 이 사람들과 이야기하고 있어. 이제 곧 끝나니까 **그대로** 기다려 줄 수 있을까? 이제부터 저기 있는 소녀가! 저기 있는 소녀가! 내게 아주 중요한 말을 할 모양이니까!"

네! 확실히 들켰습니다!

의도적으로 주목이 이 아이에게 모이도록 멋지게 유도했습니다!

"어, 어쩌죠오오~…."

그리고 소녀는 이미 한계에 도달한 듯한 말을 하면서 내 교복을 살짝 붙잡고 울상을 하며 바라보았다.

"어라? 혹시 이야기는 이미 끝난 건가? 그렇다면 키사라기와 함께 나가 주지 않겠어? 이제부터 저들과 중요한 이야기가 있어서."

제길! 순식간에 여유를 되찾고!

지금 이 상황에서 우리가 쫓겨나면 확실히 운동부의 활동 시간은 단축된다.

이렇게 되었으면 내가 아까 이 애가 했던 말을 학생회장에게 전해서… 아니, 아니야.

그게 아니야…. 그게 아니라고.

분명히 운동부의 활동 시간은 나에게 최우선 사항이다. 하지만 여기서 내가 해결해 버리면, 이 아이가 의논해 온 '군중공포증을 고치고 싶다'란 문제가 남는다.

지금까지 신세를 졌다.

아무리 궁지에 몰렸어도, 설령 아무리 무모하게 생각되어도….

"하기로 마음먹었으면 한다. 그게 나의 모토다."

"어? 어, 어쩐지 아까랑 조금 어조가…."

"저기, 잠깐 괜찮아?"

"히익!"

놀라는 소녀의 말을 무시하고 나는 두 손을 어깨 위에 올렸다. 조금 힘이 들어갔는지, 소녀의 얼굴이 살짝 붉어졌다… 하지만 지금은 신경 쓰지 마.

군중공포증을 고치는 방법. 주위를 전원 감자라고 생각하든가, 경험을 통해 익숙해지든가 하는 거지만, 이 아이의 경우는 다르다. 이 아이의 경우는….

"지금부터 네가 하는 건 요리 이야기야."

"요, 요리?"

"그래. 네가 잘하는, 네가 누구에게도 지지 않는, 자신 있는 요리 이야기. 재료는 학생회장, 요리 도구는 네가 지금까지 계속 쥐고 있던 메모."

"대, 대단한 요리네요…. 후후."

조금 여유가 생겨난 건지, 소녀가 작게 미소를 흘렸다.

그래, 이 아이는 스스로에게 자신이 있는, 좋아하는 거라면 제대로 이야기할 수 있다.

그렇잖아? 좋아하는 것을 할 때는 주위를 신경 쓰지 않을 정도로 열중하는 법이니까.

"그렇지? 나로서는 도저히 할 수 없어. 하지만… 너라면 할 수 있지?"

"……."

내가 하는 말을, 소녀는 아직 불안한 건지 조용히 고개를 숙이고 침묵하며 들었다.

하지만 그로부터 아주 잠깐 시간이 흐르자 힘차게 고개를 들고…

"네! 맡겨 주세요!"

아주 아름다운 미소를 활짝 지으며 내게 그렇게 말했다.

"후우…. 보기 흉한 모습을 보여서 죄송했습니다. 학생회장 씨."

방금 전까지 허둥대던 모습과 달리, 늠름한 모습.

온몸에서 넘쳐나는 자신감. 눈동자에서는 약한 기운이 사라지고 날카로운 눈빛이 학생회장을 바라보았다.

"아, 아니… 괜찮아."

반대로 안 좋다고 생각했는지, 학생회장은 어딘가 겁먹은 기색이다.

"그럼 이야기를 되돌리겠습니다만, 운동부의 활동 시간 단축은 하지 말아 주세요. 가령 한다고 해도, 그건 어디까지나 최종 하교 시각을 지키지 않은 곳뿐입니다."

"그러니까 그건…."

"아까 했던 이야기를 또 할까요?"

"윽!"

멋지다. 여기서 다시 한번 그 이야기가 나오면 학생회장으로서는 귀찮기 짝이 없다.

자기가 '그대로 있어라'라고 말한 수많은 운동부 학생들에게 그 내용을 들려주게 되니까.

그렇게 되면 최악의 경우, 학생들의 신용까지 잃게 된다.

"하, 하지만, 아직 문제는 남아 있어! 동아리 활동에 전념한 나머지 성적이 좋지 못한 학생이 있지! 그 학생을 위해서라도 활동 시간은….”

“성적이 나쁜 학생은 운동부에 소속된 사람뿐입니까? 문화부에 소속된 사람, 동아리 활동을 하지 않는 사람 중에는 성적이 나쁜 학생이 없습니까?”

“아! 그건, 저기….”

“역시나 거기까지는 모르는군요. 학생의 성적이란 것은 개인정보와 깊이 관련이 있는데, 일개 학생인 당신이 알 턱이 없죠.”

그렇지! 아무리 학생회장이라도 해도 전교 학생의 성적을 알 수는 없어.

혹시 억지로라도 조사하면 말도 안 되는 월권행위고, 큰 문제가 된다.

“……알았어.”

드디어 체념했는지 학생회장은 푸욱 고개를 숙이며 그렇게 말했다.

다행이다. 이걸로 문제는 전부 해….

“그럼 모든 동아리 활동… 문화부도 운동부도 모두 활동 시간을 단축한다!”

“아니! 당신은 무슨….”

하아아아앙?! 이 학생회장, 갑자기 무슨 소리를 하는 거야?!

“하하하! 네가 아까 말했지! 문화부도 최종 하교 시각을 지키지 않는 곳이 존재한다! 그럼 전원 연대 책임이다! 즉 모든 곳의 활동 시간을 단축하면 모든 문제는 해결된다! 연대 책임, 연대 책임, 연대 책이이이이임!!"

학생회장이 망가졌다! 완전히 될 대로 되라는 듯이 폭주하고 있어!

"하지만 그건 당신이 말했던 '최대한 활동 시간을 줄이는 곳은 적게 하고 싶다'는 발언과 모순된다고, 아까도….."

"아니, 모순되지 않아! '최대한'이라고 했으니까! 나에게 최우선으로 생각해야 하는 건 최종 하교 시각의 준수! 그리고 학생의 성적 향상이다! 그걸 위해서 활동 시간의 단축이 필요하다면 피를 토할 만큼 괴로운 심정이지만 하도록 하지! 하하하하!"

"큰일이네요….. 설마 이런 수단으로 나오다니….."

소녀가 허둥거리는 느낌으로 내게 시선을 보냈다.

그건 그렇겠지. 학생회장이 설마 싶은 강경책으로 나왔다. 이 정도까지 되면 우리 학교에서 외부인인 이 아이로서는 학생회장을 막을 수 없다.

아니, 왜 이 인간은 이렇게까지 운동부의 활동 시간을 줄이고 싶어 하는 거야?

마치 진짜 이유가 달리 있는 듯한.

"죠로! 학생회장이랑 이야기, 아직도 안 끝났어? 나 기다리다 지쳤어!"

그때 학생회실에 난입한 것은 내 소꿉친구인 히마와리다.

아~ 이 녀석도 왔구나…. 뭐, 테니스부의 부장이 왔는데 히마와리가 오지 않는 것도 그렇지. 그보다 이야기가 꼬일 것 같은 느낌밖에 들지 않는데.

"히마와리. 지금은 학생회장이랑 중요한 이야기를 하고 있으니까! 일단 진정하고."

"싫어! 나, 기다리다 지쳤어! 지쳤어지쳤어지쳤어!"

정말로 지친 사람은 그렇게 발을 구르지 않습니다.

귀찮은 사태에 더불어서 성가신 사태까지 일어나다니, 정말로 해결의 가닥은….

"히, 히마와리! 너도 왔나!"

어라? 아무래도 꽤나 상기된 목소리가 들려왔는데….

지금 목소리는… 응, 역시 지금 막 강경책을 밀어붙이려던……학생회장이다.

"우? 왜, 학생회장?"

"아, 아니! 딱히 볼일이 있었던 건 아니다! 다만 너도 왔나 싶어서! 그, 그런가! 너도 왔나! 아하, 아하하하하!"

얼굴을 붉히고 시선도 이리저리 방황하는 학생회장.

응. 잠깐만 있어 봐….

일단 오늘과 어제 있었던 일을 떠올려 보자.

우선 썬과 히마와리에게서 운동부의 활동 시간 단축에 대해 이야기를 들었다.

그리고 내가 학생회장과 담판을 지으러 갔다가 멋지게 당했다. 다만 꽤나 나를 마음에 들어 해서, 우리 학교에서 미소녀로 정평이 나 있는 **히마와리의 소꿉친구**인 나를 학생회에 서기로 영입하려고 했다.

그리고 오늘 최종 하교 시각을 이따금 깨뜨리는 썬은 한 번도 학생회장이 주의를 주러 오지 않았다고 말한 것과 달리, 최종 하교 시각을 확실히 지키는 **히마와리**는 왠지 학생회장이 주의를 주러 온다고 말했다.

마지막으로는 성적 문제. 우리 학교의 운동부 중에서 항상 시험 때면 나에게 공부를 배워 아슬아슬하게 낙제점을 모면하는 것은….

"왜 그래, 죠로? 그렇게 물끄러미 나를 보고?"

나의 소꿉친구. 히마와리＝히나타 아오이다.

어디 보자, 즉 이 이야기는….

"히마와리, 잠깐 여기서 기다려 봐."

"죠로, 나 기다리다 지쳤어! 그러니까…."

"크림빵 사 줄 테니까."

"알았어! 나 기다릴게!"

순순해서 좋아. 그럼 일단 학생회장에서 접근해서….

"뭐, 뭐지? 키사라기?"

이마에서 땀을 뻘뻘 흘리면서, 내가 접근한 것에 경계하는 학생회장.

그런 학생회장에게 나는 누구에게도 들리지 않는 작은 목소리로…

"당신, 히마와리와 만날 구실을 만들고 있지 않습니까?"

담담히 그렇게 전했다.

"아, 아아아, 아니야! 딱히 나는 운동부의 활동 시간을 줄이면 학생회가 끝나는 시간과 테니스부가 끝나는 시간이 겹치니까 우연을 가장해서 같이 하교할 수 있지 않을까 라든가, 운이 좋으면 친해져서 시험 전에 공부를 가르쳐 줄 수 있지 않을까 라든가, 키사라기를 서기로 영입하면 히마와리와의 접점을 얻을 수 있지 않을까, 같은 생각은 전혀! 전혀! 그래, 저언혀어!"

아주 순순해서 좋아.

역시 그렇다. 이 학생회장은 히마와리와 친해지고 싶었다.

그러니까 그럴듯한 이유를 이것저것 붙여서 구실을 만들었다.

그걸 위해서 운동부 전체의 활동 시간을 단축하려고 한다든가… 정말 말도 안 되는 사리사욕으로 물든 녀석이잖아….

"키, 키사라기, 설마 너는…!"

허둥대는 시선에서 공포의 시선으로 변한 학생회장.

그런 학생회장에게 나는 다정하게 활짝 웃어 주고,

"소문나고 싶지 않으면 운동부의 활동 시간은 이대로 부탁하겠습니다."

"…네, 알겠습니다."

이렇게 해서 우리 학교에서 일어난 작은 사건은 해결에 이른 것이었다.

※

무사히 학생회장의 설득에 성공한 나는 소녀틱 소녀와 함께 하교.

지금은 둘이 사이좋게, 어제도 같이 이야기했던 공원의 그네에 앉아 있다.

"오늘은 고마워. 정말로 네 덕분에 살았어."

"아뇨! 무슨 말씀을! 마지막에 해결한 것은 당신 쪽이고…."

"그럴지도 모르지만, 내가 거기까지 할 수 있었던 건 네가 학생회장을 몰아붙였기 때문이야. 그게 아니었으면 운동부의 활동 시간은 단축되었어."

"그, 그런…."

내 칭찬에 부끄러워졌는지, 소녀는 얼굴을 붉게 물들였다.

"게다가 이미 네 고민 쪽도 괜찮을 것 같지?"

"아, 네! 이제 괜찮습니다! 주목받더라도 제가 좋아하는 것을, 자신 있는 것을 이야기한다고 생각한다! 그러면 전혀 주위의 시선을 신경 쓰지 않을 수 있었습니다!"

저녁노을에 물든 소녀의 미소에는 달성감이 넘쳐나서, 처음 만났을 때의 약한 모습은 어디서도 찾아볼 수 없어졌다. …분명 자신감이 생긴 거로군.

"정말로 오늘은 크게 배웠습니다! 이 경험을 살려서 **고등학생이 되면 훌륭한 학생회장이 되겠습니다!**"

두 손을 주먹 쥐면서 의욕을 어필하는 소녀.

분명 이 애라면 좋은 학생회장이 될 수 있겠지. 엄하지만 자상한, 그런 학생회장이.

"응, 힘내. 나도 응원할게."

"네! 응원받겠습니다! …아! 그게 아니었습니다!"

응? 왜 그러지? 뭔가 진지하게 생각하는 표정을 하고 있고….

"…어흠. …응, 고마워! 그 응원에 응할 수 있도록 노력할게!"

"네?"

갑자기 어조가 변했는데 뭐지?

"왜 그래? 그 어조는?"

"아, 아니, 저기, 그게!"

순식간에 허둥대는데 괜찮나?

부끄러운 건지, 오늘 하루 종일 메모를 하던 노트를 부채 대신 흔들어서 얼굴에 바람을 보내고.

"오, 오늘, 그쪽의 학생회장과 이야기하고 생각했습니다만, 역시 학생회장은 위엄이 필요하다고 생각했습니다! 그래서 그 학생회장의 어조는 위엄이 넘쳐나서 참고가 되었기에, 저도 일단 어조를 바꿔 볼까 하고! …우우, 창피해."

그렇군. 말하자면 나와 같은 짓을 하는 건가.

…아니, 이 애는 딱히 성격을 위장할 생각이 없으니까 그 정도는 아니지만.

나와 조금 비슷하다는 느낌이다.

"그래. …응, 너라면 분명 할 수 있어."

"그, 그렇습니까?! …아! 어흠. …그래?"

"물론."

어조를 바꿀 때마다 하는 헛기침을 보고 있으면 조금 재미있어진다.

나도 본성을 살짝 흘렸을 때는 헛기침으로 얼버무리지.

그건 그렇고 이 애가 내년에 고등학생이 된다는 소리는 지금은 중3인 거지?

즉…… **중학교 2학년**인 나보다 연상이라는 소리로군….

처음에 저쪽이 경어로 이야기해 왔고 왠지 내게 기대는 모습이기에 무심코 반말로 말했는데, 실은 꽤나 실례되는 짓을 했나?

아니, 별로 신경 쓰는 것 같지도 않으니 괜찮으려나.

"좋아! 그럼 이 어조를 내 것으로 삼을 수 있도록 노력하겠습니다! 그리고 모두가 의지하고 따를 수 있는 인물을 목표로 매진하겠습니다!"

"그렇군요. 당신이라면 할 수 있습니다."

"왜 갑자기 경어가 됐습니까? 저로서는 아까 그대로인 편이…"

경어로 했더니 오히려 불만스러운 얼굴을 했다.

역시 신경 쓰지 않았나. 아니, 내가 연하라는 것조차 알아차렸는지 의아스럽다.

"그럼 역시 이쪽의 어조로."

"네! 그렇게 해 주세요! 저도 지금만큼은 지금까지처럼 말할 테니까요!"

긴 머리를 우아하게 나부끼면서 티 없는 미소를 짓는 소녀.

그 미소는 정말로 예뻐서 나는 무심코 눈을 돌렸다.

"아! 그리고 보면!"

그때 뭔가 떠올렸는지, 소녀가 반짝거리는 눈으로 나를 바라보았다.

"계속 잊고 있었습니다만, 제 자기소개를 하지 않았네요! 당신이 말을 걸기 쉬워서 깜빡하고 있었습니다!"

그러고 보니 그랬다.

나도 꽤나 말을 걸기 쉬우니까 내 소개를 그만 잊고 있었지.

"'춘하추동(春夏秋冬)'의 '추(秋)'에 '들 야(野)', '벚꽃 앵(櫻)' 자를 써서, 아키노 사쿠라! 그게 제 이름입니다! 특기는 요리! 제 1지망은 사립 니시키즈타 고등학교고, 지금은 중학교 3학년입니다!"

헤에, 그런 이름인가.

그보다 '아키노 사쿠라'라면….

"…코스모스인가."

"코스모스? 뭡니까, 그게?"

"아니, 네 이름의 한자를 생략하면 코스모스(秋櫻)가 될 수 있지 않나 해서."

"그건 제게 붙여 주는 별명입니까?!"

"으, 응. 뭐…"

"와아~! 정말 기쁩니다! 게다가 아주 예뻐요! 응! 오늘부터 저는 코스모스! 코스모스입니다!"

딱히 별명을 붙일 생각은 없었지만, 본인이 마음에 들어 하니까 좋은 걸로 할까.

게다가 이 애가 오늘 계속 메모에 쓰던 핑크색 노트와도 잘 맞고.

"오늘은 정말 고맙습니다! 언젠가 또 어디서 만나게 되면, 그때는 반드시 제가 당신의 힘이 되겠습니다! …아니, 어쩌면 제가 어리광 부릴지도 모르겠네요! 또 이상한 의논거리를 말할지도! 후훗!"

"하하. 양쪽 다 대환영이야."

어쩐 일로 솔직하게 진심 어린 말이 입에서 나왔다.

그 정도로 이 애… 아니, 코스모스의 미소가 매력적이었다.

"그럼 저는 이만 실례하겠습니다! 집의 귀가 시간도 있으니까!"

"응, 정말로 오늘은 고마워. …그럼 안녕."

"좋았어! 오늘부터 이 어조를 내 것으로 삼겠어! 다음 연습은 학교의 모두에게 이쪽의 어조로 말을 거는 것이야! 힘내자~!"

코스모스는 경쾌하게 그네에서 내려가더니, 새롭게 익히려는 어조로 혼잣말을 중얼거리며 발걸음도 가볍게 공원에서 떠나갔다.

…아. 그런데 내 자기소개를 까먹었군….

뭐, 됐어. 어차피 더는 만날 일이 없을 테고. 일생에 단 한 번인 만남이었을 뿐이다.

하지만 우리 중학교… 그렇게 번뇌로 가득한 남자가 학생회장이어도 되나?

이왕이면 고등학교에서는 코스모스처럼 미인이고 착실한 녀석이 학생회장이 되어 주면 고맙겠는데. 그러면 나도 서기로…라는 생각도 해 보고.

일단 나도 그만 집에 가자.

"…니시키즈타 고등학교에 들어가려면 성적이 어느 정도 돼야 하더라?"

※

고등학교 2학년 1학기.

방과 후, 오늘은 어쩐 일로 팬지에게 예정이 있다고 해서, 항상 가던 도서실에는 가지 않는다.

그러니 얼른 집에나 갈까 했는데, 도중에….

"죠로~! 어떻게 해~~~~!!"

울상을 한 학생회장 코스모스에게 붙잡혔다.

"…무슨 일 있습니까, 코스모스 회장?"

"저기, 오늘은 학생회에서 각 동아리 활동이 종료 시간을 지키는지 확인할 예정이었는데, 다른 임원이 모두 할 일이 있어서… 나밖에 없어…."

"그거 큰일이네요. 그럼 나는 이만…."

"아! 저기, 그게… 죠로…."

알고 있어. 나보고 같이 가 달라고 말하려는 거지?

하지만 나는 이미 학생회 서기를 그만두었고, 때로는 일찍 집에 돌아가 공부하고 싶고….

"혼자는 외로워~…. 누가 같이 있어 줬으면 해~"

누가, 라고 말하면서 개인을 지정해서 그 사람의 교복을 꾹 붙잡지 말아 줬으면 싶다.

정말이지 이 녀석은 평소에는 냉정하고 누구보다도 든든한 주제에, 이상한 때에 덜렁대니까 귀찮아. 게다가 그 경우 대개 나

120

를 끌어들이고….

"…괜찮으면 내가 도와줄까요?"

"정말로?! 와아~! 고마워, 죠로!"

제길. 무자각이겠지만, 귀엽게 웃고 있고….

그런고로 방과 후의 귀가 전에 나는 코스모스와 함께 각 동아리를 시찰하러 다니는 꼴이 되었다.

혼자가 아니게 되었기 때문일까, 내 옆을 걷는 코스모스는 꽤나 기분 좋게 미소 짓고 있었다.

"후훗. 이렇게 각 동아리의 활동 시간을 확인하고 있으니 옛날 생각이 나네~"

"옛날 생각이라니, 어떤 거 말입니까?"

"나한테 '코스모스'라는 별명을 붙여 준 남자애와의 추억!"

신이 나서 눈동자를 빛내며 내게 이야기하는 코스모스.

이 녀석에게 그 추억이 매우 소중한 것이라는 게 잘 전해졌다.

"헤에~ 그런 사람이 있군요."

"어, 응…."

내 대답이 마음에 들지 않았는지, 코스모스는 어딘가 풀 죽은 기색이었다.

"…어쩔 수 없어."

어딘가 애수가 떠도는 느낌으로 고개를 숙인 채 중얼거리는 코스모스의 말.

다만 그것도 한순간이고, 고개를 든 코스모스는 평소의 밝은 미소를 짓고 있었다.

"정말로 그 애는 너무했어! 내가 연상인데 첫 대면부터 경어가 아니라 친구한테 그러듯이 반말로 말하고! 나는 제대로 경어로 말했는데! 그런 거친 사람은 분명 나를 잊어버렸겠지!"

오히려 다른 스위치가 켜졌는지, 꽤나 뚱한 기색으로 불평을 늘어놓기 시작했다.

다만 그 모습을 보고 있으니 우스워지기도 했다.

"잊은 건 아니지 않을까요?"

"아니, 틀림없이 잊었어! 그에게 나 같은 건 결국⋯."

"이젠 많은 사람들에게 주목받더라도 괜찮아졌군요."

"⋯어?"

내가 예상 밖의 말을 해서 코스모스가 눈을 동그랗게 떴다.

정말이지 냉정하게 보여도 감정이 솔직히 드러나는 녀석이야.

"⋯기, 기억해 준 거야?"

"글쎄요? 무슨 소리일까요? 나는 분명히 경어를 쓰는, 너무하지 않은 남자라서."

"아! 아까 한 말! 너, 너무해, 죠로!"

뺨을 불룩거리며 어린애처럼 화내는 코스모스.

정말이지 이럴 때는 그때와 전혀 달라진 게 없어.

"그거 정말로 죄송합니다."

"우우! 반성이 전해지지 않아!"

화가 났는지 휙 고개를 돌렸다.

"그렇게 화내지 마세요, 코스모스 회장. 반성하고 있으니까요."

말을 걸어도 완전히 무반응.

이런… 너무 놀렸나?

"죄송합니다. 정말로 반성을…."

"후훗. 사과가 너무 잦네요."

"윽!"

…한 방 먹었다. 아니, 이 말은 그때의….

왠지 엄청 분하다….

"이제 사과 안 할 테니까."

"이제 사과하지 말아 주세요."

마지막으로 그런 대화를 하고, 나와 코스모스는 둘이서 각 동아리 활동의 종료 시간을 조사하러 갔다.

함께 있을 때의 코스모스는 평소와 비교해서 꽤나 어린애 같고, 나도 그때의… 중학생 때의 나로 돌아간 듯한 기분이 들어서 즐거웠다.

나를 좋아하는 건
너 뿐이냐

나는 절대로 먹지 않는다

제 3 장

"왜 안 먹는 걸까?"

고등학교 2학년, 1학기의 어느 날 점심시간.

도서실의 독서 스페이스에서 불만을 흘리는 땋은 머리 안경이 한 마리.

그 손에는 내 입에 억지로라도 밀어 넣으려는 쿠키가 하나 확인된다.

"네 은혜 같은 건 받을 수 없으니까."

"…너무해. 모처럼 쵸로에게 먹여 주고 싶어서 구워 왔는데…"

쿠키를 거두며 새초롬하니 고개 숙이는 태도.

일반적인 관점에서 보면 여자가 일부러 나를 위해 쿠키를 준비해 왔음에도 불구하고, 거친 태도로 거절하는 건 좋지 않은 일이겠지.

하지만 이 여자가 상대라면 이야기는 달라진다.

나는 이 녀석에게 협박당해서 도서실에 억지로 다니고 있으니까….

학교 안에서 둔감순정BOY를 연기하며 미소녀 소꿉친구&학생회장과 꺄아꺄아우후후한 러브 코미디를 목표로 하던 나지만, 설마 싶은 사태가 발생.

소꿉친구, 학생회장이 나란히 야구부의 에이스이자 내 베프를 좋아한다는 기막힌 사태가 발생한 것이다. 더불어서 그 연심을 도와 달라는 의뢰까지 받았다.

여기까지만 해도 충분히 복잡한 요인이 갖춰졌는데, 거기에 추가로 이 여자… 팬지＝산쇼쿠인 스미레코의 등장.

땋은 머리에 안경, 복숭아뼈 정도밖에 보이지 않을 정도로 긴 치마.

그야말로 과거 속에서 나타난 존재. 게다가 무시무시하게 성격이 나쁘다.

입만 열면 나에 대한 독설, 폭언의 연속. 거기다가 몸의 절반이 방약무인으로 이루어져 있는 건지, 말도 안 되게 고집 센 여자. 자기 희망을 이루기 위해서는 어떤 수단이든 불사하는 악마다.

솔직히 내 성격에도 문제가 있지만, 그게 귀엽게 보일 정도로 크게 문제 있는 성격.

그러니까 내 고등학교 생활 중 최대한 교류를 하지 않도록 하고 있었는데, 이 여자… 나를 좋아한다고 말하지 않나.

게다가 가짜 성격인 둔감순정BOY가 아니라 진짜 성격인 못되어먹은 쪽의 나를.

"사람을 협박하는 여자 쪽이 훨씬 너무하다고 생각하는데?"

"실례잖아, 나는 협박 같은 거 하지 않았어. 조금 부탁을 했을 뿐이야."

"호오, 부탁이라?"

"그래, 좋아하는 죠로와 함께 점심시간을 보내고 싶으니까 도서실에 와 달라고 부탁했을 뿐이잖아?"

"그럼 그 부탁을 내가 거부했을 경우, 어떻게 되지?"

"슬픈 나머지 조금 큰 목소리로 죠로의 비밀을 폭로하게 될 거야."

"그게 협박이라는 소리야! 애초에 어떻게 너는 내 본성이나, 히마와리와 코스모스의 연심을 돕는다는 걸 알고 있는데?!"

"매일의 노력(스토킹)의 성과야."

'노력'이라고 쓰고 스토킹이라고 읽는 거냐….

"괜찮잖아. 나도 죠로를 돕고 있으니까."

"도와? 너는 제대로 된."

"오오가에게 좋아하는 사람이 있는지 확인해 보면 어떻겠냐고 조언했어."

"윽!"

제길, 괜한 짓을….

아주 분하지만, 이 문제에 관해서는 팬지가 하는 말이 옳다.

나는 소꿉친구와 학생회장이 좋아하는 사람인 오오가 타이요… 썬에게 좋아하는 사람이 있는지를 전혀 생각하지 않고, 두 사람 중 하나의 연심을 이루면 된다고 생각하고 있었다.

하지만 썬에게 좋아하는 사람이 있는지에 따라 내 행동은 확변한다.

그걸 깨닫게 해 준 것은… 틀림없이 팬지.

그러니까 이 점심시간이 끝난 뒤의 체육 수업에서 썬에게 좋아하는 사람의 존재 여부를 확인할 생각인데… 왜지?

지금 시점에서 더없이 최악의 사태가 발생할 것만 같은 예감이 자꾸만 드는 건….

"눈앞의 일에만 매달리는 원숭이 죠로에게 조언을 해 주었거든?"

내 불안 따윈 아랑곳하지 않고 퍼부어 대는 독설에 마구마구 짜증이 난다.

게다가 왠지 의기양양한 얼굴이다.

"그 점만큼은 감사하지."

"그렇게 말해 주니 기뻐. 그럼 나에게 주는 상으로 구워 온 쿠키를."

"학생회의 도서실 시찰을 내가 하는 것으로 타협했을 텐데?"

"쩨쩨해."

뭐가 쩨쩨하냐.

아무튼 팬지의 쿠키만큼은 절대로 안 먹는다. 맛있는지는 모르지만, '먹었다'라는 사실이 이 녀석의 콧대를 세울 게 틀림없으니까.

"하아…. 정말로 최악이다."

히로인이라고 믿었던 소녀들의 사랑을 서포트. 수수한 외모의 독설 스토커 안경의 협박.

1학년 때는 순풍에 돛 단 격이었던 고교 생활이 2학년이 된 뒤로 단숨에 어둠으로 물들었다.

"그래? 나는 아주 즐거워. 게다가 이렇게 있으니 기억나는 게 있어."

"기억? 어떤 기억?"

"죠로와 내가 처음 협력해서 해결한 사건이."

"아. 그건가…."

"어머, 기억력에 중대한 결함이 있는 당신이 제대로 기억한다니 기뻐. 꽤나 나와 함께 보낸 시간이 기뻤던 거네. 어머나, 부끄러워."

"아냐! 임팩트가 상당했으니까 그냥 기억할 뿐이야! 애초에 그때는 같이 보낸 게 아니라 네가 멋대로 따라왔을 뿐이잖아!"

"그렇지 않아. 내 기억이라면 죠로가 '지금부터 네가 내 허니다'라고 하며 억지로 데려갔던 것 같아."

"기분 탓 이외의 그 무엇도 아냐!"

"그럼 잘 기억해 준 포상으로 내가 구워 온 쿠키를."

"절대로 안 먹어."

"…못됐어."

기분이 좋아졌나 싶더니 또 바로 뚱해졌다.

그보다 이 녀석은 왜 이렇게까지 내게 쿠키를 먹이려고 하는 거지?

정말로 그때… 작년 11월 무렵부터 이 팬지란 여자는 영문을 알 수 없는 짓만 해….

………………..

…………..

……..

1년 전, 11월.

"안녕! 제군!"

아침, 교실에 들어가는 동시에 울리는, 내 소꿉친구… 히마와리의 기운 찬 목소리.

반대로 그 뒤에 있는 나를 보자면….

"헉… 헉….."

아침의 항례 행사, 히마와리의 등교 전력 대시에 함께하게 되어서 숨이 넘어가기 직전이다.

아무리 내 성격을 위장해도 체력까지는 위장할 수 없어서, 어떤 의미로 내가 가장 솔직한 시간은 지금 이 순간이라고 할 수 있겠지…라고 해도, 누가 말을 걸어온다면 거짓된 둔감순정BOY로 대응하는 것에는 전혀 변함없지만.

아무튼 히마와리는 쌩쌩하게 반 아이들에게 말을 걸러 갔으니, 나는 체력 회복을 위해 내 자리에서 느긋하게 쉬자.

"안녕하세요, 죠로! 여전히 아침에는 허덕대는군요."

"아스나로, 안녕."

"네! 안녕하세요!"

한 번 인사를 했으니까 또 하지 않아도 될 텐데.

오늘도 기운차게 포니테일을 흔들며 소박한 미소를 보여 주는 신문부의 민완부원, 하네타치 히나=아스나로.

감정이 고양되면 사투리가 나오고, 자기가 사투리를 쓴 것을 부끄러워하는 모습이 또 귀엽지만… 아무래도 내가 연기하는 모습으로는 그걸 끌어내기 어렵다.

"여어, 죠로! 오늘도 쌩쌩하군!"

"썬… 내 이 상태를 보고 '쌩쌩하다'고 말하는 건 무리가 있지 않을까 해."

"그렇지 않아! 이거야말로 아침의 나의 베프! 라는 느낌이지!"

이어서 다가온 것은 베프인 오오가 타이요=썬이다.

야구부의 아침 연습이 끝난 직후이기 때문일까, 미묘하게 몸이 열기를 띠고 있다.

"아스나로도 좋은 아침!"

"네! 썬은 오늘도 기운찬 오라가 넘쳐나네요!"

"그렇지? 나는 야구에 대해 넘쳐나는 마음을 주체할 줄 모르니까!"

자리에 앉은 내 정면에 아스나로, 그 옆에 썬.

우리 반에서도 아침부터 기운찬 사천왕 중 두 사람이 나란히 있다.

"죠로, 썬, 아스나로! 세 사람이서 이야기하는 건 너무해! 나도 끼워 줘!"

이어서 사천왕 중 세 번째, 히마와리도 대회에 참전.

방금 전까지 다른 녀석와 이야기하고 있었는데, 왜 그렇게 다급히 오는 거야.

"나, 여기!"

"우왓! 히마와리, 갑자기 밀지 말아 주세요!"

"에헤헤! 하지만 여기가 좋은걸!"

"참나, 히마와리는…."

썬과 아스나로 사이에 몸을 비집어 넣어 내 정면을 차지하는 히마와리.

살짝 밀려나는 형태가 된 아스나로가 불만스러운 표정을 지었다.

이거야 원. 다른 여자가 정면에 있을 뿐인데 질투를 하다니, 어쩔 수 없는 소꿉친구군.

언제든지 고백해도 좋아. OK할 준비는 다 됐어. …라는 생각도 해 보고!

"그러고 보니 세 분은 최근 우리 학교에서 떠도는 소문에 대해 알고 있습니까?"

"소문? 어떤 거? 나 몰라!"

나도 히마와리와 마찬가지다.

솔직히 말해서 나의 러브 코미디 길에 매진하는 데에 바빠서, 소문에는 별로 신경 쓴 적이 없다.

"최근 들어서 방과 후가 되면, 다른 학교 여학생 하나가 우리 학교에 숨어든다는 모양입니다! 게다가 그 목적이….."

"목적이?"

"바람피우는 남친의 바람 상대가 누구인지 조사한다는 이야기 같습니다!"

"아! 그 이야기라면 나도 들은 적이 있군! 무시무시한 얼굴로 '반드시 찾아내겠어!'라고 말하면서 학교 안을 조사하고 다닌다는 모양이야!"

분명히 사랑에 애타는, 귀여운 소녀의 이야기인 줄 알았는데 꽤나 무시무시한 소리로군.

일부러 바람 상대를 찾기 위해서라고 해도 학교에 불법 침입은 안 되잖아….

"어이! 너희들, 무슨 이야기 하는 거야?"

그때 히마와리에 필적하게 요란스러운 목소리의 남자 하나가 우리에게로.

어이어이, 설마 아침부터 기운찬 사천왕이 다 모이다니….

"오, 아나에인가! 지금은 우리 학교에 떠도는 소문에 대해 이야기하고 있었지!"

"소문?! 왠지 재미있을 것 같네~!"

다가온 것은 짧게 깎은 스포츠머리가 잘 어울리는 처진 눈의 남자… 썬과 마찬가지로 야구부에 소속된 아나에 유우마다. 성격은 뭐, 지금 시점에서도 충분히 전해졌을지 모르지만, 경박한 성격.

우리 반 남자 중에서 제일 시끄러운 녀석이 누구냐고 묻는다면 틀림없이 아나에가 꼽히겠지. 야구부에서 으뜸가는 준족에 수비 위치는 1루.

하지만 그 준족을 살려서 중견수를 맡으면 어떨까 하는 이야기가 야구부 안에서도 나오는 모양이라서, 내년부터는 수비 포지션을 바꿀지도 모른다.

"어이, 죠로! 어떤 소문이야? 나한테도 가르쳐 줘~!"

"왠지 다른 학교 여자애가 우리 학교에 와서 남친의 바람 상대를 찾는다나 봐."

"히야아! 그거 심상치 않은 이야기군! 그럼 어쩔 수 없지! 그 애의 분노를 다독이기 위해서라도 내가 새로운 남친으로 입후보를…."

"아나에는 그런 소리를 하니까 아무리 지나도 여자 친구가 안 생기는 겁니다…."

"하윽! 너무하잖아, 아스나로! 나도 별로…."

"아나에, 괜찮아! 아나에를 좋아해 주는 사람, 분명 있어!"

"그, 그렇지, 히마와리? 나도 여자 친구 정도는….'

"응! 우주는 넓으니까!"

"……아, 그런 규모입니까….'

일도양단이라는 게 바로 이것. 아나에 녀석, 멋질 정도로 의기 소침해졌잖아.

"우우…. 그럼 그 소문의 남자는 누구야? 썬이나 죠로야?"

왜 나나 썬이 되는데.

애석하게도 내게는 사귀는 여자가 없고, 썬도… 썬은 어떨까?

"죠로! 무슨 소리?!"

"우왓! 갑자기 소리치지 마, 히마와리. 아, 아냐! 나는 아냐!"

아나에가 대충 한 발언이 불씨를 튀겨서 히마와리가 갑자기 소리를 지르잖아.

내 소꿉친구여. 나에게 여자 친구가 있다는 생각에 소리를 지르다니… 크으~!

이거야말로 러브 코미디의 참맛이죠! 그럼 통례에 따라서….

"아, 아나에! 갑자기 이상한 소리 하지 마!"

확실히 허둥거리도록 해 보실까!

"에이~ 하지만 죠로는 누구와도 사이가 좋고, 썬은 야구부의 에이스에 여자한테도 인기가 많잖아? 그러니까 두 사람 중 어느 쪽일까 하고….'

"그런 이야기, 나 못 들었어! 자세히 가르쳐 줘!"

"그러니까 내가 아니라니까….."

"그런 건 아무래도 좋아! 아니라면 아니라고, 확실히 말해!"

확실히 '아니다'라고 말했는데 야단맞았다.

여전히 히마와리 이론은 영문을 알 수 없어….

"히마와리, 괜찮습니다. 죠로에게도 썬에게도 연인이 있다는 이야기는 들은 적이 없습니다. 혹시 있었다면 틀림없이 제가 그 정보를 입수했을 테니까요!"

역시나 민완 신문부원. 우리 학교의 연애 사정은 거의 전부 파악하고 있다고 이전에 말했는데, 그건 사실인가 보다….

"하핫! 그래, 히마와리! 나는…… 야구 외길이고!"

음? 왠지 말에 미묘한 침묵이 섞여 있었던 것 같은데…. 기분 탓인가?

"그런가! 그럼 괜찮아!"

내 말은 아니지만 썬과 아스나로의 말은 신용도가 높은 모양이라, 히마와리가 밝은 웃음을 띠며 납득한 모습을 보였다.

정말이지 왜 그렇게 초조해하는 거지. 둔감한 나는 전혀 모르겠네~!

"하지만 바람을 피우는 남자가 있다면 역시나 부럽…… 어흠, 용서 못해! 여기선 야구부의 차기 주장으로 꼽히는 내가 확실히 그 남자를 찾아내서 어떻게 그렇게 인기가 있는지… 어흠, 설교를 해 줘야지!"

아나에, 본심을 전혀 감추지 못한다. 또 뒤를 조심해라.

사실은 아무 소리도 안 했지만, 아까부터 네 뒤에 아주 무시무시한 여자가 한 명 있어.

"저기, 아나에. 거슬리거든?"

"응? 우, 우왓! 미안, 사잔카!"

"참나. 아침부터 시끄러운 건 좋지만, 내 자리 옆에서 떠들진 마…."

무서워…. 아나에, 괜찮냐.

아나에의 뒤에서 나타난 여자… 사잔카＝마야마 아사카는 무서운 여자다.

외모는 한마디로 말해서 날라리. 두 마디로 하자면 진짜로 날라리.

화려한 색깔의 머리에 화려한 화장. 외견과 성격의 까칠함이 멋지게 비례하고 있다.

하지만 여자들 사이에서는 꽤나 인기가 있어서, 우리 반 여자 그룹의 정점에 서는 '카리스마 그룹'의 리더님이다.

사잔카에게 미움을 사면 여자 전원에게 미움을 산다. 그 정도의 영향력을 가지는 여자다.

하지만 외모가 너무 날라리 같아서 남자에게서는 인기가 별로.

더불어서 내 바로 옆자리에 앉아 계신다.

신기한 인연이라도 있는 건지, 지금까지 몇 번 자리를 바꿔도 사잔카는 반드시 내 왼편 옆자리.

본인에게서 한차례 '너 스토커?'라는 소리를 들었는데, 전력으로 부정했다.

그랬더니 화를 냈다. 도저히 이해가 안 된다.

"그렇게 화내지 마~ 사잔카! 아침엔 웃는 게 좋아! 자, 웃어, 웃어!"

"…그래, 그래, 알았어."

"사잔카! 안녕!"

"사잔카, 좋은 아침!"

"안녕하세요, 사잔카!"

"안녕, 썬, 히마와리, 아스나로. 너희들도 아침부터 기운이 넘쳐나네…."

"그렇지! 내 영혼은 항상 뜨겁게 타오르고 있으니까!"

"그래! 난 아침부터 쌩쌩해!"

"후후훗! 항상 활기를 가지고 행동하지 않으면 좋은 기사를 쓸 수 없으니까요!"

"그런가…. …후훗."

뭐, 못된 녀석은 아니지. 웃을 때의 얼굴은 조금 귀엽고.

다만…

"너, 뭘 보는 거야?"

"어? 아니, 아무것도 아냐! 안녕, 사잔카!"

사소한 일에 금방 기분이 날카로워지니까 무섭다.

"참나. 아침부터 시끄러운 것도 성가신데, 짜증나는 것도 성가셔. 뭐, 아무튼, …안녕."

불평을 하면서도 인사는 확실히 받아 주지.

아침이니까 분위기가 다운되었을 뿐이지, 화난 게 아니라고 믿자.

사잔카에게 미움을 사면, 내 러브 코미디 길은 거의 확실하게 문제가 생기니까….

※

점심시간. 오전 수업을 마친 뒤의 조금 긴 휴식 시간.

자, 밥은 어떻게 할까?

오늘은 도시락이 없으니 학생 식당을 가든가, 아니면 매점에 가서….

"죠로! 같이 밥 먹자!"

"어? 아, 아나에?"

"미안! 오늘 여기 자리 좀 빌려줘! 괜찮지? 응?"

엄청난 기세로 내 자리로 달려온 것은 히마와리도 썬도 아닌 아나에.

전광석화 같은 속도로 내 앞자리 녀석에게 자리를 양보받았다.

"저기, 같이 먹는 건 좋지만, 난 오늘 도시락이 없으니까 학생 식당에라도…."

"학생 식당?! 아니, 아니! 그럴 거면 매점으로 하자! 그동안에 나는 여기서 기다릴 테니까! 괜찮지? 응? 응?"

이 정도로 세게 밀고 들어오면 오히려 거부하고 싶은 마음으로 가득하지만, 내 둔감순정BOY 행세로는 그것도 어렵다.

게다가 아나에게는 나와 함께 교실에서 밥을 먹는 게 확정 사항인지, 도시락통을 확실히 스탠바이하고 있고.

뭐, 좋아. 그럼 일단 매점에 뭣 좀 사러 가서….

"저기, 너. 오늘은 자기 자리에서 밥 먹어?"

어라? 점심시간에 사잔카가 말을 걸어오는 일은 꽤 드물다.

"응, 그럴 예정인데…."

"…그래."

불만이 있는 것도 아닌 모양이지만, 어딘가 난처한 표정을 하는 사잔카.

왜 그러지? 딱히 내가 어디서 밥을 먹든 문제는 없을 텐데.

"오! 혹시 사잔카도 우리랑 같이 밥을 먹고 싶어?!"

"뭐? 그럴 리 없잖아."

"…어라, 이거 아쉽네!"

아나에, 너는 왜 그렇게까지 사잔카에게 세게 밀고 나가는 거냐.

무모와 용기를 헷갈리는 것도 적당히 해라.

"으음…. 난처하네…."

그리고 아까부터 사잔카는 뭘 고민하는 거지?

"사잔카, 늦어!"

"준비는 다 됐어. 봐, 제대로 만들어 왔으니까!"

"아침에 일찍 일어나느라 힘들었어! 옥신각신 좀 했습니다!"

"동정할 거면 밥을 줘!"

어라? 왠지 사잔카의 자리에 카리스마 그룹 애들이 집결하고 있군.

왜인지 1994년으로 역행한 듯한 유행어가 슬쩍 눈에 띄는데….

"아, 다들 미안. 조금만 기다려 줄래? 아직 자리 확보가…."

"엥? 혹시 죠로와 교섭 실패?"

놀란 얼굴로 내 이름을 말한 건 카리스마 그룹 안에서도 특히 나 사잔카와 사이가 좋은, 카리스마 그룹 E코.

"아, 아니! 실패라고 할까, 음. 오늘 이 녀석은 자기 자리에서 밥을 먹는 모양이니까 쫓아내기도 그렇고 해서…."

"에이~ 사정을 말하면 괜찮다니까! 사잔카, 너무 신경 쓰는 거야~!"

"하지만 우리 사정이고…."

과연. 그런 사정인가.

"좋았어! 죠로, 슬슬 우리는 학생 식당에 밥을 먹으러 가자!"

어차, 아나에도 눈치챘나. 그럼 여기선 얌전히 그 생각에 따라 주도록 할까.

"그래."

"어? 하지만 너희들 아까는 여기서 밥을 먹는다고…."

"마음이 바뀌었어. 매점에서 살까 했는데, 역시 오늘은 학생 식당이 당기네. …그렇지, 아나에?"

"그래! 그런 거야!"

아마도 사잔카와 카리스마 그룹 애들은 함께 도시락을 먹고 싶은 걸 거다.

아침 일찍 일어났다고 했고, 자기들끼리 만들어 온 도시락을 서로 비교하며 먹는다든가.

사잔카도 다른 네 사람도 꽤나 화려하게 장식된 도시락통을 가지고 있잖아.

"그, 그래? …고마워."

새끼손가락으로 뺨을 긁적이면서 작게 감사의 말을 하는 사잔카.

외모는 꽤나 화려한 날라리지만, 행동거지는 조금 귀엽단 말이지.

"그럼 그런 걸로 하고 우리는…."

"아, 잠깐만 기다려."

"어? 뭐, 뭐야, 사잔카?"

"자, 이거. 자리 양보해 주었으니까 답례로."

우리를 불러 세운 사잔카에게 건네받은 작은 반찬통.

그 안에는 달걀말이가 들어 있었다.

"말해 두겠는데 그냥 답례니까. 착각하지 마? 후훗."

부드러운 미소와 달리 착각하면 죽을 것만 같은 미래가 기다리고 있군.

"어, 그래. 고마워, 사잔카. 그럼 난 이만…."

마지막에 그렇게 말하고 나와 아나에는 둘이서 학생 식당으로 향했다.

"아나에는 의외로 착실하네."

"오! 알아주는 거야? 알아주는 거지? 사실은 그렇단 말이야~! 역시나 차기 주장 후보란 느낌이지?"

칭찬해 주면 금방 콧대가 높아지는 건 문제라고 생각하지만, 이 녀석은 아마… 아니, 이 이상은 됐나. 나도 비슷하니까….

또한 사잔카에게 받은 달걀말이는 학생 식당에서 밥을 먹을 때 아나에와 함께 먹었는데, 아주 맛있었다. 사잔카는 그런 외모인데 요리를 잘하는구나….

※

학생 식당에서 아나에와 먹은 점심 말인데⋯ 즐거웠지.

녀석, 그렇게 말을 잘하다니. 이거고 저거고 하찮은 이야기였지만, 그런 바보 같은 소리를 잘하는 녀석은 귀중한 존재다.

뭐, 그건 둘째 치고 지금은 방과 후다.

내 목적지는 학생회실. 목적지에 도착해서 문을 두 번 노크했다.

아직 임원이 되고 얼마 되지 않은 것도 있어서 어딘가 낯선 느낌이 있다.

"들어오세요."

안에서 들려온 부드러운 목소리를 확인한 뒤, 문을 열자 거기에는 평소처럼 학생회장인 코스모스가 웃으며 나를 맞아들여 주었다.

"여어, 죠로. 오늘도 네가 제일 먼저 왔네."

"제일 먼저 온 건 코스모스 회장 아닙니까?"

"후훗, 그렇게도 말할 수 있겠네."

거참, 오늘도 왔습니다! 지복의 시간이!

우리 학교의 귀여운 여자 랭킹 1위인 히마와리, 그리고 우리 학교의 예쁜 여자 랭킹 1위에 군림하는 코스모스!

소꿉친구, 그리고 같은 반인 만큼 오랜 시간 함께 있을 수 있는 히마와리와 달리 코스모스와는 학생회 시간밖에 함께 지낼 수 없으니까!

이것저것 수를 써서 서기라는 지위에 앉은 보람이 있다는 소리야!

그럼 아직 다른 임원은 오지 않았고… 자리에 착석!

"그러고 보니 죠로는 최근 우리 학교에 떠도는 소문에 대해 알고 있을까?"

"아, 그거라면 오늘 아침에 들었습니다. 무슨 이유인지 다른 학교의 여학생이 남친의 바람 상대를 찾기 위해 방과 후에 우리 학교에 온다는 이야기죠?"

"어머, 너도 이미 알고 있었나. …정말이지, 연인이 있는데 바람을 피우다니, 별로 바람직한 이야기는 아니지만…."

뭐라고 할까, 지금 발언을 들어 보면 여자란 느낌이군.

나는 어느 쪽이냐면 바람 상대를 찾기 위해서 우리 학교에 불법 침입한 여학생이 문제인가 싶었는데, 코스모스로서는 바람을 피우는 남학생을 문제시하고 있다.

뭐, 양쪽 다 문제이긴 하지만.

"정말로 심한 이야기죠. 게다가 그 바람피우는 남학생이 저나 썬이 아니냐는 이야기가 나와서 히마와리가 화를…."

"그게 무슨 소리지! 죠로!"

"우왓!"

"연인이 있는 거야?! 나는 그런 이야기를 한 번도 못 들었어!"

아니~! 이렇게 기쁜 반응을 보여 주는 건가요, 이 학생회장은!

그렇게 불안한 눈동자로 나를 바라봐 주고~! 귀엽기 짝이 없네!

"아, 아닙니다! 다만 멋대로 오해를 해서 그렇게 말했을 뿐입니다! 실제로는 저한테도 썬한테도 연인 같은 건 없습니다!"

"그런가~! 으음! 사람 놀라게 하지 말아 주겠어, 죠로?"

죄송합니다~!

크크큭…. 역시나 둔감순정BOY는 좋구만.

이거 히마와리도 그렇지만, 코스모스도 아마도 나를… 우케케케케!

"…아, 그렇지. 죠로, 오늘은 학생회 임원이 각각의 시설을 조사할 예정이 있다는 건 알고 있지?"

"네. 얼마 전에 끝난 요란제에서 쓴 자재의 반환 여부와 시설의 사용 상황을 확인하는 거죠."

"맞아. 그래서 네게 부탁하고 싶은 장소는…."

어라? 혹시 이거 코스모스와 둘이서 조사할 기회가 왔나?!

으음~! 오늘 나의 행운은 정말로….

"도서실을 맡길까 생각해."

"도! …도서실입니까?"

"응? 무슨 문제라도 있어?"

"아뇨, 전혀! 전혀 문제없습니다!"

"그런가! 그럼 다행이야!"

"참고로 묻는 건데, 도서실에 가는 건 저 혼자입니까?"

"그래. 야마다와 둘이서 보낼까 했는데, 1학년 중에서 가장 신용할 수 있는 너라면 혼자라도 괜찮을 거라고 판단했어."

크윽! 매일 성실히 학생회 업무를 한 것이 오히려 발목을 잡았나!

참고로 야마다란 회계다.

크게 중요하지도 않고, 소개는 간단히 끝내지.

야마다, 배경 캐릭터. 이상.

"그러니까 도서실은 네게 맡길게! 죠로!"

"네! 맡겨 주세요! 하하하하하…."

오늘 내 운세를 모두 상쇄하고 마이너스까지 떨어질 듯한 사태로군.

하아…. 운도 없지….

※

그 뒤에 학생회 임원이 다 모이고, 코스모스가 각 시설의 확인 담당을 발표했다. 나는 예정대로 도서실 담당. 게다가 혼자서.

그래서 지금은 도서실 앞에 왔는데… 아직 안에는 들어가지 않았다.

"아아, 들어가기 싫다…."

무심코 진짜 내 심정이 목소리로 새어 나올 정도로 싫다. 그도 그렇잖아.

둔감순정BOY로서 학교의 모두와 평등하게 친해지는 내가 유일하게… 진짜 유일하게 어떻게든 친해지기 싫은 녀석이 있다.

그 장본인이 바로 이 도서실의 주인… 산쇼쿠인 스미레코.

하지만 코스모스에게서 도서실을 부탁받았고, 건네받은 이 시설 확인 용지에 문제없다는 사인을 산쇼쿠인에게 받아야만 한다.

죽을 만큼 싫지만… 들어갈까….

"실례하겠습니다."

"큰일이네. 도서실에 썩은 내가 흘러들어 왔으니까 환기를 시켜야겠어."

시작부터 아주 신이 나셨구만!

문을 열고 안에 들어가는 동시에 날아든 담담한 독설.

당연하지만 그 말을 한 것은 이 도서실의 주인인 도서위원… 산쇼쿠인 스미레코.

미인이라면 그래도 조금 정도 관용적인 마음을 가질 수 있겠지만… 이 여자, 무시무시할 정도로 귀엽지 않다. 머리는 땋았고, 덤으로 두꺼운 렌즈의 안경, 날씬하다고 하면 듣기 좋지만, 납작하고 굴곡 없는 몸매. 덤으로 복숭아뼈가 보일까 말까 하는 긴 스커트라는, 몇 십 년 전에서 날아온 사람인 듯한 용모.

여기에 성격도 최악이니까 너무 안 좋다.

"…여어, 산쇼쿠인…."

"팬지야."

또 시작이다…. 좀처럼 만날 기회가 없는 산쇼쿠인이지만, 이따금 만나면 항상 이런다.

이 녀석의 본명 산쇼쿠인 스미레코(三色院菫子)를 생략하면 '팬지(三色菫)'가 되니까, 그렇게 불러 달라고 끈덕지게 내게 부탁한다. 물론 안 부르지만.

"오늘도 쌩쌩하네, …산쇼쿠인."

"오늘도 심술궂네, …죠로."

아무리 생각해도 그쪽이 훨씬 심술궂잖아.

"그래서 왜 도서실에 왔을까? 혹시 나를 만나고 싶어서 견디다 못해 도서실에? 어머, 끔찍해."

이쪽도 진심으로 끔찍하다고 생각해.

"아니, 너랑 만나고 싶다기보다도 도서실을 확인하러 왔어. 얼마 전에 요란제가 있었잖아? 그때 도서실에서 책이 몇 권 대출되었다고 생각하는데, 그게 전부 반납되었는지 확인하고 싶어서…."

뭐, 도서실의 책은 거의 대출되는 일이 없으니 괜찮겠지.

얼른 사인을 받아서 도망치자. 내 정신 건강에 너무 좋지 않고.

"그거라면 문제 있어."

"다행이군. 그럼 이 서류에 네 사인을…. 어? 뭐라고?"

"어머, 이렇게 짧은 말조차 못 알아듣다니, 꽤나 귀에 중대한 결함을 안고 있네. 혹시 이해를 못하는 거라면 뇌에 문제가 있는 걸까?"

어이, 얘는 나한테 무슨 원한이라도 있나?

아까부터 일일이 말에 가시가 너무 많은데….

"'그거라면 문제 있어'라고 말했어."

"무슨 소리야?"

"요란제 이후에 한 남학생이 도서실에 와서 말이지, 『여자와 친해지는 100가지 방법』이라는 책을 빌려 갔어. 하지만 반납 기한을 1주일이나 넘겼는데 돌려주질 않아."

우리 학교 도서실, 그런 책까지 비치되어 있었냐.

"…혹시 그 책을 나더러 받아 와 달라고?"

"어머, 평소에는 너무 둔감하다고 생각했는데, 오늘은 눈치가 빠르네."

웃기지 마. 나는 둔감도 뭣도 아니라고. 그냥 연기하는 것뿐이야.

"저기, 요란제 후라면 요란제와 별개의 문제니까 나한테 말해도…."

"그럼 그 책을 받아 와 주면 당신이 가져온 서류에 사인을 할게."

어차피 그런 소리가 나올 줄 알았어!

이 서류에 산쇼쿠인의 사인을 받지 못하면 내 업무가 끝나지 않고, 혹시 사인을 받지 못한 채 학생회로 돌아간다면 일을 맡긴 코스모스의 신용에 응할 수 없었다는 소리가 된다.

그건 나에게… 제길!

"알았어. 그래서 누가 그 책을 빌려 갔어?"

"받아 와 주는 거야? 아주 기뻐. 빌려 간 남학생은… 어머?"

갑자기 도서실에 난폭하게 문을 여는, 다소 높은 소리가 울렸다.

"허억… 허억…. 어쩌지… 여기서 들키면…."

나타난 것은 니시키즈타가 아닌 다른 학교 교복을 입은, 다소 눈이 처지고 귀여운 소녀다.

한 손에 책을 한 권 든 채 꽤나 험악한 형상으로, 끝이 살짝 곱슬거리는 중간 길이의 머리카락을 흔들고 있었다.

이어서 밖에서는… 꽤나 시끄러운 학생들의 목소리와 조금 난폭한 발소리가 울렸다.

"어이! 이쪽에는 없어!"

"제길! 어디로 갔지?! 우리 학교에 멋대로 침입해서…."

"이쪽으로 왔을 테니까 아마도…. 도서실로 들어간 거 아냐?"

"……!"

흠칫 몸을 떠는 소녀. …과연, 대충 어떻게 된 건지 알겠다.

아무래도 트러블이 발생한 모양인데, 이 애가 붙잡히면 무사히…. 응? 저 책은….

"너, 잠깐 내 뒤로 와."

"어? 으, 응!"

내 지시에 따라서 황급하게 내 뒤에 숨는 소녀.

밖에 있는 이들을 두려워하는 건지, 꽤나 겁먹은 기색이었다.

"찾았다! 이쪽이야! …어라? 죠로?"

다시 한번 난폭하게 열리는 도서실 문.

이어서 나타난 것은 나와 같은 학년인, 농구부 소속의 남학생들이었다.

"여어. 무슨 일이야? 꽤나 서두르는 모습인데?"

"아니, 거기 그 여자애를 찾고 있었어. 우리 학교에 멋대로 들어왔으니까…."

"…머, 멋대로는 아냐!"

내 뒤에서 슬쩍 얼굴을 내밀고 반론하는 소녀.

"아니, 멋대로잖아. 우리에게 들키자 꽤나 허둥거리며 도망쳤잖아."

"그치만 쫓아오는걸…."

다소 몸을 떨면서 내 뒤로 몸을 숨기는 소녀.

사실은 도와줄 생각이 없었지만, 사정이 바뀌었다.

이번만큼은 특별히 도와주도록 하지.

"아, 미안. 얘는 내가 아는 애야. 사실은 교문 앞에서 만날 예정이었는데, 조금 착오가 있었나 보네."

오른손 엄지와 검지를 비비면서 한마디. 물론 거짓말이지만.

"정말이야? 그럼 처음부터 그 사정을 우리한테 설명했으면 되잖아."

"얘가 낯을 좀 가려서. 그러니까 놀란 거 아닐까?"

"……! ……!"

내 말에 소리 없이 고개를 끄덕이는 소녀.

다행이다. 혹시 히마와리였으면 솔직히 사실을 말해서 내가 난처해지는 미래였겠지만, 나름대로 애드리브도 할 수 있는 애인가 보다.

"뭐야, 사람 놀라게 하지 마! 요즘 이상한 소문이 있잖아? 그래서 그 애가 소문의 장본인이고, 우리 학교에 숨어들었나 했으니까!"

아마 그게 맞겠지만.

"괜히 놀라게 해서 미안했어! 그럼 우리는 갈게!"

농구부 남자들은 내 말을 믿어 주는 모양인지, 웃으면서 문을 닫고 떠나갔다.

"…도와줘서, 고마워."

작은 목소리로 감사의 말을 하는 소녀. 여기서 불평이라도 나왔다간 바로 쫓아내려고 했는데, 예의가 있으니 괜찮겠지.

"아니, 괜찮아."

"죠로, 도서실은 조용히 책을 읽는 장소야. 너무 시끄럽게 하면 곤란해."

나는 아무것도 안 했는데.

왜 산쇼쿠인은 일일이 나한테 불평을 하는 걸까….

뭐, 좋아. 그보다도 말이지.

"일단 자기소개를 하자면 나는 이 학교의 1학년, 키사라기 아마츠유. 모두에게서 죠로라고 불리고 있어. 그리고 이쪽은…."

"산쇼쿠인 스미레코야. 죠로와 마찬가지로 고등학교 1학년."

"나, 나… 유리. 중학교 3학년."

아무래도 이 애의 이름은 유리라고 하는 모양이다.

중학교 3학년이라면 고1인 나보다 한 살 아래인가….

그럼 간단한 자기소개도 끝났으니.

"단도직입적으로 묻겠는데, 네가 최근 우리 학교에서 소문으로 떠도는 여자애야?"

"소문? 무슨 소문?"

"무슨 여자를 찾고 있잖아?"

"윽! 내 소문이 났구나…."

씁쓸한 표정을 하면서도 부정하지 않는 걸 보면 얘가 소문의 장본인이 틀림없는 모양이군.

"저, 저기…. 네 남친의 이름을 물어봐도 괜찮을까?"

"남친? 어, 나한테는…."

"찾고 있잖아? 남친의 바람 상대. 그럼 남친의 이름을 알면 쉽겠다 싶어서…."

"바람 상대?! …그래! 그거야! 나는 바람 상대를 찾으러 왔어!"

그렇게 자신만만하게 말해도 곤란한데. 조금 정도는 주저해 줘.

"그, 그래. 그래서 그 이름은?"

"으음… 아짱."

아무래도 유리의 남친은 '아짱'이라고 하는 모양이다. 꽤나 흔한 별명이라서 특정이 어렵군. 본명은 뭐라고 하지?

"아짱, 전까지는 항상 나한테 제일 잘해 줬는데, 지금은 달라. 함께 있어도 항상 딴 여자 이야기만! 본인은 웃으면서 '아니다'라고 말했지만, 나는 알아! 아짱은 그 사람을 좋아한다고…."

아짱, 꽤나 무신경하구나.

여친과 함께 있는데 다른 여자 이야기는 보통 안 하잖아?

"게다가 최근 아짱이 그 사람과 친해지고 싶은 건지, 여자 취향의 패션 잡지를 사거나 집에서 말을 거는 연습을 하고, 종국에는 이런 책까지!"

그렇게 말하며 유리가 내민 것은 그녀가 여기에 들어올 때부터 계속 한 손에 들고 있던 책.

참고로 내가 유리를 도운 이유도 사실은 모두 여기에 있다.

유리가 가지고 있던 책의 제목은….

"『여자와 친해지는 100가지 방법』이라….."

마침 산쇼쿠인이 반납받지 못해 난처하다고 말했던 책이니까.

우연히 같은 제목의 책일 뿐, 도서실 책이 아닐 가능성도 있지만….

"저기, 그 책, 잠깐 살펴봐도 될까?"

"응? 괜찮은데…. 자."

"고마워."

유리에게서 책을 빌려서 제일 뒷 페이지를 확인하자… 있었다.

우리 학교 책이라는 걸 증명하는, 대출자 일람을 기재하는 종이다.

설마 싶었는데, 진짜 우리 학교의 책이라니… 아무튼 도와주길 잘했군.

그 길로 유리가 잡혀가기라도 했으면 이 책을 되찾는 수고가 더 늘어날 뻔했다.

"아짱, 내가 이 책을 슬쩍 가져간 걸 전혀 알아차리지 못해서 엄청 허둥댔어. 후훗! 기분 좋았다니까!"

"…참고로 이 책을 가져간 게 언제쯤이야?"

"으음, 1주일 전일까."

그래서 반납 기한을 넘겨도 도서실에 반납하지 않았던 거로군….

"이제 됐지? 돌려줘!"

"아!"

내가 가지고 있던 책을 휙 빼앗아 가서 소중히 품는 유리.

큰일이군…. 나로서는 지금 당장이라도 그 책을 반납하고, 유리는 집에 돌려보내려고 했는데…. 어쩔 수 없지, 여기서는 얌전히 사정을 설명할까….

"저기, 유리. 잠깐 괜찮을까?"

"뭔데?"

"그 책 말이지, 실은 우리 학교 비품이야. 그리고 네가 돌려주지 않으면 여기 도서위원이 난처해지니까, 반납했으면 싶은데…."

"싫어! 돌려주면 또 아짱이 빌릴 거잖아! 그럼 그 사람과 친해질지도 몰라!"

아무리 그래도 그 책 하나로 여자와 친해질 수는 없을 거라 생각하는데….

"아, 그렇지! 후후후."

유리 녀석, 꽤나 수상쩍은 미소를 띠고 있는데….

"있잖아, 죠로. 나 이 책을 반납해도 좋아! 조건이 하나 있지만!"

"…뭔데?"

"아짱의 바람 상대 찾는 걸 도와줘!"

그 소리가 나올 줄 알았다!

158

어떻게든 귀찮은 일을 피하려고 했는데, 더 귀찮은 일이 발생했다!

"아니, 그건⋯."

"에엑~ 거절하는 거야~? 혹시 거절하면 난 이대로 붙잡혀서 죠로에게 심한 짓을 당했다고 말해 버릴까~!"

도와준 은혜를 다짜고짜 원수로 갚는데요?!

큰일이군⋯. 다른 학교 여자애와 학교 안에서 신용을 쌓은 나 중에서 누구 말을 믿겠느냐 하면 당연히 나다. 그러니까 유리가 이상한 소리를 해도 부정하면 어떻게든 되겠지.

하지만, 하지만 말이지! 딱 한 명 있다!

유리의 거짓말로 점철된 발언을 기쁘게 퍼뜨릴 만한⋯.

"어머, 이거 일이 재미있게 되었네."

산쇼쿠인 스미레코라는 여자가.

"어이, 산쇼쿠인. 너 이상한 소리는 하지 않겠지?"

"물론이야. 죠로를 곤란하게 하는 짓 따윈, ⋯할 생각밖에 없어."

이 사람, 얼마나 나를 미워하는 거야?

"산쇼쿠인. 난 너한테 원한 살 만한 짓을 한 기억이 없는데⋯."

"⋯정말로 너무한 사람."

전력으로 그 발언을 되돌려 주고 싶다.

"아니, 나를 무시하지 마! 죠로, 나를 도와줄 거지? 도와주는 거지? 응? 응? 부탁이야! 모르는 사람뿐이라 무섭고….”

협박을 했으면 책임을 지고 끝까지 악역으로 행동해 주지 않겠어?

그렇게 불안해하는 눈으로 바라보면 괜히 거절하기 어려워.

“…알았어. 유리를 도와주도록 할게….”

“정말? 와아! 그럼 잘 부탁해, 죠로! 고마워!”

왜 커플의 치정 싸움을 수습하는 일까지 거들어야 하는 걸까.

이럴 때만큼은 둔감순정BOY가 아니라 진짜 나로 있고 싶어진다….

뭐, 불행 중 다행은 유리의 남친이 내가 아는 녀석이었다는 거지.

아까 대출자 일람의 마지막에 실린 이름을 보고 놀랐다.

설마 그 녀석에게 이렇게 귀여운 여친이 있다니….

“있잖아, 그래서 어떻게 조사할 거야? 뭐 좋은 작전 있어?”

“좋은 작전일지는 모르지만, 방법은 있어. 아짱, 나랑 같은 반이고.”

“어? 그래? 그럼 죠로에게 부탁한 게 정답이었네!”

유리가 말하는 ‘아짱’. 그 남자의 본명은…… 아나에 유우마.

‘아나에’니까 ‘아짱’이었던 거지.

※

160

그런고로 나는 아나에의 바람 상대란 녀석을 찾기 위해 도서실을 출발.

지금은 복도를 걷고 있고, 당연히 유리도 함께다.

뭐, 거기까진 상관없는데….

"…왜 너까지 있어?"

산쇼쿠인이 따라오는 게 너무 싫고 싫다.

"둔감한 죠로 혼자서 그녀의 고민을 해결할 수 있을지 미심쩍잖아? 그러니까 꼭 좀 같이 와 달라는 죠로의 애절한 바람에 응해 따라와 준 거야."

누가 둔감이야, 누가. 나만큼 예리한 남자는 그리 없지 않을까 싶을 정도로 예리해.

더불어서 나는 너랑 같이 있고 싶지 않다는 애절한 바람을 가지고 있어.

"있잖아, 죠로랑 산쇼쿠인 언니는 무슨 사이야? 왠지 호흡이 딱딱 맞는 느낌인데, 혹시나 두 사람은…."

"유리가 생각하는 관계는 아냐. 나랑 산쇼쿠인은 딱히 친구고 뭐고."

"하아… 서글픈 소리를 하네. 그럼 내가 있으면 방해가 될 테고, 어쩔 수 없으니까 지나가는 사람에게 죠로가 중학생 여자애한테 억지로 손을 대고 있다고 전하기라도."

"지금부터 네가 내 허니다!"

"어머나. 끔찍해."

이 망할 여자가아아아아! 아무리 생각해도 나를 협박하고 있잖아!

게다가 독설까지 빼놓지 않고 말이지!

"후훗! 역시 두 사람은 사이가 좋네! 나랑 아짱도 곧잘 싸우거든! 하지만 그것도 사이가 좋다는 반증이야!"

너랑 아나에 기준으로 나와 산쇼쿠인 사이를 생각하지 말아 줘.

"그런데 말이지, 유리. 아나에의 바람 상대가 누구인지는 모르는 거지?"

"응. 아짱, 항상 그 사람 이야기만 하는 주제에 중요한 이름만큼은 절대로 말 안 해! 내가 몇 번이나 '이름을 가르쳐 줘'라고 말했는데, '이름을 말하는 건 창피하다'라면서!"

아나에, 네가 경박하고 대충인 점이 있다는 건 잘 알지만, 조금 더 섬세해도 좋지 않냐? 여친에게 다른 여자 이야기를 신나게 하다니, 제정신이라고 생각할 수 없다.

"참고로 묻는 건데, 당신은 보통 아나에와 어떤 식으로 지내고 있을까?"

그러고 보니 이렇게 산쇼쿠인이 나 이외의 녀석과 이야기하는 모습을 보는 건 처음이로군.

"나? 아짱, 야구부에 열성이라서 항상 늦게 돌아오니까, 같이 노는 건 휴일 정도야. 곧잘 같이 게임을 해!"

"…그래."

게임이라…. 아나에… 하다못해 얼마 안 되는 휴일 정도는 데이트를 해 줘라.

뭐, 유리가 기쁜 듯이 이야기하니까 좋다고도 할 수 있지만.

"있잖아, 죠로. 그래서 어떻게 할 거야? 어딘가로 가는 모양인데…."

"야구부로 갈까 해. 거기서 아나에한테 이야기를 들어 볼까 하고."

"에엑! 하, 하지만 그럼 내가 아짱에게 들키잖아…."

"괜찮아. 내가 혼자서 이야기를 듣고 올 테니까 유리는 떨어진 곳에 숨어서 산쇼쿠인과 함께 기다려."

"그런가! 그런 수가 있었네! 죠로, 머리 좋아!"

아니, 비교적 보통이라고 생각하는데….

"산쇼쿠인, 내가 아나에한테 이야기를 듣고 오는 동안 유리를 부탁해."

"후훗. 유리를 혼자 둘 수 없으니까 역시 내가 따라온 게 정답이었던 모양이네. 감사하도록 해."

"그래, 그래. 고맙습니다요."

의기양양한 모습이라 괜히 더 화가 나잖아.

※

"여어, 죠로! 네가 날 만나러 오다니 별일이네! 학생회 일이야?"

"음, 아나에. …아니, 학생회 일은 아닌데…."

유리와 산쇼쿠인에게는 학교 건물 안에서 대기하라고 부탁한 뒤, 나는 혼자 야구부 연습장으로.

거기서 연습하던 썬에게 부탁해서 아나에를 불러냈다.

"저기, 하나 좀 가르쳐 줬으면 하는데…. 너 사귀는 여자 있어?"

"오옷! 그 질문은 설마 나를 연모하는 여자가 있어서 마음을 확인하고 와 달라는 부탁이라도 받았어?!"

헛다리 짚는 주제에 미묘하게 정답인 게 뭔가 곤란하다.

"다만 미안한데, …그 애의 마음에 나는 응할 수 없어! 나는 지금 사랑하는 야구소년이니까!"

"어? 아나에는 좋아하는 애가 있어?"

"대충!"

무슨 소리지? 연인이 있는 녀석이 연인의 존재를 숨기고, 좋아하는 애의 존재는 숨기지 않는 건 이상하잖아?

혹시나 좋아하는 애＝연인일 가능성도 있지만.

"저기, 참고로 묻는데, 아나에가 좋아하는 애가 누구인지 가르쳐 줄 수 있을까?"

"으음~! 아무리 그래도 그걸 말하는 건 창피한데!"

아마도 아나에가 말하는 '좋아하는 애'는 유리가 아니다. 나한테 '말하는 게 창피하다'는 상대는 내가 아는 인물일 가능성이 크니까.

"다만 힌트만이라면 특별히 주지! 나와 같은 반의 여자애다!"

아나에, 사실은 말하고 싶어서 좀이 쑤시는 거지?

더불어서 예상도 들어맞았다. 같은 반의 여자라면 틀림없이 나도 아는 인물.

그렇다면 학교 안에서도 인기 있는 히마와리나 은근히 인기가 있는 아스나로인가?

"그렇긴 해도 참 대단한 타이밍에 물으러 왔군!"

"대단한 타이밍? 무슨 소리야?"

"실은 나 내일 야구부가 쉬는 날이니까, 방과 후에 옥상에서 그 애한테 고백할까 생각했어! 그걸 성공하면… 무사히 나도 한 단계 위로 올라갈 수 있지!"

그거 분명히 대단한 타이밍이군.

"저기, 승산은 있어?"

"몰라! 하지만 곧잘 같이 이야기하는 상대니까, 그다음은 부딪쳐 봐야지!"

"곧잘 같이 이야기한다? 그렇게 사이좋은 상대야?"

솔직히 아나에와 그렇게 사이좋은 여자는 전혀 짚이지 않는데….

"글쎄? 일단 이야기는 하지만, 항상 태도가 날카롭고. 하지만 나는 믿어! 분명히 그건 츤데레라는 거라고!"

흐음…. 즉 지금 정보로 미루어 보자면 같은 반의 히마와리, 아스나로는 아니군.

그 녀석들은 특별히 아나에게 날카로운 태도를 취하지 않는다.

오히려 날카로운 태도라고 하자면…. 아니, 설마….

"그런가. 많이 가르쳐 줘서 고마워. 그럼 야구부 활동 열심히 해."

"어, 어라? 내가 좋아하는 애가 누군지 더 궁금하다든가…."

역시 물어봤으면 싶었던 거로군.

"아니, 괜찮아. 좋아하는 애를 말하는 건 창피하잖아?"

"어, 어. 뭐, 그렇지…."

마지막에 그런 말을 나누고 나는 야구부 연습장을 떠났다.

※

"어때? 아짱이 좋아하는 사람, 누군지 알았어?!"

건물로 돌아오자마자 조금 가쁜 콧김을 내뿜으며 내게 확인하는 것은 당연하지만 유리.

내가 뭔가 중요한 정보를 손에 넣지 않았을까 궁금하기 짝이 없는 모양이다.

…자, 어떻게 할까.

솔직히 말해서 아나에가 좋아하는 여자의 정체에 대해서는 짐작이 갔다.

아마도 **그 녀석**이다. 솔직히 '걔를 노리는 거야?!'라고 한소리 해 주고 싶은 마음이 가득한 상대지만, 그건 본인의 취향의 범주니까 넘어가자.

다만 이 정보, 솔직히 유리에게 전해도 될까?

아니, 하지만… 솔직히 말해서 애 누구야?

본인은 '아나에의 여친'이라고 말하고 '아짱'이라는 애칭으로 아나에를 부르고 있다.

하지만 아나에 본인에게 들어 보니, 아무래도 사실이 아니라는 느낌밖에 들지 않는다.

아나에의 성격으로 볼 때, 여친이 있다면 그걸 숨기는 짓은 하지 않는다.

그런데 그런 말은 없이 유리가 말하는 '바람 상대' 이야기만 한다.

혹시 여친이 있는 남자라면 그녀의 존재를 숨기고 바람 상대의 존재를 당당히 말하는 짓은 하지 않을 테고, 애초에 아나에는 그 바람 상대란 녀석과 지금 시점에서 특별한 관계가 된 것도 아넌 이상 '바람 상대'도 아니다.

하지만 유리는 혈안이 되어 그 사람을 찾고 있다.

"……."

"죠로, 왜 말이 없어!"

"아! 미안! 아니, 아나에가 좋아하는 사람 말인데…."

"응!"

큰일이군…. 이렇게 반짝이는 눈으로 바라보고 있으면 안 좋은 소리를 할 수가 없다.

내가 얻은 정보를, 유리의 정체를 모른 채로 전해도 좋을까 고민스럽다.

"하아, 어쩔 수 없네. …특별 서비스야, 죠로."

"어? 무슨 소리야, 산쇼쿠인?"

한숨을 내쉬고 기막히다는 시선을 내게 보내며 산쇼쿠인이 작게 말을 건넸다.

특별? 이 녀석은 대체 뭘….

"있잖아, 유리. 죠로의 이야기 전에 조금 물어보고 싶은 게 있는데, 괜찮을까?"

"에엑! 난 얼른 죠로에게 아짱의 이야기를."

"당신, 성은 어떻게 돼?"

"……!"

산쇼쿠인이 던진 한마디가 강렬했는지, 멋지게 몸을 굳히는 유리.

성? 그러고 보니 그렇군. 나나 산쇼쿠인은 자신의 풀네임을 밝혔지만, 유리에게서는 '유리'라는 이름밖에 듣지 못했다.

하지만 그게 어쨌다는 거지?

"어, 어어, 저기… 사, 사토…일까."

이거 분명히 사토가 아니로군!

순간적으로 일본에서 제일 많은 성을 골랐을 뿐이다!

"그게 아니지?"

"……응."

산쇼쿠인의 위압적인 말에 솔직하게 풀이 죽어 끄덕이는 유리. 왜 이렇게까지 기가 죽는지 모르겠는데, 유리가 자기 성을 감추고 싶어 한다는 건 잘 알겠다.

"…저, 저기, 언제부터 알았어?"

"처음부터 의심했지만, 확신으로 변한 건 당신이 '곧잘 같이 게임을 하고 논다'라고 가르쳐 주었을 때야."

"…그런가."

저기, 슬슬 나도 이해할 수 있게 가르쳐 주지 않겠습니까?

이야기가 전혀 이해되지 않습니다만….

"저, 저기, 산쇼쿠인. 너는 대체 무슨 소릴…."

"죠로, 잘 생각해 봐. 자기 성을 감추고 싶어 하고, 아나에에 대한 자세한 정보를 알고 있는 인물. 그리고 집에서 게임을 함께

할 수 있는 관계. 그게 유리의 정체야."

이 말에서 유추해 보면 유리는 아나에의 여친이 아니다.

하지만 아나에에 대해 자세한 정보를 가지고 있고, 자기 성을 감추고 싶어 한다.

또한 특히나 결정타가 된 정보가 '곧잘 같이 게임을 하며 논다'.

응? 설마 유리의 성은….

"아나에…인가? 유리, 혹시 너는 아나에의…."

"……! 그, 그래! 내 이름은 아나에 유리. 오빠… 아짱의 여동생!"

그런 건가! 지금까지 유리가 '아짱'이라고 불렀던 것은 결코 '아나에'라는 성에서 딴 애칭이 아니라 오빠란 말에서 파생된 애칭인가!*

그렇게 듣고 보니 여러 가지로 앞뒤가 맞는군! 유리가 어떻게 아나에에게서 책을 훔쳤는가, 왜 아나에가 다른 여자 이야기를 했는가 등등!

"저기, 왜 자기가 여동생이란 걸 숨겼어?"

"하지만 말하면… 죠로가 안 도와줄 거라고 생각했으니까…."

뭐, 그럴지도.

※오빠란 말~ : 일본어로 '오빠, 형'을 '아니(あに)'라고 칭하기도 한다.

여동생이라는 걸 알면 아까 아나에에게 물으러 간 시점에서 '네 여동생이 왔는데, 네가 빌려 간 책을 가지고 있으니까 되찾아 줘'라고 전해서 사태를 수습시켰을지도 모른다.

내 목적은 어디까지나 유리가 가진 책을 돌려받는 거니까.

"그렇게 오빠한테 연인이 생기는 게 싫었어?"

"아, 아냐!"

어라? 아니야? 지나친 브라더 콤플렉스라고 생각했는데….

"…거, 걱정이었어! 아짱, 조금만 잘해 주면 금방 콧대가 높아지니까, 혹시나 이상한 여자한테 속는 게 아닐까 하고…. 그러니까 아짱이 좋아하게 된 사람이 괜찮은 사람인지 알고 싶어서…."

아하, 그런 거로군. 뭐, 아나에는 가벼운 성격에 남의 말을 솔직히 믿는다고 할까, 너무 호의적으로 받아들이는 경향이 있다.

그러니까 이상한 여자에게 속을지도 모른다, 라고 생각할 수도 있지만.

"그거라면 괜찮아."

"어?"

"솔직히 말하자면 나는 아나에와 같은 반인데, 그렇게 사이가 좋은 건 아냐. …하지만 그러니까 아는 것도 있어."

"아는 것?"

"실은 아나에는 아주 멋지고… 사람이 되었으니까."

"아짱이 멋져?! 어디가?!"

여동생아, 조금은 오빠를 두둔해 줘라.

다만 아나에의 작은 비밀은 쉽게 알기 어렵지.

내가 알아차린 것은 나 자신이 스스로를 위장하고 있기 때문이다.

녀석의 그렇게 밝고 가벼운 태도는….

"일부러 그러는 거야. 아나에는 가벼운 성격을 연기하고 있어. 피에로가 되어서 학급의 분위기를 좋게 만들지. 주위에서 보면 아주 우스꽝스럽고 웃기지만…."

"으, 응…."

"어떤 때라도 누군가를 위해 웃을 수 있는 녀석은, …난 아주 멋지다고 생각해."

학급에서 시끄럽게 떠드는 것으로 분위기를 좋게 만드는 만큼, 아나에는 꽤나 손해를 보고 있다.

아나에라면 괜찮다고 경시되기 쉽고, 귀찮은 일도 떠맡게 되기 쉽다.

그걸 알면서도 아나에는 피에로를 연기하고 있다.

학급의 모두가 웃을 수 있다면 괜찮다고, 그걸 알면서 행동하는 것이다.

"그러니까 아나에는 보이지 않는 듯하면서도 누구보다도 모두를 잘 보고 있는 녀석이야. 그런 아나에가 좋아하게 된 사람이 이상한 녀석일 리가 없어."

솔직히 말하자면 나는 '아나에가 좋아하는 아이'의 장점을 잘 모르겠지만, 제대로 사람을 지켜보는 아나에가 좋아하게 된 애라면 그만큼 좋은 애일 거라고 생각한다.

"아짱이…. 그런가…. 그렇구나!"

내 말이 전해진 건지, 유리는 안심한 표정을 지은 뒤에 활짝 웃었다.

다만 그것도 한순간, 다시 한번 표정이 어두워졌다.

"하지만… 역시 난 아짱이 걱정이야…."

뭐, 그건 그런가.

아무리 말해도 그리 쉽게 납득할 수 있는 게 아니지.

이거야 원, 그럼 여기선 그 초유명한 속담의 힘이라도 빌려 볼까.

"그럼 제안을 하나 하겠는데 괜찮을까?"

"제안?"

"내일 다시 우리 학교에 와. 이번에는 숨어들지 말고 교문으로. 내가 허가를 받아 놓을 테니까."

"어? 내일도? 어, 어째서?"

"그건 말이지…."

※

다음 날.

방과 후, 종례가 끝나는 동시에 교문으로 가서 유리와 합류한 우리는 그대로 빠르게 한 장소로 향했다.

그 장소란….

"큰일이네. 방과 후에 갑자기 죠로가 옥상으로 불러내다니…. 혹시나 지금부터… 후후후. 왠지 난 두근거리기 시작했어. 웃기는 의미로."

하다못해 '안 좋은 의미로'라고 해라.

가령 내가 옥상으로 여자를 불러냈다고 해도, 그게 그렇게 웃기냐?

"딱히 산쇼쿠인에게 무슨 말을 할 생각은 없어."

"부끄러워하긴…. 솔직하지 않다니까."

"틀림없이, 전력으로 솔직한 마음이야."

"…거짓말쟁이."

담담히, 평소처럼 놀리는 어조로 말하는 걸로 들리지만, 신기하게도 진지하게 와 닿는 목소리로군.

정말이지 이 녀석은 무슨 생각을 하는 거람….

"저기, 왜 이런 곳에 왔어? 게다가 일부러 출입구 뒤쪽이라니…."

내가 불러서 온 유리는 어딘가 놀란 기색이었다.

"아, 그건 말이지…."

끝까지 말하기 전에 울린 것은 옥상의 문이 열리는 소리.

그리고 성큼성큼 앞으로 걸어가는 것은.

"후우우우! …좋았어! 힘내 보자!"

"아! 아짱!"

"쉿! 조용히!"

나타난 남자… 아나에에게 놀란 유리가 무심코 소리 내는 것을 나는 재빨리 제지했다.

어제 들은 이야기지만, 아나에는 오늘 여기서 자기가 좋아하는 사람에게 고백한다.

그러니까 나는 유리를 여기로 불러낸 것이다.

이쪽이 혈안이 되어서 찾고 있는… 아나에가 좋아하는 애가 누구인지 알려 주기 위해서.

"지금부터 아나에는 여기서 고백을 할 거야. 그러니까 이제 나타나겠지. …아나에가 좋아하는 사람이."

"……!"

"하지만 다 끝날 때까지 방해하면 안 된다? 혹시 이상한 애라고 생각되면… 그때는 유리 마음대로 해도 좋아."

"…알았어."

아나에에게는 들리지 않는 목소리로 조용히 대화하는 나와 유리. 산쇼쿠인은 이런 식으로 조용히 있는 것에 익숙한지, 마치 장식품처럼 미동도 하지 않는다.

그리고 조금 지나자, 다시 한번 옥상의 문이 열리는 소리가 울리고…

"아나에, 무슨 일이야? 방과 후에 일부러 이런 장소로 불러내고?"

드디어 나타났다. 유리가 필사적으로 찾던, 아나에가 지금 고백하려는 상대가.

그리고 그게 누구냐 하면 말인데….

"아! 저기, 와 줘서 고마워! 사잔카!"

사잔카였다.

솔직히 말하자면 외모는 엄청나게 날라리고 야수 같은 위험성을 드러내는 여자라서, 아나에의 머리가 이상해진 건가 의심했지만, …어제 아나에의 행동을 보면 납득도 되었다.

빈번히 내 자리에 오거나, 점심도 나와 같이 먹으려 하고….

그건 내 옆자리에 있는 사잔카와 엮이고 싶었기 때문이겠지.

"저렇게 날라리 같은 여자를 아짱이…."

아, 이런. 유리 내면의 '이상한 여자 계측기'가 쭉쭉 상승 중이다.

"부, 분명 이상한 여자! 아짱을 속여서 콘크리트에 담가 바다 속에 집어넣을 생각이야!"

아무리 그래도 그렇게까지는 안 해.

얼마나 무서운 거야, 사잔카.

"진정해! 지금은 아직⋯."

"내가 아짱을 구해야 해!"

이런! 어떻게든 막으려 했지만, 도무지 막을 수 있을 것 같지 않아!

이대로 가다간 아나에의 고백이⋯.

"유리, 지금은 기다릴 때야."

그때 지금까지 조용히 지켜보던 산쇼쿠인이 천천히 유리의 앞에 섰다.

"하지만! 저렇게 경박한 모습의 여자는⋯."

"외견으로 사람을 판단하면 안 돼. 사람에게는 각자 사정이 있어서 그런 모습을 하는 일도 있으니까."

"⋯어?"

"눈에 보이는 모습과 마음속은 달라. 당신은 그녀가 어떤 인간인지 모르잖아? 그런데도 외견만으로 사람을 판단하면 안 돼."

"미, 미안해⋯."

산쇼쿠인의 말에는 묘한 설득력이 있어서, 당장이라도 뛰쳐나가려던 유리가 조용해졌다.

"괜찮아. 그러니까 지금은 상황을 확인하자. 막는 건 그 뒤라도 늦지 않아."

"⋯응."

뭐지, 산쇼쿠인 녀석. 독설만 하는 줄 알았는데, 제대로 된 소리도 하잖아.

솔직히 나로서는 막을 수 없을 것 같았으니까 다행이다.

"고마워, 산쇼쿠인."

"어머, 감사의 말을 해 주다니 정말 기뻐."

"……! 그, 그래….."

조용히 미소 짓는 그 모습은 내 취향과는 아득히 멀긴 하지만, 묘한 매력이 있어서 두근거리고 말았다.

자, 문제의 아나에 쪽은….

"사잔카! 난 사잔카를 좋아해! 그러니까 나랑 사귀어 줘!"

말했다! 말하고 말았다!

"뭐? 하아아앙?! 네, 네가, 나를?!"

옥상으로 불러낸 시점에서 눈치를 챌 만도 한데, 의외로 둔감한 건지 사잔카는 솔직히 놀란 표정이었다.

"저, 저기, 하지만 난 이런 외모고, 성격도 난폭하고….."

안절부절못하며 새빨간 얼굴로 빠르게 읊어 대는 사잔카.

그 모습은 꽤나 귀여웠다.

"그, 그러니까 그만둬! 나 같은 애보다 좋은 애가 많이….."

"나한테는 사잔카가 제일이야!"

"아니!"

"사잔카는 사실 엄청 다정하고, 주위에도 배려를 해 주잖아! 하지만 그렇다고 오냐오냐 하는 것도 아니고 따끔하게 대할 때는 제대로 따끔하게 하고! 상대를 위해 화낼 수 있다는 건 대단하다고 생각해! 게다가 우리 반 여자애들을 잘 이끌고… 아, 왠지 말이 잘 안 나오는데! 하지만 아무튼! 그런 면을 좋아하게 되었어!"

분명히 그렇군.

난폭한 면은 있지만, 그래도 이러니저러니 해도 사잔카는 똑부러진 면이 있고 든든한 녀석이다.

"…고, 고마워…."

"저기, 사잔카. 그래서 대답은…."

"……."

아나에의 고백에 대해 사잔카는 아무런 대답도 없이 침묵을 지켰다.

하지만 그로부터 얼마 후….

"미안! 난 아나에랑은 사귈 수 없어!"

깊이 고개를 숙이며 그렇게 거절했다.

"저, 저기… 아나에가 싫다든가 그런 게 아냐! 하, 하지만, 난… 난 내가 좋아하게 된 사람과 사귀고 싶다고 생각해! 저기… 무, 물론, 내가 좋아하게 된 사람이 나를 좋아해 줄지는 알 수 없어! 하지만, 하지만… 그렇게 될 수 있도록 노력해서, 그렇게 되고 싶어! 그러니까… 미안해!"

고개를 숙인 채로, 어떻게든 조금이라도 아나에에게 상처를 주지 않으려고, 빠른 어조로 더듬거리며 말하는 사잔카. 아나에는 그 대답을 방금 전의 사잔카와 마찬가지로 조용히 들었다.

"······."

"아, 아나에?"

"아차! 진짠가! 크으~! 밀면 넘어올 거라 생각했는데!"

"뭐?"

예상 밖의 반응에 아연해지는 사잔카.

하지만 아나에는 그런 사잔카의 모습을 전혀 신경 쓰지 않고 계속 말했다.

"아니, 사잔카는 여자한테 있기가 있지만, 남자랑은 그렇게 이야기를 안 하니까! 실은 꽤나 순수해서 밀면 쉽게 넘어오지 않을까 싶어서···. 크으! 아깝다!"

이건 너무하다···. 정말로 너무하다···.

참고로 내 옆의 유리를 확인해 보니,

"우와아··· 너무해···."

친오빠를 향한 거라고 생각할 수 없는 심한 시선을 보내고 있었다.

아나에···. 아무리 그래도 그 반응은 아니지 않아?

···라고 말하고 싶은 마음은 있지만, 유감스럽게도 그렇게 생각할 수 없는 게 내 슬픈 점이다.

좋은지 나쁜지는 차치하고, 차인 직후에 그렇게 말할 수 있는 녀석은 대단해.

그도 그럴 것이….

"…풋! 너 정말로 바보잖아! 그럴 리 없잖아!"

평소라면 분명히 화낼 사잔카가 부드러운 미소로 그렇게 대답했다.

"어? 그런가? 하지만 사잔카가 평범하게 이야기하는 건 죠로 정도잖아! 그러니까… 아니, 설마 사잔카는!"

"아냐! 그 녀석은 우연히 자리가 바로 옆이니까 말할 기회가 있었을 뿐! 이상한 착각하지 마!"

"아앗! 왠지 말이 빨라졌어! 역시 사잔카는 죠로를…."

"그러니까 아니라고 했잖아! 그 이상 말하면 패 버린다!"

"히이익! 죄송합니다!"

"후훗! 정말이지 너는."

아나에는 사잔카가 자기를 이 이상 신경 쓰지 않도록, 일부러 웃기는 태도를 취하고 자신을 피에로로 만들었다. …그리고 사잔카는 그걸 잘 알고 있다.

그러니까 화내는 게 아니라 웃으면서 아나에의 광대극에 어울려 주었다.

"자, 그럼 난 이만 갈 테니까!"

"음! 내일 또 봐!"

빙글 몸을 돌려서 들어왔던 옥상 출입구로 걸어가는 사잔카.

하지만 도중에 그 발걸음을 멈추더니,

"아나에! 일단 말해 두겠는데… 너 꽤 멋져!"

마지막에 그렇게 말하고 옥상을 떠나갔다.

그리고 사잔카가 떠난 것을 확인한 아나에도….

"아아~! 좀처럼 잘 안 되네! 하지만… 뭐, 어쩔 수 없지!"

패기 있는 목소리를 내고 옥상을 떠나갔다.

"…어때? 좋은 애였지?"

"응. 아주, 아주 좋은 사람이었어…. 그리고 아짱도…."

옥상에서의 일을 지켜보던 유리가 눈동자에 눈물을 맺으면서 살짝 끄덕였다.

결과적으로 아쉽게 끝난 아나에의 고백이었지만, 그래도 유리에게는 확실히 와 닿은 게 있었는지 행복한 미소를 짓고 있었다.

백문이 불여일견. 유명한 속담은 역시 대단하군.

"고마워, 죠로, 산쇼쿠인 언니! 많이 도와줘서! 내가 모르는 아짱을 알고 정말 기뻤어! 또 폐를 끼쳐서 미안해!"

"이 정도는 대단찮아. 신경 쓰지 마."

"후훗. 무슨 말씀을. 나도 신경 쓰지 않아."

정중히 감사와 사죄를 하는 유리에게 나와 산쇼쿠인은 각각 대답했다.

산쇼쿠인은 나한테는 독설만 날리지만, 다른 사람에게는 평범

하게 자상하군. 화나네~

"또 이 책, 돌려줄게! 산쇼쿠인 언니."

"그래. 고마워."

일단 이걸로 무사히…인지는 알 수 없지만, 앞으로는 학교에 이상한 소문도 돌지 않을 테고, 산쇼쿠인도 필요로 하던 책을 반납받았고, 한 건 끝났다고 해도 좋겠지.

"좋았어! 그럼 나도 돌아갈까! 아짱, 분명 차여서 풀이 죽었을 테니 내가 위로해 줘야지!"

"유리가 같이 있어 주면, 아나에도 분명 괜찮아. 그럼, …교문까지 바래다주지."

"응! 고마워!"

※

옥상을 떠나서 유리를 교문까지 바래다준 나는 그대로 산쇼쿠인과 둘이서 도서실로.

사실은 얼른 학생회실에 돌아가서 코스모스에게 시설 확인 이상 없음의 보고를 하고 싶었지만, 산쇼쿠인이 '도서실에 책을 돌려놓을 때까지 같이 와 줘'라고 해서…. 뭐, 이번에는 이 녀석에게 신세를 졌으니까 그 답례로 같이 와 주었다.

"고마워, 산쇼쿠인. 네 덕분에 살았어."

"죠로가 내게 그런 말을 하다니, 어쩐 일이래?"

그렇겠지. 스스로도 그렇게 생각해.

"하지만 딱히 감사는 필요 없어. 나한테도 아주 의의 있는 일이었으니까."

"그래?"

"응. 최근 조금 불안했어. 어쩌면 내 판단은 잘못된 걸지도 모른다고. 하지만 이번 일로 확실히 재확인해서 안심했어. 죠로, 당신은 겉만이 아니라 그 사람의 내면까지 확실히 볼 수 있는 멋진 사람이야."

윽! 평소에 독설만 들었기 때문일까, 솔직히 칭찬을 들으니 묘하게 멋쩍군.

이 녀석도 이런 식으로 웃을 수 있구나.

"어머? 그렇게 열렬한 시선으로 나를 본다는 건, 혹시 죠로는 나에게 뜨거운 마음을 품었던 걸까? 어머, 부끄러워."

기분 탓이었다.

몸을 굼실거리며 끔찍한 소리를 하고 있다.

"그러고 보니 산쇼쿠인, 뭣 좀 물어봐도 돼?"

"뭔데?"

"좀 궁금해졌는데, 왜 유리한테 자기 별명을 가르쳐 주지 않았어? 나한테 자기소개할 때는 이름을 생략하면 '팬지'가 되니까 그렇게 부르라고 했잖아?"

"그래. 하지만 누구 씨가 아직 그렇게 불러 주지 않아."

부를 리 없잖아. 별명은 친한 인간에게 쓰는 것이고, 그렇지 않은 상대에게는 안 쓴다. 그러니까 나는 산쇼쿠인을 별명으로 부르지 않는다.

"으, 으음, 그럴지도 모르지만…."

"그러니까 그걸 밝히지 않았어. 처음으로 가르쳐 준 사람이 처음으로 불러 주었으면 하니까."

즉 우리 학교에서 산쇼쿠인의 별명을 아는 건 나뿐이란 건가.

그럼 누가 붙인 별명이지, 그건…?

"그러니까 당신이 그렇게 불러 주었으면 해."

"아, 아니… 솔직히 말해서 우린 그렇게 친하지도 않고…."

"…슬퍼."

이런…. 왠지 모르지만 오늘 산쇼쿠인이 묘하게 귀엽다….

이대로 가다간 정에 휩쓸려서, 이 녀석의 요망을 들어줄 것 같다.

이거 일찌감치 철수하는 게 좋겠다.

"저, 저기, 책은 반납했고, 나는 슬슬 가 볼게! 그, 그럼 이만, 산쇼쿠인."

"어머? 괜찮아?"

"괜찮다니, 뭐가?"

아직도 뭐가 있냐! 적당히 좀 해 줘!

…응? 이 녀석은 왜 유리에게 돌려받은 책… 『여자와 친해지는 100가지 방법』을 내게 내미는 거지?

"이 책을 빌리지 않아도 괜찮아? 라고 묻는 거야."

"괜찮아. 나는 그런 거에 지금은 흥미가 없으니까."

라고 말은 하지만, 솔직히 말해서 흥미진진. 하지만 여기서 그걸 빌렸다간 이 녀석에게 이상한 정보를 줄지도 모른다.

그러니까 그런 책은 용돈을 부어서 직접 사는 게 최고다.

"아쉽네. 빌려 간다면 반납할 때에 내가 구운 맛있는 쿠키를 먹여 주었을 텐데."

이 녀석, 이런 외모로 제과도 할 줄 아나.

게다가 쿠키라니… 아무리 생각해도 화과자가 어울릴 외모잖아….

"그건 또 다음 기회로 할게."

"그럼 다음에 같이 있을 때는 내가 구워 온 쿠키를 먹어 주겠어?"

뭐지, 이 녀석? 평소에는 독설만 하는 주제에 오늘은 꽤나 잘해 주고.

…제길. 평소라면 분명히 거절하겠지만….

"기대하고 있을 테니까 그때는 잘 부탁해."

자연스럽게 입에서 그런 말이 새어 나왔다.

"고마워. 이렇게 어둡고 한심한 여자한테도 잘해 줘서 정말 기뻐."

스스로 알고 있으면 조금은 개선하라고.

"그럼… 나는 이만 갈게."

"그래. …또 봐, 죠로."

마지막에 그런 말을 나눈 뒤, 이번에야말로 나는 도서실을 나가서 학생회실로 향했다.

자, 얼른 학생회실로 돌아가서 코스모스와 러브러브하고, 내일 아침엔 히마와리와 러브러브하자!

내 러브 코미디 길은 순풍에 돛 단 격이다!

"…그 녀석이 구운 쿠키, 맛있으려나?"

정말이지, 정말로 영문을 모를 여자야. …팬지란 녀석은.

………………

…………

………

현재.

"아, 이제 곧 점심시간도 끝나니 서둘러 쿠키를 먹어 줘. 자, 아앙."

"그러니까 안 먹는다고 했잖아! 끈질겨, 팬지!"

정말이지 이 여자는 왜 이리 포기란 걸 모르는 거야! 삐쳐서 끝인가 했더니 순식간에 부활해서 내 입에 쿠키를 쑤셔 넣으려

들고 있어!

"끈질기지 않아. 고작 열네 번째 아냐?"

"오늘 점심시간만 세어서 그래! 충분히 끈질겨."

"하지만… 약속했는걸…."

"그러니까 약속대로 착실히 점심시간에 도서실에 왔잖아!"

"그 이야기가 아냐."

뭐어?! 이 녀석은 대체 무슨 소리를 하는 거야?

"나 전에도 당신과 약속했어. 그런데 당신은 약속을 깨기만 해. …너무해."

윽! 뭔지 모르지만 꽤나 침울해지기 시작했다.

평소에는 방약무인이 옷을 입고 걸어 다니는 듯한 녀석인데, 갑자기 얌전해져서….

"어, 어이, 팬지…."

"……."

이런…. 왠지 본격적으로 기운이 없어진 모양인데….

"미안해! 저기, 무슨 약속을 했는지 잊어버려서! 다, 다만… 가능하면 어떤 약속을 했는지 가르쳐 주면…."

"어머. 죠로는 그렇게 허둥대고. 귀엽다니까…."

조금 잘 대해 주려던 내가 바보였다.

순식간에 부활. 괜히 반짝거리는 안경으로 이쪽을 보고 있어서 짜증난다.

"그럼 약속대로 내 쿠키를 먹어 주는 걸까?"

"애석하지만 나는 너와 그런 약속을 한 기억이 없어."

"했어."

"안 했어. …나는 어디까지나 '기대하고 있겠다'라고 말했을 뿐이야. 네 쿠키를 먹는다는 말은 안 했어."

내가 그렇게 말하자, 팬지치고는 조금 놀랐는지 눈을 깜빡거렸다.

흥. 매번 네 생각대로 될 거라고 생각하지 마라. 꼴좋다.

"후훗. 제대로 기억해 주고 있었네. 아주 기뻐."

"우연히 인상적이었으니까 기억할 뿐이야. 나대지 마."

기분 좋은 듯이 웃고 있고. …이 녀석은 평소에 엄청 수수하고, 어떻게 손 쓸 길 없는 외모인 주제에 이따금 귀엽다니까.

물론 그 생각이 태도로 드러나면 콧대를 세울 게 틀림없으니까 숨기겠지만.

"그럼 오늘은 여기까지로 할까. 계속 곁에 있을 수 없었던 당신과 이렇게 긴 시간 함께 있을 수 있었으니까. 아주 즐거웠어. …그리고 제대로 불러 주게 되었고."

"나는 정말 한없이 지루했는데."

혼자서 만족한 얼굴이나 하고. 이쪽만 손해 본 기본이다.

이제 됐어. 이 이상 이 녀석을 생각해도 스트레스만 늘어날 뿐이다.

얼른 교실로 돌아가자.

"그럼 난 간다. …팬지."

"그래. 또 봐, 죠로."

마지막에 그런 말을 나누고 나는 성큼성큼 도서실을 뒤로했다.

자, 그럼 다음 체육 시간은 썬이 좋아하는 애를 조사하도록 할
까.

이 이상 상황이 악화되지 않으면 좋겠는데….

"또 하나의 약속도 분명히 떠올려 주겠지…. 후훗. 아주 기대
돼."

나는 돕고 싶지 않다

제 **4** 장

"죠로. 잠깐 시간 괜찮을까요?"

"…응? 왜 그래, 아스나로?"

어느 날 점심시간. 도서실에서 교실로 돌아온 내게 다가온 것은 니시키즈타 고등학교 신문부의 하네타치 히나… 통칭 '아스나로'. 꽤나 기분이 좋은 눈치로, 트레이드마크인 포니테일이 개 꼬리처럼 살랑살랑 좌우로 흔들리고 있다. 원리는 알 수 없지만.

"실은 죠로에게 간곡하게 부탁할 게 있습니다!"

오늘도 애용하는 빨간 펜을 오른손에 들고 나를 처억 가리켰다.

아스나로의 '부탁'이라…. 최근 폐쇄의 위기에 직면한 도서실 문제로 여러모로 도움을 받았으니까, 답례라는 의미도 담아서 바로 승낙하고 싶지만….

"내용을 들어 본 뒤에 판단해도 될까?"

만전에 만전을 기하자.

"물론이죠! 저도 지금부터 설명할 생각이었습니다!"

가까워. 가깝습니다, 아스나로 씨.

설명의 의욕에 비례하여 다가오지 마. 꽤 두근거리니까.

"죠로, 얼굴이 빨간데요?"

"기분 탓이겠지…."

조금은 주위의 시선을 신경 써 줘.

"그런가요~?"

엄청 가까운 거리에서, 밑에서 엿보듯이 바라보는 모습.

확실히 노리고 하는 거겠지만, 그걸 안다고 견뎌 낼 수 있는 게 아니다.

그러니까 즉각 퇴각을 개시. 두 걸음 뒤로 물러나서 평범하게 대화할 수 있는 거리까지 이동했다.

"으음…. 패기가 없네요…."

아랫입술에 빨간 펜을 대고 눈썹을 찌푸리는 모습도 귀엽다고 생각하지만, 그걸 들키는 건 남자의 자존심상 분하다. 얼른 이야기로 돌아가자.

"됐으니까 얼른 본론으로 들어가 줘."

"알겠습니다! 그럼 제 부탁 말인데요… 죠로는 오늘 방과 후, 도서실을 돕는 게 아니라 저와 같이 야구부 연습에 참가했으면 합니다!"

"뭐?"

그게 뭐야? 무슨 소리야?

야구부는 코시엔을 위해 연습하고 있지만, 왜 거기에 아스나로와 내가 참가하는 거지?

설마….

"다이어트라도 시작하게?"

"실례로군요! 저는 딱히 체중으로 고민하지 않습니다! 애초에 다이어트 같은 걸 하면 귀중한 지방도 없어질 가능성이 있지 않습니까! 참나!"

체중 고민은 없는 모양이지만, 다른 고민은 있는 모양이다.

그러고 보면 이따금 츠바키와 히마와리랑 셋이서 그런 쪽 이야기를 했지.

여자는 고생이군… 뭐, 그건 넘어가고.

"그럼 왜 야구부 연습에 참가하는데?"

"떠올려 보세요! 얼마 전에 야구부에 소속된 어느 분의 특집 기사를 쓰기로 약속했지 않습니까! 그러니까 그 취재를 위해 연습에 참가하고 싶습니다!"

어? 야구부에 소속된 녀석의 특집 기사라고? 썬 말인가?

뭐, 썬은 야구부의 에이스고, 지금 우리 학교에서 가장 주목을 모으는 남자라고 해도 과언이 아니니까 모를 것도 아니지만….

"과연. …그래서 나도 같이 와 달라는 건가."

"네! 그렇습니다!"

썬이라고 하자면 베프인 내가 떠오르니까. 취재를 할 거면 빼놓을 수 없는 존재겠지.

다만….

"그걸 위해 도서실 일을 거들러 가지 않는 건…."

목하 도서실에서는 폐쇄 위기 이외에도 또 하나의 커다란 문제가 발생했다.

자세하게는 생략하겠지만, 그 문제 때문에 방과 후에는 특히나 도서실을 거들러 가야만 한다.

안 그러면 녀석이….

"괜찮습니다! 오늘 방과 후에는 코스모스 회장도 히마와리도 츠바키도 도서실을 도우러 가 줄 거고, 도우미인 토쇼부 사람들은 다른 일정이 있으니까 못 오고요!"

뭐냐, 내게 유리하기 짝이 없는 그 전개?

지금까지 그 녀석들이 방과 후에 오지 않았던 적은 한 번도 없었는데?

"그렇기도 하니까 죠로에게 도움을 부탁했습니다! 정말로 고생이었다니까요! 여러모로 정보 조작을 해서 코스모스 회장 등 전원이 도서실을 도우러 오고 토쇼부 사람들이 오지 않는 날을 만들어 내는 건!"

아무래도 편의주의였던 건 아닌 모양이다.

하려고 하면 할 수 있다는 점에서 아스나로의 무서움을 살짝 느끼게 되는군….

"알았어. 그럼 오늘 방과 후는 아스나로를 돕도록 할게."

최근 도움을 받기만 했고, 은혜를 갚을 기회로는 딱 좋겠지.

"정말입니까! 고맙습니다!"

"그럼 오늘은…."

"그래. 아스나로랑 같이 썬을."

"탄포포를 취재하러 가 주는 거네요!"

"미안. 거절할게."

아스나로, 아무리 은혜 갚기라도 세상에는 할 수 있는 일과 할 수 없는 일이 있다.

"아니! 왜 갑자기 태도를 바꾸는 건가요!"

"예상 밖이며 관할 밖의 상대였으니까. 거절하기로 결심했어."

탄포포… 본명은 카마타 키미에. 1학년이며 야구부의 매니저를 맡은 미소녀다.

하지만 그 외모와 반비례하는, 압도적으로 낮은 지능지수.

한 마디로 말해서 바보. 두 마디로 말해서 바보바보.

내가 진심으로 얕보는, 니시키즈타의 바보신이다.

스스로를 좋아하고 좋아하기 짝이 없고, 모든 남자는 자신을 따른다고 진심으로 믿는, 머리의 나사가 날아가 버린 여자. 그녀와 얽히면 돼먹지 않은 일밖에 일어나지 않을 게 눈에 선하다.

그러고 보니 전에 아스나로는 탄포포와 약속했지….

탄포포가 내게 거짓말을 해 팬지와 썬을 연인으로 만들도록 거들게 하려고 했을 때, 그 이야기를 주워들은 아스나로가 '탄포포의 특집 기사를 써서 당신의 인기를 부동의 것으로 만들 테니까, 저도 끼워 주세요!'라고 하며, 나와 탄포포의 거짓말로 범벅이 된 작전에 참가했다. 그 약속을 착실히 지키려고 하다니….

"그보다 그런 약속은 안 지켜도 되잖아? 어차피 녀석은 까먹었을 거야."

바보고. 틀림없이 압도적인 바보고.

"탄포포가 잊었어도 제가 기억하고 있으니까 지켜야 합니다! 게다가 탄포포는… 아주 귀엽고 대인… 큭! 기니까요! 기사를 실으면 인기가 더욱 부풀어…오를 게 틀림없습니다! 이걸 취재하지 않을 수는 없죠!"

저기, 그거 본심?

중간중간에 이상한 침묵이 있고 '인'과 '기'를 말하는 중간에 내게서 제대로 눈을 돌렸는데?

"…정말로 탄포포가 인기 있어?"

"무, 물론입니다!"

전혀 내 눈을 못 보는 데다가 이마에 묘하게 땀이 배어 있다.

하지만 여기서 거짓말이라고 단정 짓는 것도 좀 아니지 않나 싶다.

탄포포는 1학기 초반에 모든 학년 여자의 인기투표라고 할 수 있는 화무전의 추천에서 3위에 빛나는 실적을 가졌다. 즉 적어도 우리 학교에서 세 번째로 인기가 있다고도….

"아주 인기가 많았습니다! …1학기 당초에는…."

과연. 1학기 초반에는 바보라고 인식되지 않아서, 외모로 속여 넘겼던 거로군.

"역시 안 가도 될까?"

"그런 소리 하지 마세요! 당신이 없으면 취재를 할 수 없습니다!"

"대체 왜? 아스나로가 혼자서 하면 되잖아?"

"아무래도, 아무래도 꼭 죠로의 힘이 필요합니다! 그 이유는 탄포포를 만나면 알게 될 테니까요! 게다가 저로서도 오늘만큼 은…."

윽! 아무래도 아스나로가 필사적인 눈으로 바라보면 무턱대고 거절하긴 어렵군….

탄포포와 만나지 않으면 모른다는, 내가 필요한 이유라는 건 아무래도 좋다. 하지만 아스나로의 간절한 태도에는 무심코 고 개를 끄덕이고 싶어졌다.

진지하게 바라보는 살짝 젖은 눈동자, 교복을 꾹 붙잡은 떨리 는 손.

거기에 낚이면 안 된다는 걸 알면서도 이렇게 필사적으로 취 재에 심혈을 기울인다고 생각하면, 낚이게 되고 말아서….

"이런 기회 두 번 다시 없을지도 모릅니다…. 안 그래도 다른 분에게 뒤처진 제게 온 큰 기회! 이걸 어떻게든… 살리고 싶습니 다!"

"메인 목적인 취재는 어디로 갔어?!"

1초 전의 나를 두들겨 패 주고 싶기 짝이 없다!

"착각하지 말아 주세요! 어디까지나 취재**는** 덤입니다!"

"하다못해 취재**의** 덤이라고 말해 줬으면 싶었어!"

츤데레 느낌으로 나가면서 본심을 좍좍 쏟아 내는 게 대단하다!

"그란 기 모른다! 나가 죠로랑 같이 취재할 기라 해쓰니, 오늘은 꼭, 꼬오오옥 도와주는기라!"

평소에는 경어로 숨기고 있는 사투리가 무심코 튀어나올 정도로 본심인 모양이다.

이거 내가 아무리 거절해도 양보하지 않을 모양이로군.

하아… 솔직히 말해 귀찮기 짝이 없지만….

"…알았어. 그럼 아스나로의 취재를 도울게…."

"참말이가! 와아~! 고마워!"

"그래, 그래."

다행스럽게도 알아차리지 못한 모양이로군.

사실은 열심히 부탁하는 아스나로가 꽤 귀여워서 받아들였다는 걸.

항상 강경한 수단을 쓰지만, 그만큼 필사적이라고 생각하면… 거절할 수 없지.

"…어흠. 그럼 이다음 쉬는 시간에 탄포포에게 취재 허가를 받으러 가죠! 혹시 거절당했을 경우에는 어쩔 수 없이 저와 데이트를."

"평소처럼 도서실 일을 거들러 갈게."

"우우…. 죠로는 심술쟁이로군요…."

※

　5교시가 끝난 뒤의 쉬는 시간. 나는 아스나로와 함께 1학년이 쓰는 층으로.

　뭐라고 할까, 내가 다니는 학교라도 평소에 안 다니는 장소라는 건 긴장되는군.

　작년까지 이 층을 썼지만, 우리 때랑은 분위기가 전혀 다르고.

　아스나로는 어떨까?

　평소에도 신문부 활동으로 니시키즈타 고등학교의 곳곳을 다닐 테고.

　"후훗! 죠로와 취재♪ 죠로와 취재♪ 죠로와 데이트♪"

　긴장은 하지 않은 모양이지만, 마지막에 묘한 말이 섞여 있어서 불안스럽기 짝이 없다.

　"으음, 탄포포네 반은 1반이었을 텐데, …저기로군요!"

　일단 취재할 마음은 있는 모양인지, 빨간 펜으로 탄포포네 반의 학급 팻말을 처억 가리켰다. 그 녀석은 1반이었나. …기이하게도 작년의 나와 같은 반이군.

　그럼 슬쩍 안을 엿보도록 할까…. 아, 저기 있다.

　왠지 창가에서 혼자 덩그러니 서 있는데, 녀석은 친구가….

　"효와~ 오늘은 점심시간도 애 많이 쓰느라 아주 지쳤습니다.

우훗~…."

점심시간에 뭘 했는지는 모르지만, 지친 모양이다.

아주 조금 등을 웅크린 것은 피로를 드러내는 걸까?

하지만 그것도 잠시, 활짝 웃으면서 창을 바라보고.

"…어머? 창문 씨도 참, 그렇게 반짝반짝 저를 비추다니~! 그렇게 천사인 제가 너무 귀여웠습니까? …네? 저의 솜털솜털 댄스를 보고 싶다고요?! 우후웃! 어쩔 수 없네요~! 그럼 특별히 추도록 하겠습니다~!"

"아스나로. 만일을 위해 확인하겠는데, 정말로 저걸 취재할 거야?"

"그렇군요…. 저걸 취재하겠습니다…."

아무리 아스나로라도 갑자기 창가에서 춤추기 시작한 바보는 허용 범위를 오버한 거겠지.

방금까지의 신난 모습이 거짓말처럼 아주 축 가라앉은 표정을 하고 있다.

"저는 천사♪ 세계의 천사♪ 은하의 천사♪ 오늘도 울리는 엔젤 보이스♪ 퍼지는 프리티~♪ 엔젤 파라다이스~♪ 오른쪽에 우훗~♪ 왼쪽에 우훗♪ 위로도 우훗♪ 하지만 아래로는 하지 않아요~♪ 맨틀 씨가 두근거리다가 폭발하니까~♪"

저게 말기 바보인가….

"아무튼 취재 허가를 받으러 갈까요…."

"그래."

우리는 내심 진절머리를 내면서 탄포포에게 다가갔다.

"어이, 탄포포."

"우후홋~ ♪ 우후홋~ ♪ 이제 곧 일어날 엔젤 빅뱅… 어머?"

바보바보 댄스에 신이 난 바보도 우리를 알아차렸는지, 놀란 표정을 지었다.

그리고 그 뒤에 곧….

"효! 효와와와와! 하, 하네타치 선배입니다! 하네타치 선배가 있습니다!"

왠지 모르지만 아스나로를 보고 엄청 겁먹기 시작했다.

"다, 다가오지 마세요! 하네타치 선배는 다가오지 말아 주세요! 으르르릉!"

대체 이 두 사람 사이에 무슨 일이 있었지?

"탄포포, 아무것도 안 할 테니까 이야기를 들어 주세요! 당신에게 부탁이 있습니다!"

"그런 말에 저는 안 속습니다! 어떻게든 도망쳐야! 그래! 이쪽입니다! 여기서 단숨에 도망치면… 효왓!"

꽤나 당황했는지 주위를 두리번두리번 둘러본 뒤에 창문에 격돌했다.

왜 그런 선택을 한 거지? 일단 창문이 깨지지 않아서 다행이다.

"아, 아픕니다~! 왜 통과할 수 없는 건가요~…."

울상을 하며 빨개진 코를 문지르는 때에 미안하지만, 나로서는 어떻게 통과할 수 있다고 생각했는지 좀 듣고 싶다.

"이게 죠로한테 와 달라고 한 이유입니다…."

"일단 자세히 들어나 볼까."

"이전에 저는 탄포포의 과거를 여러모로 조사해서 폭로하지 않았습니까. 그 이후로 꽤나 경계를 산 모양이라서, …실은 오늘 아침에 혼자서 부탁하러 갔을 때도 위협을 한 뒤에 도망치고 말았습니다."

이 녀석은 무슨 야생 동물인가.

"과연. …그보다 그랬으면 내가 있어도 결과는 같지 않아? 나도 아스나로랑 같이 탄포포를 몰아붙였잖아."

"아뇨, 그게…."

응? 아스나로가 왠지 탄포포에게 시선을 되돌렸군.

"우훗~…. 이런 때에 저의 충실한 노예인 키사라기 선배가 있으면… 핫! 키사라기 선배도 있습니다! 와아~! 키사라기 선배입니다!"

지금까지 내 존재를 깨닫지 못했던 거냐.

기쁜 듯이 주위를 오가는 건 백보 양보해서 귀엽다고 해도, 엄청 열 받는 단어가 섞여 있어서 짜증 쪽이 훨씬 앞섰다.

"뭐, 이렇게 왜인지 탄포포는 죠로를 따르는 모양이라서요."

전혀 기쁘지 않은 정보 고마워.

"우홋~! 저를 귀여워해 주고 싶으니까 일부러 우리 반까지 오다니, 키사라기 선배는 타고난 솜털바라기로군요~! 우후후홋!"

나는 결코 솜털바라기가 아냐.

"어디서부터 귀여워해 줄 건가요? 역시 완전 프리티한 머리를 쓰다듬는 것부터? 아니면 충성을 맹세하기 위해 신발을 열심히 핥."

"그게 아냐. 나는 어디까지나 따라온 거야. 너한테 용무가 있는 건 아스나로야. 너와 한 약속을 지키고 싶대."

"하네타치 선배? …핫! 그랬습니다! 키사라기 선배, 하네타치 선배가 또 저를 공포에 떨어뜨리러 왔습니다! 자, 해치우세요!"

"됐으니까 아스나로의 말을 들어."

"우웃! 아, 아픕니다! 갑자기 머리를 때리지 말아 주세요! 우홋~!"

고작 10초 전의 일을 까먹지 마.

"그게 말이죠, 탄포포. 저는 결코 당신에게 위해를 가하러 온 게 아니라, 약속을 지키러 왔을 뿐입니다."

"약속? …어라? 그런 게 있었나요?"

예상대로 깨끗하게 까먹으셨구만….

"잘 기억해 보세요. 전에 당신의 특집 기사를 쓴다고 말하지 않았습니까."

"…핫! 듣고 보니 그런 것도 같습니다! 혹시나 하네타치 선배는….”

“네! 특집 기사를 쓰기 위한 취재 허가를 받으러 왔습니다!”

“그랬던 겁니까! 그런데 제가 섣불리 굴고. …죄송합니다. 우훗~….”

바보지만, 자기가 잘못했다고 판단하면 제대로 사과를 하는군.

이상한 면에서는 착실하단 말이야.

“아뇨, 신경 쓰지 마세요! 그래서 취재 허가를 받았으면 합니다만….”

“물론 괜찮습니다! 아뇨, 잘 부탁드립니다! 우후훗!”

이렇게 얌전히 웃을 때만큼은 귀엽지. 이럴 때만큼은… 응?

왠지 반에 있는 애들이 이상하게 날카로운 눈으로 탄포포를 보는 것 같은데….

“카마타 녀석, 뭐야? 특집 기사라니, 너무 편애 아냐?”

“야구부의 매니저가 될 수 있었다고 해서 너무 잘난 척하는 것 같아.”

“저기, 다들…. 너무 탄포포에게 난폭한 소리를 하는 건….”

“으, 응…. 탄포포는 그렇게 나쁜 애는 아니고….”

4인조 중에 두 여자가 헐뜯는 말을 하고, 같이 이야기하던 품위 있는 여자와 왠지 가녀린 남자가 조심스럽게 탄포포를 변호했다.

완전히 미움을 산 건 아닌 모양이지만, 앞의 두 명은 틀림없이 탄포포를 싫어한다.

…그리고 야구부의 매니저가 될 수 있었다는 건 무슨 소리야?

"우훗! 우후후훗! 드디어 제가 전 은하를 제패할 날이 다가왔습니다! 하아~! 앞으로가 기대됩니다! 명왕성까지 넘쳐나는 솜털바라기들… 우후훗…."

본인은 전혀 눈치채지 못한 모양으로, 명왕성을 제패할 바보 같은 망상에 열중하고 있지만.

"그럼 오늘 방과 후에 취재를 하러 가도 되겠습니까?"

"물론입니다! …아, 다만 오늘 방과 후에는 적정(敵情) 시찰을 갈 예정이라서, 거기에 함께 가 주신다면 기쁘겠습니다! 우훗!"

헤에…. 매니저는 그런 일까지 하는 건가.

"알겠습니다! 그럼 방과 후에 교문 앞에서 합류하는 형태면 되겠습니까?"

"네! 그럼 부탁드리겠습니다! …아! 키사라기 선배, 만일을 위해 진정제를 준비해 주세요! 제가 너무 귀여운 나머지 두근거림 익스플로전을 일으킬 가능성이…."

"필요 없어."

"어라? 그렇습니까? 혹시 이미 한 병 통째로 삼키고 여기에…"

그럴 리가 없잖아. 지금까지 내가 너한테 두근거린 적은 한 번도 없다고.

"아무튼 슬슬 쉬는 시간도 끝이니까 우리는 돌아간다. 방과 후에는 잘 부탁해."

"네! 이쪽이야말로 잘 부탁드리겠습니다! 우후후훗!"

이렇게 무사히 취재 허가를 받아 낸 우리는 탄포포네 반을 떠났다.

"저기, 아스나로. 뭣 좀 물어봐도 될까?"

"네. 어떤 겁니까?"

교실로 돌아가는 도중에 나는 아스나로에게 말을 걸었다.

물론 물어보고 싶은 건….

"탄포포는 자기네 반에서 별로 좋은 인상을 못 줬나?"

아까 일부 아이들이 날린 가시 돋친 태도에 대해서였다.

학교 제일의 정보통인 아스나로라면 1학년의 인간관계도 알 것 같기 때문이다.

"아, 아하. 그렇군요…. 죠로의 말이 맞습니다…."

다소 씁쓸한 표정을 하면서 내 말을 긍정하는 아스나로.

"왜지? 녀석은 바보이긴 하지만, 딱히 못된 녀석은 아니라고 생각하는데…."

"탄포포가 야구부의 매니저이기 때문입니다."

"뭐?"

무슨 소리야? 왜 야구부의 매니저라고 다른 애들에게 미움을 산다는 거지….

"작년에 야구부는 전국대회 진출 일보 직전까지 갔습니다. 그 영향으로 올해 야구부는 매니저 지망생이 대단히 많았죠. 그래서 전부 다 입부시키자면 끝이 없을 것 같기에 입부 테스트를 했습니다. 자세하게는 모르지만, 꽤나 까다로운 테스트였던 모양이라서 대부분의 학생이 불합격되었습니다."

"그런 게 있었나. …응? 그렇다면…."

"그 입부 테스트에서 유일하게 합격한 인물… 그것이 탄포포입니다."

진짜냐. 어떤 테스트였는지는 모르지만, 탄포포만이 합격한 테스트라고?

뭐지? 바보 검정시험이라도 치렀나? 그거라면 압승이겠지만….

"그래서 탄포포에게 질투 비슷한 감정이 집중되어서…. 특히나 야구부를 동경하는 여학생에게서…."

그런 건가. 분명히 야구부는 작년부터 꽤나 인기가 있으니까.

일종의 친근한 아이돌 같은 존재가 되었다. 그런 녀석들의 곁에 있을 수 있는 유일한 여학생이라고 생각하면… 확실히 질투의 대상이 되어도 이상하지 않다.

"왜 탄포포지? 녀석만 합격하다니…."

"그렇죠. 저도 그 의문을 꼭 좀 풀고 싶습니다. 어쩌면 오늘 취재로 그걸 알 수 있을지도 모릅니다!"

우리는 평소의 탄포포라면 알지만, 야구부 활동 중인 탄포포는 모른다.

즉 그걸 보면….

"후훗! 어떻습니까, 죠로? 오늘의 취재가 기대되기 시작하죠?"

히죽이는 아스나로가 한 말을 긍정하는 건 왠지 분하지만….

"뭐…. 그럴지도…."

올해 니시키즈타 고등학교는 작년처럼 무시당하는 무명교가 아니다.

진심으로 코시엔을 노리고 있다. 지역 대회 우승 후보 중 하나다.

그런 야구부에 유일하게 존재하는 매니저… 카마타 키미에.

까다로운 입부 시험을 유일하게 돌파한 비밀을 알게 되면, 단순한 바보라고 생각했던 탄포포에 대한 인상도 조금은 변할지도 모르지….

※

"아! 키사라기 선배, 하네타치 선배! 여기예요, 여기!"

방과 후. 이미 교문 앞에 있던 탄포포가 나와 아스나로의 모습을 확인하고 만세 포즈로 뿅뿅 뛰며 자기 존재를 어필했다.

딱히 그러지 않아도 거기 있는 건 알고 있어.

"우후훗! 교문에서 기쁜 듯이 **뿅뿅** 뛰는 저…. 이건 또 솜털바라기가 늘어날 것 같습니다….."

정말로 왜 이런 바보가 유일하게 야구부 매니저 테스트에 합격한 거지?

썬에게도 물어보았지만, '녀석과 함께 있어 보면 알아'라고만 말하지, 명확한 답은 알려 주지 않았지.

"여어, 기다렸지, 탄포포."

"잘 부탁하겠습니다, 탄포포!"

"네! 화아악실히 저의 귀여움을 전 우주에 드날리는 기사를 쓸 수 있도록, 평소보다 천사 성분을 많이 뿌릴까 합니다! 우훗!"

우주 이전에 니시키즈타에도 드날리지 않는데.

"아, 그런데 탄포포…."

"네! 제가 좋아하는 음식은 햄버그스테이크입니다!"

아냐, 그 이야기가 아냐.

"…흠흠. 탄포포가 좋아하는 음식은 햄버그스테이크라."

충실히 메모를 하는군….

그럼 나는 나대로 묻고 싶은 걸 물어보도록 할까.

"그 사람은…."

탄포포의 옆에 서 있는, 무뚝뚝한 얼굴의 남자에 대해 묻고 싶었다.

"아! 그랬습니다! 깜빡 소개를 잊고 있었네요! 이 사람은 3학년인 히구치 선배입니다! 저희와 함께 적정 시찰을 갈 사람이죠!
그렇죠, 히구치 선배?"

역시 그랬군. 어쩐지 낯익은 사람이었고.

"음, 잘 부탁해, 키사라기, 하네타치."

탄포포의 소개에 아주 살짝 미소를 지으며 우리에게 손을 드
는 히구치 선배.

언뜻 보면 무뚝뚝해서 대하기 힘든 사람인가 싶었지만, 그렇
지도 않은 모양이다.

"참고로 히구치 선배는 주전 멤버로 2번 타자를 맡고 있습니
다! 발군인 수비력과 안정된 타격! 그리고 야구부에서 유일한 솜
털바라기로, 오늘도 제가 걱정되고 걱정되어서 꼭 따라가고 싶
다며…."

"탄포포를 혼자 보냈다간 멀쩡한 일이 일어나지 않을 테니까
함께 왔다."

"우후웃~! 히구치 선배도 참~! 솔직히 말해도 괜찮은데요!
우훗!"

과연 우리 학교에 솜털바라기란 정말로 존재하긴 하는 걸까?

쓸데없는 의문이 새롭게 하나 늘었군.

"…흠흠. 히구치 선배는 야구부 유일의 솜털바라기…가 아니다."

거기까지 메모하는 거냐.

"키사라기와 하네타치가 와 줘서 고맙군. 탄포포와 둘이서 가

는 건 여러모로 고생이 많으니까. 너무 긴장하지 말아 줘."

"아, 네! 알겠습니다, 히구치 선배!"

긴장하지 말라고 하니, 오히려 긴장하게 되는데.

코스모스와 야마다 선배 정도 외에는 선배와 거의 교류가 없는 나고….

"아직 좀 긴장했군. …그래. 그럼 도중에 귀여운 여자 취향 이야기라도 할까?"

"네? 아니, 그건…."

"하하, 농담이야. 아무튼 잘 부탁해."

어쩌지. 일찍이 없었을 정도로 싹싹하고 멀쩡한 사람이 나타났다는 기분이 팍팍 든다.

이런 사람이 니시키즈타에 있었다니….

"귀여운 여자! 즉 저 말이죠! 우후후훗! 그럼 맛있는 팬케이크를 먹을 수 있는 가게에라도 들어가서… 효왓!"

음? 바보가 바보 같은 소리를 하기 시작했더니, 히구치 선배의 눈이 아주 예리해졌는데….

"꽤나 재미있을 것 같은 이야기지만 오늘 예정과는 관계없을 것 같군, 탄포포."

"효와와…. 저기, 그건…."

"다시 한번 확인할까? 오늘은 뭘 하러 가지?"

"저, 저기… 적정 시찰…입니다…."

"그래. 그런데 팬케이크를 먹으러 간다? 다른 사람들이 모두 연습으로 땀을 흘리는데?"

"힉! 아, 안 가겠습니다! 전 제대로 적정 시찰을 하겠습니다!"

대단해! 이 바보가 얌전히 말을 듣게 하다니!

"잘 부탁한다. 자, 잡담은 이쯤 하고 얼른 가자."

"우우우~…. 히구치 선배는 오늘도 엄격합니다…."

이 사람이 같이 있어서 정말 다행이다!

"…흠흠. 탄포포는 히구치 선배에게 거스르지 못한다, 란 말이 군요."

아스나로는 정말 뭐든지 메모하는군. 이것이 신문부 제일가는 정보통의 진짜 모습인가.

오늘 목적과는 전혀 관계없지만, 이건 이거대로 귀중한 일면을 본 듯하다.

※

"오늘 적정 시찰로 가는 곳은 나나카마도 고등학교. 우리 지역에서 토쇼부 고등학교와 나란히 우승 후보 필두로 꼽히는 명문 교지."

도중에 내 옆을 걷는 히구치 선배가 오늘 목적지에 대해 가르쳐 주었다.

나는 고교야구에 대한 지식이 전혀 없어서 들어 본 적 없는 학교명이지만, 작년 지역 대회 결승전에서 우리 학교… 니시키즈타 고등학교에게 이겨서 코시엔 진출을 결정지은 토쇼부 고등학교와 어깨를 나란히 한다는 발언만 해도 어느 정도 상대인지 쉽사리 상상이 갔다.

"그렇게 강한 고등학교가 또 있었군요. …참고로 작년에는…."

"준결승에서 토쇼부 고등학교에게 졌지. 상당한 접전이었지만, 토쇼부의 4번 타자만큼은 도저히 막아 낼 수 없었던 모양이라서 말이야. 마지막에 그 녀석에게 홈런을 맞았지."

"토쿠쇼 키타카제 말입니까?"

"오, 그건 알고 있군."

작년에 니시키즈타 고등학교가 진 이유도 마찬가지다.

마지막의 마지막 순간, 토쿠쇼에게 끝내기 안타를 맞아서… 으아아아아!

떠올리니 열 받기 시작했다! 하지만 분하게도 나쁜 녀석은 아니란 말이지….

토쿠쇼와 나는 지금도 도서실 관련으로 만날 기회가 있지만, 실은 그보다 이전… 작년 지역 대회 결승전 시합 전에 잠깐 이야기한 적이 있다.

소중한 배팅 글러브를 떨어뜨려서 필사적으로 찾아다니는 모습.

찾은 뒤에는 예의 바르게 이쪽에게 감사의 말을 하고 소중히 그 배팅 글러브를 쥐고 그라운드로 향했다.

그 녀석도 썬과 마찬가지로 야구밖에 모르는 거겠지….

"하지만 시합 내용을 보자면 나나카마도가 앞섰지. 토쇼부 선수 중에서 제대로 친 것은 토쿠쇼뿐. 반대로 나나카마도는 안타를 양산했으니까. 어디까지나 그게 점수로 이어지지 않았을 뿐. …다시 토쇼부와 나나카마도가 붙으면 결과는 반대가 될지도 모른다."

"그 정도의 상대입니까…."

"그래. 특히나 수비력이 뛰어난 팀이라서. 저쪽의 에이스는 썬과 맞먹는… 아니, 어떤 의미로 썬 이상의 투수라고도 일컬어진다."

"네엣?! 아니, 하지만 썬은…."

고교 야구소년 중에서 손꼽히는 강속구를 가졌다.

"타입이 달라. 썬 쪽이 구위나 구속에서 위지만, 컨트롤이나 변화구는 나나카마도의 에이스가 위. 작년부터 변화구가 부족한 게 썬의 결점이라는 건 모두가 말하고 있었으니까."

윽! 그건 부정할 수 없을지도 모르지만….

야구를 자세히 모르는 나지만, 그 정도는 안다. 썬의 공은 아무튼 빠르다.

하지만 변화구가 부족하다. 그러니까 시합 후반이 되면 그 구속에 익숙해진 상대 팀에게 안타를 빼앗기는 경우가 종종 있다.

작년 지역 대회 결승전에서, 마지막에 토쿠쇼에게 안타를 맞은 것도 아마 같은 이유에서겠지.

"게다가 니시키즈타는 원래부터 야구 명문교 같은 게 아냐. 작년에 결과를 낸 덕분에 설비를 지원받게 되었지만, 애초부터 야구 명문교인 나나카마도와는 설비에도 커다란 차이가 있지. 저쪽은 전용 구장, 실내 연습장, 그리고 불펜까지 있으니까."

설비의 차이가 실력의 차이는 아니지만, 그 정도로 차이 나면 연습의 질에 커다란 격차가 생길 것이다.

단순히 동행한다는 가벼운 마음으로 따라왔는데, 나도 야구부에 도움이 될 만한 정보를 하나는 얻을 수 있도록 힘내 보는 쪽이….

"뭐, 그렇게 무겁게 생각하지 않아도 돼. …게다가 응원의 질은 우리가 훨씬 위고. 작년에 키사라기가 매 시합마다 응원해 줘서 정말로 고마웠다."

"아! 아뇨! 가, 감사합니다…."

"고맙다고 말할 건 이쪽이야."

난 처음으로 존경할 수 있을 만한, 제대로 된 선배와 만난 걸지도 모른다.

그런데 우리 뒤에 있는 아스나로와 탄포포는.

"우후훗! 하네타치 선배, 오늘 적정 시찰에서 나나카마도 사람들을 전원 솜털바라기로 만들면 시합은 이긴 거나 마찬가지! 제 솜털 트랩의 대단함을 보여 드리죠!"

"하아…. 그렇습니까…."

긴장과는 완전히 거리가 멀지만, 실패할 예감밖에 느끼게 하지 않는 발언이다.

거기에 엮여 봤자 좋은 일은 일어나지 않을 테고, 나는 히구치 선배랑 이야기나 할까.

마침 물어보고 싶은 것도 있었고.

"저기, 히구치 선배…."

"음? 뭐지?"

"왜 탄포포만 야구부의 매니저가 될 수 있었습니까? 올해는 아주 엄격한 입부 테스트가 있었다는 이야기를 들었습니다만…."

"아, 그거 말인가. 뭐, 평소의 탄포포밖에 모른다면 그렇겠지."

평소의 탄포포? 즉 야구부 때의 탄포포는 뭔가 다른 게….

"우훗! 작년과 달리 올해는 제가 니시키즈타에 있습니다! 이러면 전국대회 진출은 따 놓은 당상! …하아~! 기대됩니다! 전국대회에 나가서 초 이그젝티브 카리스마 빅뱅 아이돌로 전국에 그 모습을 보일 때가!"

완전히 평소랑 똑같아서 뭐라고 해야 할지 곤란하다.

"저걸 보고 있자면 도저히 믿기지 않는데요."

"하핫! 그럼 조금만 가르쳐 주지."

"조금만, 입니까?"

이왕이면 전부 다 가르쳐 줬으면 하는데….

"야구와 같아. 가르쳐 준다고 바로 다 할 수 있게 되는 건 아니잖아?"

아무래도 내가 그렇게 생각하는 것까지 히구치 선배는 다 꿰뚫어 본 모양이다.

"제대로 연습을 하지 않으면 자기 것이 되지 않지. 그러니까 가르쳐 주는 것은 입구뿐. 출구는 키사라기가 자기 힘으로 도달해야겠지."

"알겠습니다."

딱 1년 차이가 있을 뿐인데, 이 사람은 정말로 '선배'로군.

썬이 '야구부 멤버는 최고야'라고 말하는 이유를 잘 알겠어.

"그런고로 입구뿐이지만. …우리는 동료가 필요했지. …그게 탄포포가 매니저 테스트에 합격한 이유야. 물론 그 밖에도 있지만."

"하아…."

으음…. 잘 모르겠지만, 아무튼 탄포포에게는 다른 매니저 지망생과 다른 뭔가가 있었던 모양이다.

답이 나오지 않아 갑갑하지만, 이 이상 물어봐도 가르쳐 주지 않겠지.

그럼 오늘 취재로 어떻게든 그걸 이해해 보도록 할까.

※

　니시키즈타를 출발해서 전철을 타고 30분. 그 뒤로 또 10분 정도 걸어서… 우리는 간신히 오늘의 목적지인 나나카마도 고등학교에 도착했다. 도착은 했는데….

　"저기, 탄포포. 여기서부터는 어쩔 거야? 멋대로 들어가서 야구부 정찰을 하게 해 주세요, 라고 부탁하는 건…."

　일단 교문은 열려 있지만, 그렇다고 해서 다른 학교 학생인 우리가 멋대로 들어가도 되는 건 아니다.

　일반적으로 생각하면 사무실 같은 곳에서 수속을 밟아 입교 허가를 얻어 내는 거겠지만, 지역 대회에서 붙을 가능성이 있는 상대의 정찰을 허가해 줄까?

　야구 명문교라는 게 이유인지, 꽤나 덩치 좋은 경비원이 두 명이나 있고….

　"우훗! 분명히 키사라기 선배의 말이 맞네요! 하지만 안심하시길! 그러니까 제가 적정 시찰에 온 것입니다!"

　즉 탄포포에게는 무슨 수단이 있다는 건가?

　어쩌면 그거야말로 야구부의 매니저로 뽑힌….

　"우후훗~! 이렇게 귀여운 천사인 제가 적정 시찰을 하고 싶다고 부탁하는데 거절할 수 있을 리가 없으니까요! 오히려 와 줘서 고맙다는 말을 들을 게 틀림없습니다!"

…이유는 아닌 모양이다. 어떻게 저렇게 바보 같은 기세로 사무실로 돌진할 수 있지….

3분 뒤. 사무실로 돌격했던 바보가 꽤나 뚱한 표정으로 돌아왔다.

"왠지 실패했습니다! 이해가 안 됩니다! 우훗!"

이해 좀 해라. 아무리 생각해도 무리한 방법이야.

"도무지 믿겨지지 않는 일이죠? 제가 '그쪽 야구부의 약점을 알아내어 시합에서 박살내고 싶으니까 견학시켜 주세요!'라고 귀엽게 부탁했는데, 태연히 '사양하겠습니다'라고 말했단 말이에요! 상식이 없는 것도 정도가 있습니다!"

네가 말이지.

"탄포포, 딱히 무리하지 않아도 돼. 조금만 기다리면…."

"무슨 말입니까, 히구치 선배! 최대한 신속하게, 그리고 확실하게 적정 시찰을 해 우리의 승리를 반석으로 만들어야 합니다! 주로 저의 코시엔 데뷔를 위해서!"

목적이 너무하다.

"아니, 그러니까…."

"이렇게 되었으면 강행 돌파입니다! 제가 귀엽게 열심히 달리면 그 모습을 보고 경비원 씨가 두근거리면서 정신이 나갈 테니까요!"

경비원을 얕보지 마.

"키사라기 선배, 하네타치 선배, 히구치 선배! 저를 따라와 주세요! 우후우우우우우웃!!"

"아! 잠깐, 탄포……. 아, 가 버렸다."

히구치 선배의 제지도 듣지 않고, 전혀 귀엽지 않은 전력 달리기로 나나카마도 고등학교로 돌입하는 탄포포. 그 모습을 경비원이 못 볼 리가 없어서….

"흑! 흑! 왜입니까~! 왜 제가 이렇게~!"

FBI에 붙잡힌 우주인처럼 경비원에게 끌려오는 바보가 한 마리.

꽤나 저항했는지 얼굴이나 교복이 먼지투성이다.

"이 애는 너희 일행인가?"

덩치 좋은 경비원의 날카로운 시선이 우리 셋에게 사정없이 꽂혔다.

"아뇨, 저기….."

"키사라기 선배! 지금이야말로 숨겨진 힘을 해방할 때입니다! 자, 이 주제 모르는 녀석을 해치워 주세요! 우훗!"

닥쳐, 주제 모르는 녀석. 날 끌어들이지 마.

"어, 어이! 날뛰지 마!"

"싫습니다~! 저는 어떻게든 적정 시찰을 할 거라고요~!"

버둥버둥 날뛰면서 어떻게든 경비원을 뿌리치려는 탄포포. 하지만 압도적인 완력의 차이에 승산 따윈 있을 리도 없고, 멋지게 헛된 저항이 되었다.

"으음, 난처하군요⋯. 이대로는 당초 목적인 탄포포의 취재가⋯. 뭐, 안 되는 건 아니지만요. 이건 이거대로 나름 기사가 될 테고⋯."

대체 무슨 기사가 되는 걸까⋯. 불안하기 짝이 없군⋯.

"하아⋯. 참나, 탄포포는⋯. 오, 왔다."

응? 히구치 선배, 왜 그러지. 갑자기 탄포포가 아니라 교문 쪽을 보는데⋯.

"여어, 히구치! 기다렸지! ⋯아니, 저 애는 대체 무슨 일이야?"

"신경 쓰지 마."

교문에서 나타난 것은 나나카마도 고등학교 야구부의 유니폼을 입은 한 남자.

썬과 키가 비슷하니까 180센티미터 정도일까?

아니, 이 사람은⋯.

"나나카마도 고등학교의 주장, 시계미 히사토다. ⋯중학교 때 나와 같은 야구부였지."

"여어! 시계미라고 해! 잘 부탁해! 어어, 너희가 모두 야구부야?"

"아니, 이쪽의 두 사람은 그냥 따라왔어. 그리고 저쪽에서 날 뛰는 녀석이…."

"우홋! 놔주세요오오오! 저는… 어라? 당신은 나나카마도의 주장인 시게미 씨 아닙니까! 설마 저를 도와주러 일부러 이런 곳에?!"

"이 재미있는 애는 누구야, 히구치?"

"부끄럽지만 우리 매니저다."

정말로 부끄럽다! 여러 의미로! 뭐, 그런 바보는 접어 두고.

"히구치 선배, 혹시…."

"그래. 내가 미리 시게미에게 연락을 해서 오늘은 적정 시찰을 시켜 달라고 부탁했지. 그것도 내가 오늘 같이 온 이유야."

이 얼마나 든든한 선배인가. 그래, 야구부들끼리 옛날에 접점이 있을 수 있겠군.

"아, 경비원 아저씨, 죄송합니다! 그 애도 포함해서 니시키즈타 고등학교 학생들의 출입 허가는 제가 받았으니 놔주시겠습니까?"

"그, 그래? 알았다."

"우교옷!"

그제야 간신히 바보가 해방. 살짝 들어 올린 상태에서 손을 놓았기 때문일까, 아주 한심하게 지면에 꽈당 격돌했다. …하지만 본인은 전혀 개의치 않는 기색으로,

"우후홋! 역시 저는 신에게 사랑받는군요! 설마 이렇게 간단히 적정 시찰을 할 수 있다니! 시게미 씨! 오늘은 당신들의 약점을 족족 폭로해서 시합에서는 저희가 압승할 테니까요!"

당당히 선전포고까지 하고 있다.

"하핫! 그런가! 살살 좀 부탁해. 조그만 매니저 씨."

탄포포, 완전히 얕보이고 있군…. 아니, 탄포포만이 아니라….

"아무리 중학교 때 알던 사이라고 해도 이렇게 순순히 적정 시찰을 허락하다니… 그런 거겠군요…."

내 옆에 있는 아스나로가 조그맣게 흘린 말이 바로 정답이다.

얕보이는 건 탄포포만이 아니다. 니시키즈타 고등학교 야구부 전부다. 내 일인 것도 아니고, 그렇기 때문에 적정 시찰이 가능해지긴 했지만, 그래도 말이지… 분하군.

"자, 날 따라와! 우리 야구부 연습을 보여 줄 테니까!"

"음. 미안하군, 귀중한 시기에 방해해서."

"신경 쓰지 마! 이 정도는 흔히 있는 일이야!"

히구치 선배도 그걸 알고 있겠지.

표정이나 태도는 방금 전과 다름없지만, 잘 보면 오른손을 굳게 움켜쥐고 있다.

냉정하고 온화한 사람이라고 생각했는데, 뜨거운 일면도 있구나….

"키사라기 선배, 하네타치 선배, 어떤가요? 제가 야구부에서 어떻게 활약하는지, 잘 아셨나요? 앞으로도 계속 새로운 일면을 보여 드리죠! 우후훗!"

지금으로선 히구치 선배가 얼마나 야구부에서 활약하는가 같은, 히구치 선배의 새로운 일면밖에 못 봤다, 바보야.

※

나나카마도 고등학교의 주장… 시게미 씨의 안내를 받아 간 곳은 야구부 전용 구장.

거기에서는 나나카마도 고등학교 야구부원들이 양편으로 나뉘어서 서로 연습 시합을 벌이고 있었다. 역시나 야구 명문교라 할 만하다. 생초보인 내가 봐도 알 만큼 레벨이 높은 승부다.

거기다가 부원 숫자도 많다. 언뜻 세어 봐도 다 해서 쉰 명은 된다.

우리 야구부는… 분명히 20명 정도였던가….

"지금은 2학년 2군들끼리 연습 시합을 하고 있어. 이중에서 움직임이 괜찮은 녀석이 있으면 그 녀석을 후보, 혹은 벤치 멤버로 넣을까 하고 있지."

뭐어?! 저게 2군 레벨이냐!

솔직히 말해서 선수에 따라서는 니시키즈타에서 주전이 될지도 모를 레벨의 실력이….

"그런가. 그럼 1군은 뭘 하고 있지?"

"이제 곧 여름 대회도 시작되니까 최종 컨디션 조정이야. 올해
야말로 절대로 토쇼부에게 질 수 없으니까!"

"일단 우리 학교도 있는데?"

역시나 이 정도로 무시당하면 열 받는 바도 있는지, 히구치 선
배의 어조가 강해졌다.

악의 없는 오만함이란 분명히 열 받는 것이지.

"알고 있어. 분명히 니시키즈타에서도 확실히 안타를 치는 너
와 발이 빠른 아나에는 까다롭지. …참나, 둘 다 내 권유를 거절
하고 니시키즈타에 가는 바람에 놀랐어."

아나에…. 나와 같은 학년이자, 니시키즈타 고등학교에서 1번
타자를 맡는 남자다.

수비력에 다소 문제가 있지만, 그걸 메울 정도로 압도적인 준
족이 매력인 선수.

어떻게 시게미 씨는 아나에에 대해 알고 있지?

"아나에와 히구치 선배는 같은 중학교 출신이죠. 두 사람 다
당시부터 꽤나 유명한 선수라서 여러 명문교로부터 제의를 받았
습니다만, 일반 입시인 니시키즈타를 선택했습니다."

역시나 우리 학교 제일가는 정보통. 두루두루 밝다.

"어쩔 수 없잖아. 쿠츠키가 니시키즈타로 간다고 했으니까."

"쿠츠키인가~! 녀석은 정말 묘하게 인망이 있다니까! 오오가

도 쿠츠키가 구워삶아서 니시키즈타에 들어갔겠지?"

"글쎄. 결국 녀석을 부르지 않았던 나나카마도에 문제가 있는 거 아닌가?"

쿠츠키란 우리 학교 야구부의 주장이다. 체격이 좋은 선수로, 꽤나 스윙이 큰 것이 눈에 띄는 사람이란 인상밖에 없는데, …그렇게 대단한 사람인가?

"그건 아니지. 녀석의 파워는 매력적이지만, 우리는 견실하게 안타를 치는 녀석을 중시하니까 필요 없어. 아니면 쿠츠키에게 뭔가 달리 특별한 힘이…."

"쿠츠키 이상으로 주장이란 말이 어울리는 녀석을 나는 몰라."

"그건 또 뭐야? 나도 일단 주장인데?"

아무래도 이쪽에서도 쿠츠키 선배에게 나와 비슷한 인상을 갖고 있는 모양이다.

아니, 이렇게 우리 학교 야구부 토크를 하고 있을 때가 아니었지.

우리는 어디까지나 따라온 것이고, 탄포포의 취재를 하고 있다.

…그런데 녀석은 대체 어디에?

"스트라이크! 타자 아웃!"

"체엣…. 칠 수 있을 줄 알았는데~ …음?"

"우후후훗! 당신, 괜찮네요~!"

…찾았다. 지금 꽤나 의욕 없는 스윙을 한 선수에게 왠지 종종 걸음으로 다가갔는데… 뭘 하려는 거지?

"어어, 너는….."

"좀 마른 체격의 당신은 아주 행운입니다! 당신을 특별히 솜털 바라기 나나카마도 지부의 지부장으로 앉혀 드리죠! 어떤가요? 기쁘죠?"

역시나 바보. 본래의 목적을 달성할 생각이 전혀 없나 보군….

"아니, 딱히….. 그보다 솜털바라기란 게 뭐야?"

"아직도 그런 말씀이나 하시고~! 사실은 기쁜 거죠? 부끄러워하지 말고 솔직해져… 우교옷! 갑자기 목덜미를 붙잡혔습니다! 대체 누가… 효왓! 히, 히구치 선배입니다!"

"탄포포, 우리는 시게미에게서 특별히 정찰 허가를 받은 거잖아?"

"네….. 그, 그렇습니다….. 효와와와….."

"그럼에도 불구하고 너는 자기 팬을 늘리는 데에 전념하나?"

"천만의 말씀입니다! 확실히, 정말이지 확실히 정찰에 전념하겠습니다!"

"그럼 좋아. …미안하군, 시합을 방해해서."

"네? 아, 아뇨, 이 정도는….."

순식간에 히구치 선배에게 포획돼서 끌려왔다.

정말로 어쩌자는 건지….

"우홋~…. 모처럼 솜털바라기가 늘어날 것 같았는데…. 아까 그 사람만이 아니라 저 사람과 저 사람… 그리고 저 사람도 제법…."

잘은 모르겠지만, 자기를 귀여워해 줄 만한 사람을 낙점한 모양인지, 목덜미를 붙잡힌 상태로 여러 선수를 가리키고 있다.

"…정말로 어떻게 탄포포가 매니저가 될 수 있었던 걸까요…."

"동감이야."

이미 황당해할 수밖에 없는 나와 아스나로였다.

"거듭 미안하군, 시게미. 우리 매니저가…."

"아니, 신경 쓰지 마! …그보다 이런 레벨의 시합보다도 우리 에이스의 피칭이라도 보겠어?"

이런 레벨이라니…. 아까 '하이 레벨'이라고 생각했던 내가 바보 같잖아.

하지만 2군 선수를 보는 것보다는 시합에서 싸울 에이스의 피칭을 보는 편이 좋겠지.

"그래. 모처럼이니 그쪽을 봐도 될까? …탄포포도 멋대로 촐랑대지 마라?"

"알고 있습니다! 우홋!"

그다음에 우리가 안내받은 곳은 나나카마도 고등학교의 불펜.

대단하네…. 고등학교에 이런 설비까지 있다니….

"…아, 그렇지. 조그만 매니저 씨, 괜찮으면 너한테는 우리 학교 식당에서 파는 아이스크림이라도 사 줄까? 엄청 맛있으니까 분명 마음에 들 거야."

"정말입니까! 그건 꼭 먹고 싶습니다!"

일부러 아이스크림까지 사 주다니….

시게미 씨, 탄포포가 마음에 들었나?

"OK. 그럼 조금 한가한 녀석이 있으니까 그 녀석에게 안내를…."

"네! 적정 시찰이 끝난 뒤에 꼭 부탁드리겠습니다! 우후훗!"

"그, 그래…. 기대해 줘…."

우리 바보가 멋지게 먹이에 낚였군….

뭐, 이 바보는 내버려 두자.

그보다도 이 정도 야구 명문교의 주전 배터리는….

"나이스 피칭!"

"음! 다음은…."

"커브지? 맡겨 줘!"

불펜에서 서로 대화하면서 투구 연습을 하는 투수와 포수. 대단하군, 저 포수. 투수가 무슨 말을 하기 전에 다음 구종을 맞히고 있잖아.

우리의 존재는 알아차렸는데, 이런 일에 익숙한 건지 별로 신경 쓰는 기색은 없다.

"꽤나 배터리의 호흡이 잘 맞는군, 시게미."

"뭐, 녀석들은 초등학생 때부터 계속 호흡을 맞춰 온 사이니까."

"그런가…. 우리 배터리도 좀 배우라고 하고 싶은데…."

살짝 표정을 흐리는 히구치 선배. …그러고 보면 우리 배터리… 썬과 포수인 시바는 호흡이 그리 잘 맞지 않지….

중학교 때… 아니, 분명히 초등학교 때부터 같이 야구를 해 온 사이지만, 시바가 썬에게 공격적인 태도를 취하고… 우왓! 엄청난 커브다!

"효왓! 엄청난 커브입니다! 후웅 하고 제대로 휘었습니다!"

"그렇군요…. 왠지 탄포포에게서 처음으로 제대로 된 야구용어를 들은 것도 같습니다만…."

아무래도 같이 지켜보던 아스나로도 같은 감상을 품은 모양이다.

참고로 히구치 선배는….

"어때, 히구치? 우리 에이스의 공을 칠 수 있겠어?"

"저 구속으로 직구와 커브밖에 없다면 어렵지 않지."

"뭐, 그렇겠지! 그럼 특별히…. 어이! **전부 다 보여 줘도** 돼!"

히구치 선배의 말에 빙그레 자신만만한 미소를 지으며 배터리에게 지시하는 시게미 씨.

거기에 호응하듯이 배터리는 고개를 끄덕이고,

"그럼 간다! 아자!"

"효왓!" "에엑!"

아니! 지, 진짜냐…. 저렇게 휘는 커브만 해도 무시무시한데, 그 밖에도 대량의 변화구를 던지기 시작했잖아!

"커브에 슬라이더… 거기에 체인지업까지 있나…."

"그런 거지! 참고로 결정구는 슬라이더다! 올해 코시엔에 가기 위해서 익힌 필살기랄까!"

시게미 씨, 상당히 자신 있는 모양이군.

일부러 변화구를 보여 주고 결정구까지 말해 주다니.

"후우…. 그럼…."

"OK! 고마워! 이제 일반 연습으로 돌아가도 돼!"

변화구를 한 번씩 다 보여 준 뒤 숨을 돌리는 투수에게 시게미 씨가 말했다.

아니, 큰일 아닌가…. 저렇게 다양한 구종의 변화구가 있으면….

"어때, 히구치? 우리 에이스의 공을 칠 수 있겠어?"

아까와 완전히 똑같은 질문을 자신만만한 미소와 함께 하는 시게미 씨.

거기에 대해 히구치 선배는….

"어렵겠지만 어떤 변화구가 올지 안다면… 못 칠 것도 없지."

"네가 그렇게 말할 정도라면 전국대회에서도 통용된단 소리로군.”

태연하게 말한 '전국대회'란 단어. 말이야 쉽지만, 거기에 나가는 건 간단하지 않다.

그걸 알면서도 시게미 씨는 그 단어를 말했다….

“효와~ 대단한 변화구네요…. 하지만… 우후훗! 이건 저희가 이긴 거나 마찬가지입니다! 저 투수의 어깨는 제가 마음에 쏙 든 모양이고요!”

저 피칭을 보고서도 용케 그런 한가한 소리가 나오는군.

솔직히 나는 인정하기 싫지만….

“오오가의 강속구는 귀찮지만, 그건 처음뿐. 구속에 익숙해지면 직구뿐인 녀석의 공 정도야 우리 선수들이라면 칠 수 있어. 그건 잘 알고 있지?”

“…그럴지도.”

그렇다. 구속뿐이라면 틀림없이 썬이 앞선다.

하지만 그 밖에는….

“자, 적정 시찰은 이 정도면 될까? 교문까지 바래다줄게.”

“기다려 주세요! 제 아이스크림이 아직 남아 있습니다! 우훗!”

“어차, 그랬지…. 미안, 조그만 매니저 씨.”

“우훗! 저는 정말 자상하니까 특별히 용서해 드리겠습니다!”

자신만만한 시게미 씨와 느긋하게 대화하는 탄포포.

여러 연습을 구경했지만, 결국 우리가 안 것은 나나카마도 고등학교가 무시무시할 정도로… 정말로 토쇼부 고등학교에 필적하는 실력을 가졌다는 것뿐.

혹시 지역 대회에서 만나게 된다면, ……이길 수 있을까?

※

나나카마도 고등학교를 떠나서 돌아오는 도중.

출발할 때는 어떻게든 유익한 정보를 얻자고 기합을 넣은 나였지만, 돌아올 때는 정반대.

아무런 정보도 얻지 못한 채, 그저 상대의 강함에 압도당할 뿐이었다.

"대단한 학교였네요. 야구 명문교는 저렇게까지 철저하게….."

아스나로도 지금까지 우리 야구부의 연습밖에 몰랐기 때문일까, 그저 전율하고 있다.

"그러게~ 혹시 우리 학교와 만나면… 아니, 죄송합니다."

입에서 새어 나올 뻔한 약한 소리를 재빨리 삼켰다.

여기에는 야구부의 히구치 선배가 있다. 그런 상황에서 이런 말을 하는 건….

"아니, 신경 쓰지 마. 키사라기와 하네타치가 느낀 건 틀리지 않아."

"네?"

234

"솔직히 작년에 우리가 지역 대회 결승전까지 갈 수 있었던 건 준결승에서 우승 후보인 나나카마도와 토쇼부가 만나 주었기 때문이야. …혹시 우리가 나나카마도와 만났으면 졌을 가능성이 크지."

그렇지 않다. 그렇게 말하고 싶었지만, 그 말은 목에 걸렸다.

"게다가 올해도 이대로 가다간 위험해…. 시게미는 자존심이 강하지만, 만만치 않은 녀석이야. 오늘도 레귤러 이야기는 별로 하지 않았지? 뿐만 아니라 우리 야구부 이야기를 하면서 이쪽에게서 정보를 캐내려고 했어."

우왁! 그 대화는 그런 의미였나!

자기들의 실력을 과신하는 것처럼 말하면서 일부러 이쪽에게서 정보를….

"제가 뭐 이상한 소리를 하진 않았습니까?"

"그 점이라면 걱정할 필요 없어. 혹시 말하려고 했으면 내가 막았을 테니까."

다행이다~ 내가 실수로 니시키즈타 고등학교의 약점 같은 걸 말했으면 큰일 날 뻔했다. 애초에 약점이 있는지도 모르지만….

"으음~! 이 아이스크림 맛있네요, 하네타치 선배! 우후훗!"

"그러네요…."

적정 시찰을 마친 뒤, 시게미 씨가 사 준 아이스크림을 기분 좋게 핥는 탄포포. 이럴 때만큼은 느긋한 이 녀석이 부럽네.

오늘 적정 시찰에서 전혀 활약하지 않았지만, 저 정도 실력을 보고서도 전혀 쫄지 않으니까.

"저기, 그래서 오늘 적정 시찰은….""

"성과가 컸지. 덕분에 나나카마도랑도 충분히 싸울 수 있겠어."

"네?"

그게 뭔 소리? 무슨 의미야?

소개를 받은 건 상대의 배터리뿐이지, 그 외에는 전혀….

"하핫. 무슨 의미인지는 지금부터 말해 주지. …어이, 탄포포."

얼떨떨해진 내 태도를 다 꿰뚫어 본 것처럼 웃는 히구치 선배가 탄포포에게 말했다.

"네! 뭔가요, 히구치 선배! 혹시 제가 귀엽기 짝이 없는 건가요? 우훗! 어쩔 수 없네요~!"

"오늘 시찰에서 네 팬이 될 만한 녀석의 약점이나 특징으론 뭐가 있었지?"

음? 그건 혹시 처음에 보았던 2군끼리의 시합 말인가?

아니, 이런 말은 미안하지만, 2군의 시합은….

"그렇군요! 처음에 타석에 섰던 조금 마른 사람은 수줍음이 많은 모양이라서 몸 쪽으로 오는 공을 치기 힘들어하는 것 같았습니다! 또 키가 좀 작은 사람은 번트를 잘 대는 것 같고요! 그러니까 누군가가 누상에 나가면 보내기 번트를 댈 거라 생각합니다!

그리고….”

　히구치 선배의 질문에 순순히 대답하는 탄포포.

　제법 놀라운 내용이다.

　그렇게 짧은 시간 동안에 시합을 하던 선수의 특징이나 약점을 간파했다고?

　하지만 2군 선수의 정보 따윈….

　“말했지, 키사라기? 시게미는 만만찮은 녀석이야. 거기서 시합을 하던 건 분명히 2군 선수겠지. …작년의.”

　“네?! 그럼 거기에는….”

　“그래. 작년에는 1학년으로 2군이었지만, 올해가 되면서 주전이 된 녀석들이 섞여 있었어. 탄포포는 이런 녀석이니까. 자기에게 유익한… 실력 있는 녀석을 간파하는 게 특기지. 즉 탄포포가 마음에 들어 하는 녀석은….”

　최종 컨디션 조정을 한다고 했던… 나나카마도의 주전이란 소리인가!

　“크크큭…. 그때 시게미의 얼굴은 재미있었어. 탄포포가 정확하게 주전을 가리키니까 다급히 우리를 다른 곳에 데려가고….”

　그런 거였나! 그럼 그때 시게미 씨는….

　“어떻게든 정보를 감추고 싶어서 우리를 불펜으로 안내했지. 특히나 경계했던 건 탄포포야. 그러니까 불펜에 도착했을 때도….”

"탄포포를 떼어 놓기 위해 아이스크림을 구실로…."

"정답이다. 시게미는 자존심이 강한 게 약점이야. 솔직히 '아무래도 너한테는 보여 주면 안 될 것 같으니까, 이 이상 보여 줄 수 없다'고 말하면 될 텐데."

진짜냐…. 설마 그때 시게미 씨가 제일 경계했던 건 탄포포였다니.

그럼 활약하지 않는다고 생각했던 이 녀석은….

"탄포포, 참고로 투수는 어땠지?"

"음? 투수 말인가요? 아주 많은 변화구를 던질 수 있어서 대단했죠! 게다가 이미 솜털바라기겠죠! 변화구에 따라 조금씩 고개의 각도를 바꿔서 제게 어필을 했으니까요! 우후훗!"

"하아아앙? 어, 어이, 탄포포, 그건…."

"효왓! 키사라기 선배, 갑자기 큰 소리 지르지 마세요! 깜짝 놀라서 아이스크림을 떨어뜨릴 뻔했습니다!"

"미, 미안…."

무심코 사과했지만, 이건 엄청난 정보 아닌가?

던지는 변화구에 따라 고개의 각도가 다르다. 그건 즉….

"내가 시게미에게 말했잖아? '어떤 변화구가 올지 안다면 못 칠 것도 없다'라고."

변화구에 따라 생기는 투수의 미세한 버릇. 그것만 알면….

"다만 그 투수는 부끄러움이 많습니다! 마지막에 제일 자신 있는 변화구… 아마 컷볼이겠죠! 던지려다가 그만두었습니다! 우후후훗!"

그렇게 투수가 변화구를 던지고 한숨 돌리는 순간에 시게미 씨가 꽤나 큰 목소리로 일단 피칭을 그만두게 했다. 그건….

"시게미는 반쯤 거짓말을 했어. 분명히 슬라이더도 그 투수가 새로 배운 결정구겠지. 하지만 그게 다가 아냐. 진짜 결정구는, …컷볼이란 소리지."

거기까지 알다니, 정말 대단하잖아!

"뭐, 이쪽도 조금 정보를 주었지만. 그대로 우리를 얕보고 있으면 좋겠지만, 지금은 또 다르지. 시게미는 니시키즈타를… 탄포포를 경계하고 있어."

당연하다. 숨기던 주전을 간파하는 매니저는 무시무시한 존재다.

다만 저쪽은 버릇을 읽혔다는 것까지는 모른다.

"서, 설마… 이게 탄포포가 매니저로 뽑힌…."

"물론 이유 중 하나야. 하지만 제일 중요한 건 그게 아냐."

이게 제일 중요한 게 아니라고? 아니, 이것만 해도 무시무시한 능력이라고 생각하는데.

"우후훗! 하네타치 선배, 니시키즈타 고등학교에 돌아가면 마지막에 야구부 뒷정리가 있으니까 거기까지 취재를 부탁할게요! 저의 귀엽고 귀여운 뒷정리를 보여 드리죠!"

"네? 하지만 탄포포는 이미 충분히 애써서 피곤하지 않나요?"

"우홋! 하네타치 선배는 바보네요~! 저는 반드시… 바아아안드시 코시엔에 갈 겁니다! 그러니까 그걸 위해 노력하는 건 당연! 아이돌이란 보이지 않는 곳에서 누구보다도 노력을 하는 존재죠! 우홋!"

"그, 그렇군요…."

본인은 평소처럼 바보같이 대답하지만, 보통 근성이 아니다. 그야 야구부의 모두도 연습으로 지쳤겠지만, 일부러 돌아가서 뒷정리까지 하다니….

"사실 오늘 적정 시찰은 나와 아나에가 갈 예정이었어."

"…네?"

"그랬더니 탄포포가 '아나에 선배는 수비가 서투르니까 연습을 우선해야 합니다! 제가 대신 갈 테니까요! 우홋!'이라고 하잖아. 일부러 점심시간에 야구부 연습 준비를 먼저 끝내고, 오늘은 적정 시찰까지 해 준 거지."

점심시간에 우리가 탄포포를 만나러 갔더니, 녀석은 꽤나 지친 기색이었다.

그건 준비를 먼저 끝냈으니까….

"올해 야구부에 매니저 지망생은 많았어. 다들 꼭 우리가 전국대회에 나갈 수 있도록 힘을 빌려주겠다고 했지. …하지만 탄포포만은 달랐어. 탄포포만큼은 **우리와 함께** 전국대회에 나가겠다고 했다. …분명히 문제는 많은 녀석이지만, 탄포포는 니시키즈타 고등학교 야구부의 벤치에 함께 있는, 우리의 훌륭한 멤버야."

그러고 보면 탄포포는 계속 말했지. '저는 코시엔에 간다!'라고….

그러니까 탄포포가 야구부의 매니저로….

"와왓! 히구치 선배가 꽤나 기분 좋은 얼굴을 하고 있습니다! 혹시 지금이라면 귀여움 받을 수 있을지도 모르겠습니다! 우후훗! 히구치 선배, 평소에는 참고 있는 그 뜨거운 마음을 터뜨릴 거라면 지금입니다!"

"그래. 나는 어떤 의미로 솜털바라기니까."

"그렇죠! 히구치 선배는 야구부 제일의 솜털바라기입니다!"

종종걸음으로 다가온 탄포포의 머리를 히구치 선배가 부드럽게 쓰다듬었다.

그게 기뻤는지, 탄포포는 꽤나 기분 좋게 웃었다.

"우후~웅. 우후후훗…."

어딜 봐도 바보지만 잘 알겠군.

분명히 야구부의 매니저는 탄포포 이외에 있을 수 없다.

"아스나로, 이거 상상 이상으로 좋은 기사를 쓸 수 있지 않겠어?"

"그렇군요! 처음에는 어떻게 될까 싶었습니다만, 아주 의의 있는 하루였습니다."

나나카마도 고등학교를 떠날 때의 의기소침한 기분은 완전히 사라지고, 상쾌한 마음으로 길을 걷는 우리들.

카마타 키미에는 바보다. 평소에도 돼먹지 못한 짓밖에 하지 않고, 항상 자기 위주.

하지만 역시… 나쁜 녀석은 아니야.

……………….

………….

…….

….

지역 대회 3회전. 니시키즈타 고등학교의 대전 상대는 나나카마도 고등학교.

시합 내용은 격렬한 타격전. 양쪽 투수 모두 초반에는 잘 막았지만, 중반부터 안타를 맞기 시작해서 실점이 눈에 띄었다.

하지만 그 시합을 제압한 것은 니시키즈타 고등학교.

7회 말에 아나에와 히구치 선배가 출루. 이어서 3번, 4번 타자인 시바와 썬이 아웃되었지만, 상대의 변화구를 정확히 읽은 쿠츠키 선배가 특대 홈런을 쳐서 역전.

9회 초에는 2아웃 3루라는, 동점 직전의 위기 상황에 몰렸지만, 썬이 가느다란 체격의 4번 타자가 껄끄러워하는 인코스를 공략해서 멋지게 1루수 플라이로 잡아내 7-6이라는 결과로 시합은 막을 내렸다.

시합이 끝난 뒤, 응원하러 온 니시키즈타 학생이나 관객들은 역전 스리런 홈런을 때린 쿠츠키 선배를 칭찬했다.

그러니까 나는 아무도 알아주지 않는….

"우후후훗! 쿠츠키 선배, 나이스 홈런입니다! 하아~! 이걸로 저의 코시엔 데뷔에 한 걸음 다가갔네요!"

벤치에서 떠드는 한 명의 소녀에게 작은 박수를 보냈다.

나를 좋아하는 건
너뿐이냐

우리가 손에 넣은 것

제 **5** 장

나―죠로＝키사라기 아마츠유에게는 과거에 꿈이 하나 있었다….

본래의 자신을 숨기고 둔감순정BOY로 행동해서, 모두에게 미움을 사지 않도록 하면서도 미소녀들과 꺄아꺄아우후후하게 지낸다는 커다란 꿈이.

하지만 현실은 무정하다. 고등학교 2학년 1학기, 그 꿈은 박살나게 된다.

나는 지금까지 계속 숨겼던 시꺼먼 본성을 학교 전체에 들키게 되었고, 지금까지 쌓아 온 모든 인간관계가 박살났다.

이미 내 고등학교 생활은 끝난 거나 마찬가지.

잿빛 청춘이 기다리겠지, 라고 생각했는데, 세상은 참 신기할 따름이다.

최악의 스타트를 끊은 고등학교 2학년 1학기.

그다음에도 나는 수많은 사건에 휘말리고, 지금까지의 인생에서도 찾아보기 어려운 농밀한 석 달을 보낸 결과… 내 꿈은 **어떤 의미**로 이루어졌다.

하지만, 하지만 말이지.

"안녕, 죠로. 후후후, 오늘도 양돈장 돼지의 배설물 같은 얼굴이네. …아, 얼른 일어나 줘. 오늘도 멋진 하루의 시작이야."

"이게 죠로의 초등학교 시절의 졸업 문집인가~! 으음, 어디 보자. '우는 날도, 맑은 날도 손을 잡고 걸어갈 수 있는 멋진 여

246

자와 맺어지고 싶습니다'. …와아아아! 로맨티스트네!"

"으음, 다음 권 내용이 궁금하네! 어, 다음 권은… 찾았다! 으음, 손이 안 닿아! …영차! 와앗! 뭔가 책이 많이 나왔어!"

"히마와리, 흐트러뜨리면 안 되잖습니까. …어라, 흘러나온 책 중에 다소 이상한 것이 섞여 있는 듯한…."

여름 방학 도중의 어느 날 아침. 내가 눈을 뜨자, 거기에는 이미 네 명의 미소녀가 스탠바이.

한 소녀는 나에게 짜증나기 짝이 없는 독설을 날린다.

한 소녀는 멋대로 내 졸업 문집을 소리 내어 읽는다.

한 소녀는 만화책을 읽으려고 책장 안을 엎어 놓는다.

한 소녀는 내 비밀스러운 컬렉션을 발견하고 증거로 촬영.

그러니까 나는 큰 소리로 외칠 수밖에 없었다.

"내가 원하던 것은 이런 게 아냐!"

"어머? 아침부터 기운이 넘치네. 후후후, 그렇게 기뻐하면 부끄럽잖아."

"왓! 죠로, 갑자기 무슨 일이야?"

"죠로, 시끄러워! 방 안에서는 조용히 있는 거야!"

"흠흠…. 이건 앞으로의 협박 재료로… 어흠. 자료로 도움이 되겠군요."

왜 이 녀석들이 아침 댓바람부터 내 방에 있는 거야!

프라이버시란 게 있잖아. 최악의 상황이다. 어쩌다 이렇게 됐지?

"어이, 너희들⋯."

침대에서 상반신만 일으키고 노려봐도 효과는 없음.

네 사람 나란히 기분 좋게 웃으면서 나를 바라볼 뿐이다.

"왜 그래, 죠로? 특별히 당신의 변명을 들어 줄게."

팬지의 의기양양한 시선에 짜증이 자꾸만 솟구친다.

아무리 평소의 땋은 머리&안경이 아니라 초절 왕가슴 미녀의 모습이더라도 안 되는 건 안 된다.

"아침부터 내 방에 멋대로 들어와서 이것저것 뒤집어 놓지 말라고!!"

오전 8시. 오늘도 우리 집에서 내 노성이 울렸다.

하지만 소리치면서도 나는 이미 충분히 이해하고 있었다. 이 외침은 헛수고라고.

왜냐면 이 대화는 여름 방학이 시작된 뒤로 몇 번이나 반복된 것이니까.

"확실히 죠로의 불평은 지당해. 잠든 남자의 방에 들어와서 물색한다. 그건 별로 칭찬을 들을 만한 행위가 아니겠지."

소리 내어 읽던 내 졸업 문집을 덮으며 코스모스가 뭔가 납득한 표정으로 끄덕였다.

"코스모스 선배의 말이 맞아! 하지만 괜찮아, 죠로!"

괜찮은 거 하나도 없어요, 히마와리 씨.

"그렇습니다. 저희의 행동은 상식적으로 생각해서 문제가 있을지도 모릅니다. 하지만 말이죠, 죠로. 저희는 그게 허락되는 입장이 되었지 않습니까!"

"하아…. 그 말 나올 줄 알았다…."

아스나로가 말하는 '그게 허락되는 입장'.

이것이 바로 모든 것의 원흉이자, 나 자신이 저지른 최악의 한 수.

올해 여름 방학 초입. 나는 지금 여기에 있는 네 소녀에게 '연인이 되어 달라'고 고백을 받았다. 그리고 그로부터 조금 지난 고교야구 지역 대회 결승전에서 네 사람에게 대답을 했다.

어? 뭐라고 대답을 했냐고? 그건 뭐….

"왜냐면 저희는 모두 서로 좋아하는 사이 아닙니까?"

네! 이것입니다! 내가 저질렀습니다!

지역 대회 결승전에서 내가 네 사람에게 한 대답은 '다들 좋아하니까 전원 다 나랑 사귀자!'.

물론 나는 일부다처제인 전생물에 나오는 주인공이 아니니까, 승인되지 않을 걸 알고 있으면서 일부러 이렇게 대답했다.

그리고 결과적으로 네 사람은 격노.

내 바보 같은 제안은 당연히 기각되었지만, 지역 대회 이후로 이 녀석들은….

"죠로, 죠로! 오늘은 뭐 하고 놀래? 나는 모두와 테니스하고 싶어!"

"아! 안 돼, 히마와리! 오늘은 내가 생각해 온, 죠로의 방에서 뒹굴뒹굴 타임을 할 예정이었는데!"

"후후후, 두 사람 다 자기 입장만 우선하면 안 돼. 죠로는 메구로 기생충관에 흥미진진할 거야."

"…흠흠. 왕가슴물도 있습니다만, 납작가슴 쪽도 있습니다. 즉 죠로는 딱히 가슴 크기에 개의치 않는다. …아! 죠로, 저는 어디든 좋습니다! 맡기겠습니다!"

네 사람 다 나란히 여친 행세를 하며 나의 개인 시간을 족족 파괴하고 든다.

계속 동경했던 러브 코미디 생활이란 건 이렇게 힘든 것이었나….

이제 평생 이런 상황은 찾아오지 않으리라 생각하지만, 앞으로의 교훈으로 명심해 두자.

"오늘의 예정…이라."

그리고 이 폭주녀들에 대한 대답 말인데,

"미안하지만, 오늘은 다른 예정이 있어. 그러니까 테니스도 뒹굴뒹굴 타임도 기생충도 무리야."

"그렇구나. 그럼 특별히 당신의 예정에 맞춰 줄게."

해방시켜 줄 생각은 전혀 없는 모양이다.

보통 '예정이 있다'라고 하면 얌전히 포기하는 거 아닌가?

"그래서 죠로의 예정은 뭘까?"

긴 속눈썹을 흔들면서 흑진주 같은 눈동자를 내게 향하는 팬지.

무심코 그걸 들여다볼 뻔했지만, 그 사실을 들키면 콧대가 높아질 게 틀림없기에 꾹 참았다. 제길, 여유만만한 태도나 보이고….

"오늘은 야구부 연습을 보러 갈 거야."

"""……!!"""

"…! 그, 그래…."

어라? 왠지 네 사람 다 꽤나 표정이 굳었군.

내가 이상한 소리를 했나?

※

아침 식사와 환복을 마치고 준비를 끝낸 나는 팬지를 비롯한 네 사람과 함께 니시키즈타 고등학교로.

올해 지역 대회의 결승전.

니시키즈타 고등학교는 토쇼부 고등학교와 싸워서 멋지게 작년의 설욕을 이루고, 전국대회 출장을 결정지었다.

그리고 그 야구부의 에이스가 나의 베프인 오오가 타이요…썬.

그러니까 썬은 전국대회를 위해 매일 연습 중이다.

모처럼의 여름 방학에 별로 만날 수 없는 것도 적적했기에, 연습이라도 견학할 겸 운 좋게 썬과 조금이라도 대화할 수 있으면 좋겠다는 생각으로 왔는데.

"난 도서실을 좀 보고 올게. 끝나면 불러 줘."

"어, 그래…."

같이 온 팬지는 교문을 지나는 동시에 야구부 그라운드로 가지 않고, 얼른 도서실로 가 버렸다.

"저 녀석, 진짜로 왜 저래?"

보통은 팬지에게서 직접 사정을 듣는 편이 좋다고 생각하지만, 녀석이 먼저 말하지 않는 이상 캐내기란 어렵기 짝이 없겠지.

그래서 내가 취한 것은 다른 수단.

마침 옆에 있으니까.

"이거 뜻하지 않은 찬스가 왔네! 죠로, 멋진 판단이야!"

"죠로, 굿잡이야, 굿잡! 전채일구의 때는 지금이야!"

"그렇습니다. 이제 와서야 간신히 때가 왔다고 해야 할까요."

확실히 사정을 알고, 당장이라도 그 사정을 누설할 만한 녀석이 세 명 정도.

그리고 천재일우다. 전채일구가 아냐.

"그런고로 죠로! 너에게 꼭 좀 협력을 얻었으면 하는 게 있어!"

"뭡니까?"

세 사람을 대표해서 나에게 의기양양하게 말을 건 것은 코스모스다.

"이 작전을 도와줬으면 해!"

코스모스가 애용하는 코스모스 노트를 내 눈앞에 처억 펼쳤다.

그러자 거기에는 '팬지, 썬 화해 대작전'이라고 적혀 있었다.

혹시나 이게 팬지의 분위기가 어두운 원인이었나?

"한마디 해도 됩니까?"

"뭐지?"

"썬과 팬지는 딱히 싸운 게 아닌데요? 그러니까 화해 같은 거 할 필요가 없지…."

"우우! 죠로, 바보! 아직도 어린애야!"

뇌와 외견이 어린애인 사람에게 어린애라고 불렸다. 꽤나 열받는군.

"그렇습니다. 분명히 팬지와 썬은 싸운 게 아닙니다. …하지만 저기, 그러니까, 문제가 있었지 않습니까. …지역 대회 결승전에서."

아스나로치고는 꽤나 어색한 대답이다.

지역 대회 결승전에서 일어난 문제라고?

거기서 팬지와 썬에게 있었던 일은….

"아! 그런 건가!"

"네! 그런 겁니다! 이해해 주셔서 대단히 고맙습니다!"

간신히 이것저것 납득되었다! 분명히 그래선 껄끄럽지!

올해 지역 대회 결승전. 거기서 썬은 토쇼부 고등학교에게 승리하여 멋지게 전국대회 출장권을 손에 넣을 수 있었다. …하지만 모든 게 다 잘 풀린 건 아니다.

썬이 딱 하나 저지른 커다란 실패.

실연.

내 입장상 대단히 복잡하지만, 썬은 계속 팬지를 좋아했다.

그리고 팬지와 '니시키즈타 고등학교가 코시엔 진출을 이루거든 내 연인이 되어 줘'라는 약속을 했는데… 그건 거짓 약속.

썬은 한 남자로부터 팬지를 돕기 위해 일부러 거짓 약속을 하고 내게 가르쳐 주었다. **녀석**은 팬지에게 연인이 생겼다고 해도 결코 포기하지 않는 남자라고.

그 남자에 대해서는 일단 생략하도록 하자.

왜냐면 나는 그 녀석의 이름을 말하기도 싫을 정도로 싫으니까.

그리고 그 거짓 약속을 썬은 스스로 파기하고 팬지와 연인이 되지 않았다.

이게 올해 지역 대회 결승전에서 일어난 썬의 실연.

그 약속을 파기한 직후, 썬은 평소처럼 밝은 모습으로 팬지에게 작별을 고했지만, 팬지로서는 그게 마음에 걸렸던 걸까.

…아니, 그걸 신경 쓰지 말라는 건 무리겠지….

"그런고로, 죠로! 너는 꼭 두 사람 사이를 회복시켜 줘!"

"부탁이야, 죠로! 죠로가 아니면 무리야!"

"저도 부탁하겠습니다! 이렇게 말이죠!"

필사적으로 나를 바라보는 코스모스와 히마와리. 깊이 고개를 숙이는 아스나로.

1학기에 우리는 전원 연애를 둘러싸고 커다란 트러블을 일으켰다.

그리고 자기 마음이 이루어진 녀석은 한 명도 없다.

누구 한 사람도 자기가 가장 원하는 것을 손에 넣을 수 없었다.

인간관계란 귀찮다. 이렇게 안 좋은 마음을 품게 될 거면 아예 쌓지 않는 게 낫다.

그렇게 생각한 경험은 셀 수도 없다. 하지만, 그래도….

"알았어. 가능할지는 모르지만, 나도 협력하도록 할게."

우리가 손에 넣을 수 있었던 '다른 것'을 지키기 위해 나는 그렇게 전했다.

※

야구부 그라운드에 남겨진 것은 나 혼자.

코스모스를 포함한 세 사람은 팬지의 곁에 있겠다며 도서실로 향했다.

내게 맡겨진 미션은 두 가지.

첫 번째, 썬이 팬지를 지금 어떻게 생각하는가?

두 번째, 오늘 연습이 끝난 뒤, 썬을 튀김꼬치집으로 데려간다.

첫 번째 미션은 코스모스나 히마와리, 그리고 아스나로 같은 여자애들이 묻기 어려운 일이라서 썬의 베프인 내가 확인해 달라는 거겠지.

두 번째 미션은 팬지와 썬의 사이를 개선시킬 기회를 만들기 위해.

양쪽 다 목적이 확실하기에 1학기에 경험한 여러 사건과 비교하면 간단하지만… 꽤나 어렵겠군….

하지만 그렇다고 위축되어 있을 때가 아니다. 나로서도 썬과 팬지가 이전 같은 사이로 돌아와 주었으면 하는 마음은 있으니까.

어어, 야구부 그라운드에 도착했는데 썬은….

"……하압!"

"…흠! …으음!"

"나이스 피칭! 썬!"

"하하핫! 오늘도 헛스윙인가! 제법인데, 썬!"

"네! 감사합니다, 쿠츠키 선배!"

"좋았어! 썬, 다음은 나다!"

"좋아! 덤벼 봐, 아나에!"

애석하게도 이야기할 만한 상황이 아닌 모양이군. 조금 기다려 볼까.

그런데 하고 있는 건 배팅 연습…인가?

썬이 던지는 공을 헛스윙하고 호쾌하게 웃는 것은 3학년이며 야구부의 주장인 쿠츠키 선배. 그리고 그다음에 타자석에 선 것은 나와 같은 학년인 아나에.

뒤에서 수비하는 멤버도 있으니까 배팅 겸 수비 연습인가 싶지만, 그렇다고 하기엔 꽤나 즐거워 보이는군.

"아무래도 좀 걸릴 것 같군."

급한 일도 아니니까 상관없지만… 심심한데.

이런 타이밍에 좋은 이야기 상대가 되어 줄 만한 녀석이 있으면 좋겠는데.

"어라? 거기에 있는 것은 키사라기 선배 아닙니까!"

왜 이런 타이밍에 안 좋은 이야기 상대가 되어 줄 녀석이 나타나는 걸까.

"우후후훗! 일부러 여름 방학에 야구부의 연습을 보러 오다니…. 그렇게 저를 만나고 싶었던 겁니까~? 우후웃! 어쩔 수 없네요~!"

"여어, 탄포포."

"네! 안녕하세요, 키사라기 선배! 그래서 어떻게 할래요? 머리를 쓰다듬겠습니까? 신발을 핥겠습니까? 아니면 숭배하겠습니까?"

오늘도 평소처럼 도를 넘는 바보다.

"어느 쪽도 안 해."

"흠. 그렇군요. 이렇게 더운 기온에 탄포포를 귀여워하다간 하트가 뛰는 것을 억누를 수 없어서 폭사해 버리니까 사양하겠다는 거로군요. …알겠습니다!"

뭘 알겠다는 건지 모르지만 넘어가자.

부정할 노력을 할애하기도 귀찮다.

"저기, 저건 무슨 연습이야?"

바보 같은 대화는 얼른 끝내고, 소박한 질문을 던졌다.

"저건 오오가 선배의 신병기! 포크볼 연습 겸 배팅 연습입니다! 오오가 선배의 포크볼을 칠 수 있는 사람부터 휴식할 수 있는 겁니다! 다만 아직은 대부분 칠 수 없지만요! 우홋!"

그러고 보면 썬은 계속 직구만으로 승부했지만, 최근 포크볼을 익혔지. 하지만 썬의 포크볼은….

"저건 미완성 아니었던가? 그러니까 지역 대회 결승에서는 삼진을 잡을 수 없었다고 썬은 분하게 여겼는데…."

"아주 좋은 질문이로군요, 로다."

"음?"

갑자기 뒤에서 목소리가 들려왔다.

돌아보니 거기에는 헐렁헐렁한 체육복을 입은 사이드 포니테일의 소녀가 있었다.

얘 누구지? 체육복은 니시키즈타 것이지만, 본 적 없는 얼굴이다.

이만큼 귀여운 애라면 이름 정도는 알아도 이상하지 않을 텐데….

"어어, 너는….."

"후후후. 나는 지나가던 매니저. …듀왓."

사이드 포니테일을 흔들면서 어딘가의 거대 히어로의 포즈를 취하는 소녀.

일단 이 아이도 바보가 아닐까 하는 의심이 더해졌다.

왜 야구부에는 멀쩡한 매니저가 없는 거지?

"어라? 이상하네. 내 플랜으로는 너도 무심결에 듀왓하는 거였는데."

할 리 있겠나. 무슨 플랜을 세운 거냐고.

"얘는 누구야, 탄포포?"

이야기가 통할지 의심스러웠기에, 그래도 아슬아슬하게 언어가 통하는 영장류에게 물어보았다.

"우훗! 저의 후배 매니저 씨입니다! 그러니까 저는 선배로서 따끔하게 단련시켜 주고 있습니다! 자, 후배여! 지금이야말로 키사라기 선배에게 보여 주죠! 저와 당신의 화려한 솜털솜털 댄스를!"

바보 1호는 후배가 생겨서 기쁜 모양이다.

꽤나 자랑스러운 미소를 지으며 잘 모를 춤을 추기 시작했다.

"맡겨 주십시오, 로다. …솜털솜털솜털~"

바보 2호는 분위기를 잘 맞추는 모양이다. 1호에 맞춰서 이쪽도 이상한 댄스를 추기 시작했다.

그리고 한바탕 댄스를 다 춘 뒤에,

"처음 뵙겠습니다. 탄포포 선배의 후배 매니저입니다."

정중하게 허리를 굽혀 인사를 해 왔다. 어째서인지 본명은 대지 않지만.

"그래. 나는…."

"타이요의 베프인 아마짱이지?"

"응? 나를 알고 있어?"

"물론이지. 너에 대해서는 귀에 딱지가 앉아서 딱지치기를 할 수 있을 정도로 정말 어~엄청 많이 이야기를 들었으니까."

그 딱지랑 딱지치기의 딱지가 같은 건지는 모르겠지만 의도는 전해졌다.

"그런가. 그런데 나는 모두에게서 '죠로'라고 불리고 있는데…."

좋아서 그렇게 부르는 거라면 모르지만, 무슨 연속 TV 드라마 소설 같은 호칭은 처음이다.*

"죠죠죠. 그쪽 호칭은 사양입니다."

왠지 '제제제' 같은 느낌으로 거부당했다.

"나는 오리지널리티 넘치는 호칭을 요구하는 사람입니다. … 그러니까 너를 '아마짱'이라고 부르도록 하겠습니다. …니힛."

장난스러운 미소를 지으며 그렇게 말하는 후배 매니저.

그럼 왜 썬만 평범하게 이름으로 부르는 거냐고.

"아마짱이랑은 한번 만나 보고 싶었으니까, 오늘은 아주 멋진 일요일로 결정이야. 역시 나는 행운이 있나 봐. …브이."

"우훗! 당연하죠! 왜냐면 당신은 저와 만났으니까요! 그 시점에서 전 세계 행운 랭킹 베스트 10에 드는 게 틀림없습니다!"

그 랭킹, 1위부터 10위까지 몇 명 있어?

"그런데 아까 썬의 포크볼에 대해 뭔가 아는 듯한 말투였는데…."

"후후훗. 사실 타이요의 포크볼을 완성시킨 것은 나입니다. Yeah!"

"무슨 소리야?"

"타이요랑 시바냥이 연습하는 날 함께해서 말이지, 거기서 나의 멋진 어드바이스 덕분에 제대로 된 포크볼을 던질 수 있게 되

※무슨 연속 TV 드라마~ : 2013년 NHK의 TV 드라마 〈아마짱〉. 또한 '제제제'는 이 드라마에 등장해 널리 알려진 사투리다.

었어."

시바냥…. 포수인 시바 말인가.

"헤에~ 그런 건가."

아주 수상쩍지만, 본인이 그렇게 말한다면 그런 걸로 해 두자. 만에 하나, 사실이었을 경우엔 왠지 미안한 기분이 될 테고.

"그래서 아마짱은 어떤 용건으로 야구부의 견학을?"

"어. 최근 썬과 만나지 못했으니까 얼굴이라도 좀 볼까 하고."

그리고 추가로 팬지 문제를 물으러 온 것도 있지만, 거기까진 말하지 않아도….

"으으음, 그것만은 아닌 듯한데."

"윽."

모든 것을 꿰뚫어 보는 듯한 눈동자에 나는 무심코 위축되었다.

바보인 줄 알았는데, 이 애는 바보가 아닌 모양이다.

"자, 아마짱이여. 솔직히 말하는 겁니다. 너는 무엇을 위해 야구부에 왔습니까?"

뭐, 말을 조심하기만 한다면 딱히 문제 있는 이야기는 아닌가.

"썬을 좀 신경 쓰는 여자애가 있어서 말이지, 그 애에 대해 썬이 어떻게 생각하는지 확인하고 싶다고 할까…."

"그건 사랑 문제야?"

"아니, 그건 아냐."

얼마 전이라면 '사랑 문제'라고 할 수 있었지만, 지금 썬과 팬지의 관계는 미묘하지. 우정과도 다르고, '사랑이 끝난 뒤의 문제'라는 표현이 제일 정확할지도 모른다.

"어이, 탄포포. 너는 썬한테서 팬지 이야기 들은 거 없어?"

"산쇼쿠인 선배 말입니까? 아뇨, 이렇다 할 건 들은 거 없어요! 최근 오오가 선배는 제일 우선이 야구고, 그다음도 야구라는 느낌이라서 아주 들떠 있으니까요!"

썬, 야구와 사랑이라도 시작했나?

"으으음, 산쇼쿠인이라고?"

왠지 후배 매니저의 눈이 반짝 빛났다.

"왜 그래?"

"신기한 성이다 싶어서. 참고로 그 애의 이름은 뭐라고 해?"

"스미레코야. 산쇼쿠인 스미레코. 그러니까 우리는 '팬지'라고 불러."

"과연, 과연⋯. 스미밍이구나."

순식간에 팬지에게 묘한 별명을 붙이기 시작했다.

왠지 이미 아는 사이인 듯한 느낌의 말인데.

"그래서 아마짱이 알고 싶은 건 타이요가 스미밍을 어떻게 생각하냐는 거네?"

"그래, 뭔가 알아?"

차분한 얼굴을 하고 있어서 뭔가 기대할 수 있을 것 같다.

"아쉽지만 나도 모릅니다."

그럼 아는 척을 하지 마. 기대하게 만드는 표현을 하지 말아 줘.

"혹시나의 이야기지만, 스미밍하고 타이요는 사이가 나빠?"

"딱히 나쁜 건 아냐. 다만 문제가 좀 있어서….".

"그런가. **좀**이란 말이지."

왠지 이 애한테는 썬과 팬지 문제를 들킨 것 같은 느낌이 든단 말이야….

"여어, 죠로잖아! 일부러 와 줬나! 땡큐!"

그때 타이밍이 좋은 건지 나쁜 건지, 휴식에 들어간 썬이 다가 왔다.

진흙투성이 유니폼은 땀으로 푹 절어 있었다.

"어, 썬. 오늘도 연습 열심히 하네."

"헤헷! 당연하지! 코시엔 출장권을 따냈으면 다음은 전국 우승 이니까!"

여기서 1회전 돌파라고 하지 않는 점이 대단하네.

"아! 이 애는 최근 우리 야구부에 들어온 임시 매니저야!"

"임시 매니저야. …니힛."

역시나 썬. 첫 대면이니까 제대로 소개해 주는 건가.

"그리고 이 녀석은 내 베프인."

"아마짱인 거지? 모두에게서 '죠로'라고 불리는."

"그, 그래. …어라? 내가 너한테 죠로 이야기를 했던가?"

"후후훗. 나는 뭐든지 알고 있습니다."

아까 귀에 딱지가 앉을 만큼 내 이야기를 들었다고 했는데, 썬에게 들은 게 아냐? 그럼 대체 누가….

"뭐, 됐어. 그래서 죠로. 오늘은 어쩐 일이야?"

"아, 얼굴 좀 보러. 저번 나가시 소면 때는 못 만났고."

실은 여름 방학에 항상 도서실에 모이는 멤버 몇 명과 나가시 소면을 했는데, 본래라면 올 터였던 썬은 연습 사정상 올 수가 없었다.

"아, 그랬군! 나는 이렇게 기운이 넘쳐나고 있지!"

"그런가 보네."

여느때와 같은 열혈 미소로 엄지를 번쩍. 분명히 평소와 같아 보인다.

다만 썬은 언뜻 보면 평소 같아도, 사실 속에 쌓아 두는 경우가 있으니까.

어떻게 끄집어내면 좋을까….

"아마짱, 아마짱, 여기서 내가 좋은 걸 가르쳐 줄게."

"응? 좋은 거?"

꽤나 신이 난 표정으로 나를 바라보는 후배 매니저.

"분명히 지금의 나는 아무것도 몰라. 그러니까 정보는 현지 조달하는 겁니다."

"뭐?"

"있잖아, 타이요."

나에게 자신만만하게 그렇게 말하더니, 빙글 몸을 돌려서 썬에게 말을 걸기 시작했다.

"응? 왜 그래?"

"산쇼쿠인 스미레코를 어떻게 생각해?"

한가운데 직구로 치고 들다니, 너!

"아니! 패, 팬지?! 너 어떻게 팬지를 아는 거야!"

썬이 상상 이상으로 허둥대기 시작했다. 하지만 판단하기 곤란한 표정이군.

화낸다기보다는 뭔가 숨기려는 느낌이다.

"아마짱에게 들었습니다."

"아니! 어이, 죠로!"

게다가 이쪽에 제대로 불똥을 튀겼어!

"아니, 딱히 이상한 소리는 안 했어! 다만 썬은 지금 팬지를 어떻게 생각하는지 걱정했을 뿐이지…."

"뭐?! 왜, 왜 그런 소리를 해야…."

"타이요, 나도 궁금해~ 정말로 궁금해~"

"알았어! 그 정도는 간단히 대답할 수 있어!"

이거 혹시나의 이야기지만…. 아니, 섣불리 판단하는 건 좋지 않아.

멋대로 남의 연애 감정을 판단한 결과, 노도의 벤치 러시를 얻어맞은 공포를 잊지 마라.

"하아…. 깜짝 놀랐네…."

마음을 진정시키기 위해서인지, 썬은 한차례 심호흡.

그 뒤로 지금까지의 열혈 미소와는 조금 다른 냉정한 표정을 짓더니,

"전에 이런저런 일이 있었지만, 지금은 딱히 신경 쓰지 않아. 팬지는 나에게 소중한 친구야. …소중한 친구로**밖에** 생각하지 않아."

내가 질문을 했을 텐데, 후배 매니저를 향해 진지하게 말하는 썬.

일단 이상적인 대답을 받아 냈지만, 왠지 신경 쓰이는 태도다.

"흠. 그렇게까지 필사적으로 말하면 어쩔 수 없지. 믿어 주겠습니다."

"하아… 나는 너의 그런 점이 정말 힘들어."

"뭐든지 받아들여 주는 건 기쁠까나. …니힛."

이 애는 썬의 페이스를 망가뜨리는 게 특기인 모양이다. 나로서는 고마웠기에, 마음속으로 감사의 말을 해 두자. 땡큐, 후배 매니저.

그럼 첫 번째 미션은 달성했고, 다음 미션인 '연습 후에 썬을 츠바키네 가게로 데려간다'를 실행하도록 할까.

"어이, 썬. 오늘 연습이 끝나면 같이 츠바키네 튀김꼬치 가게

에 가지 않을래? 마침 도서실 애들도 있으니까."

"어, 어어, 튀김꼬치라…. 아니, 그 말은 고맙지만…."

뭔가 어색한 말투인 걸 보면 다른 예정이라도 있나?

그렇다면 최소한의 목표는 달성되었으니, 다른 날에라도….

"괜찮습니다. 타이요는 튀김꼬치 가게에 갈 수 있습니다."

설마 싶은 후배 매니저에게서 허가가 나왔어.

"어이! 왜 멋대로 내 예정을."

"타이요. 코시엔에 갈 때까지 답답한 마음은 싹 해소해 둬야 합니다. 그러니까 깨끗하게 정리해 주면 나는 기쁘겠어."

"큭! 하, 하지만…."

"아니면 그렇게 나랑 같이 있고 싶어?"

"……!"

썬의 얼굴이 아주 알기 쉽게 붉어졌다.

역시 이 후배 매니저는 썬을 조종하는 게 능숙한 모양이다.

"으아아아! 알았어! 갈게! 가면 되잖아! …죠로, 문제없어! 오늘은 연습이 끝난 뒤에 튀김꼬치 가게에 가자!"

"어, 어어…."

왠지 엄청난 기세라서 이쪽이 위축되는데, 깊이 추궁하지 않는 게 좋겠다.

"그럼! 나는 연습하러 갈 테니까! …어이, 죠로한테 이상한 소리 하지 마라?"

"OK, 알겠습니다람쥐."

"정말로 아는 건지…. 하아…."

새빨개진 얼굴을 숨기듯이 깊이 모자를 눌러쓰고 연습으로 돌아가는 썬.

꽤나 허둥대는 발걸음에 조금 미소가 나왔다.

"으음, 고마워, 이것저것 물어 줘서. 나로서는 물을 수 없었던 거니까."

"이 정도는 간단합니다. …브이."

장난스러운 미소로 나에게 말하는 후배 매니저.

마치 처음부터 이렇게 될 걸 알고 있었던 것처럼, 모든 것을 꿰뚫어 보는 눈동자다.

아마도 기분 탓이라고 생각하지만 조금 닮았군. …팬지와.

"아마짱, 스미밍을 잘 부탁해. 너라면 분명 전부 다 할 수 있어. 여차할 때는 나도 도울 거고. …니힛."

"음…. 고마워…. 잘은 모르겠지만, 맡겨 줘."

"그 말을 들으니 크게 안심."

왜 썬이 아니라 팬지? 라고 묻고 싶었지만, 그 직후에 후배 매니저는 탄포포와 함께 매니저 업무를 보러 갔기에, 나는 이 질문을 다시는 그녀에게 던질 수 없었다.

※

야구부의 그라운드에서 무사히 썬과 약속을 나눈 나는 도서실로.

　　야구부 활동이 끝날 때까지 한가했기에 여자애들과 합류하자는 계산이다.

　　교문에서 헤어지기 전에 코스모스가 '우리는 팬지가 자연스럽게 썬과 화해하고 싶다고 생각하도록 해 볼게!'라고 말했는데….

　　"팬지나팬지랑썬은아주사이가좋다고생각해."

　　"그래. 고마워, 히마와리."

　　"소생도 히나타 공의 의견에 찬동하는 바이올시다! 오오가 공과 산쇼쿠인 공은 앞으로도 사이좋은 관계를 쌓을 수 있지 않을까 하는 마음이 산과도 같으니!"

　　"코스모스 선배가 그렇게 말해 주니 든든합니다."

　　"…하아, 왜 이렇게 되었을까요…."

　　상황은 심각한 모양이다.

　　아무리 좋게 봐 줘도 이상한 느낌으로 팬지에게 말을 거는 히마와리와 어디를 어떻게 봐도 이상한 사무라이로 변해 팬지에게 말을 거는 코스모스. 녀석들이 '자연스럽게'라고 말한 시점에서 틀려먹은 느낌이 들었지만, 상상보다 열 배 이상으로 심각한 참상이 눈앞에 전개되어 있었다.

　　"아! 죠로, 겨우 와 주었습니까!"

유일하게 정상적으로 여겨지는 아스나로가 그야말로 구세주를 보는 눈으로 이쪽으로 왔다.

"으음, 와 줘서 다행입니다! 저 혼자서는 저 두 사람을 억누르는 데에 무리가 있어서! 그런고로 뒷일은 부탁하겠습니다!"

부탁받아도 곤란해. 왜 나라면 어떻게 할 수 있다고 생각한 거야?

"죠로가왔다. 팬지죠로야죠로."

"와와왓! 키사라기 공도 참전하셨나! 으음, 기다리고 있었소이다!"

두 사람까지 이쪽으로 안 오면 안 될까?

"죠로! 조금만 더 하면 돼! 조금만 더 하면 팬지, 화해할 수 있어!"

그 자신만만한 얼굴, 그만둬.

"홋…. 죠로, 분위기는 만들어 놨으니까."

분위기를 박살 내 놨습니다만?

"그래서 그쪽은 어떻게 되었을까?"

"동아리 활동이 끝난 뒤에 썬이랑 만나기로 약속했습니다."

"역시나 죠로! 고마워, 큰 힘이 되었어!"

순진무구한 소녀의 미소는 귀엽구나.

"좋았어! 그 이야기를 팬지에게…."

"아, 내가 전하겠습니다."

"그래? 알았어! 네게 맡길게!"

이미 뭘 꾸미고 있을지 다 들켰을 것 같지만, 아무튼 이 멍텅구리 학생회장에게 맡기는 것보단 낫겠지.

"그럼 그동안에 우리는 새로운 작전을 생각해 둘게!"

"죠로, 나 엄청 힘낼 테니까! 전부 다 맡겨 줘!"

"최대한 현실적인 작전을 짜 두도록 하겠습니다."

아무래도 믿을 만한 건 한 명의 신문부뿐인 듯하다.

하지만 그건 넘어가고, 일단 접수처에 있는 팬지에게 가 보도록 하자.

"아주 귀찮기 짝이 없는 상황이 일어나고 있는데, 어떻게 안 될까?"

바로 지적당했다. 역시 눈치챘나.

"안 돼. 나도 어느 쪽이냐면 가담자인 거고."

"스스로 해결할 테니까 걱정 마. 썬이랑은 제대로…."

"그 구체적인 방법은?"

"……."

멋질 정도의 침묵. 가능한 거라고는 뚱하게 삐친 얼굴을 내게 보이는 것뿐인 모양이다.

계획도 없는 주제에 괜히 허세를 부리는 게 훤히 보인다.

"조금만 이야기하면 곧 원래 관계로 돌아와."

"어떤 이야기를?"

"과자 이야기면 어떨까? 난 제과라면 특기야."

"썬의 특기는 야구야."

열혈 야구소년과 도서위원이 제과에 대해 대화하다니, 가벼운 카오스로군.

하지만 그래. 이렇게 생각해 보니, 팬지와 썬은 공통 화제가 전혀 없군. 뭐, 나와 팬지도 비슷하지만.

"죠로, 나는 우호 관계를 잘 쌓기로 정평이 나 있다고 생각해."

"그렇지. 고등학교 1학년 때는 친구가 한 명도 없었을 정도로 정평이 나 있지."

"실례잖아. 친구 정도는 분명히 있었어."

꽤나 기쁜 얼굴을 하는 걸 보면, 그 친구는 정말 소중한 상대 겠지.

하지만 말이지.

"그건 니시키즈타 학생이야?"

"학교라는 좁은 세계에만 눈을 돌리는 건 좋지 않다고 생각해."

말하자면 학교 안에는 한 명도 없었던 모양이다.

"얌전히 받아들여. 애초에 조금 있으면 다 같이 바다에 가잖아? 그때도 어색하면 이쪽이 힘들어."

그 바다에서는 바보 같은 연애 상담을 도와야만 한다. 그것만 해도 충분히 성가신데, 팬지 문제까지 미해결이면 전혀 즐길 수 없잖아.

"그건 죠로의 개인적 사정일까?"

"양쪽 다야. 나의 개인적 사정에다가 녀석들이 꽤나 걱정하는 사정."

"하아…. 친구는 있으면 즐겁긴 한데 힘들 때도 있어."

"교우 관계란 건 그런 거야."

"알았어. 하지만 가능할지는 책임질 수 없어."

아무튼 여자애들의 계획은 들키긴 했지만, 받아들여 주는 모양이다.

그럼 다음은 녀석들의… 아니, 나도 뭔가 생각하는 게 좋겠지.

아스나로는 몰라도, 나머지 둘의 작전은 불온하기 짝이 없다.

※

오후 3시. 오늘은 평소보다 조금 일찍 연습을 마치는 날이었던 모양인지, 유니폼에서 교복으로 갈아입은 썬과 교문에서 합류.

"아! 썬, 왔다!"

"여어! 다들 기다렸지!"

연습의 피로가 전혀 느껴지지 않는 열혈 스마일.

야구부에서 헤어질 때는 꽤나 허둥대는 기색이었는데, 지금은 냉정한 모양이다.

어디… 여기서부터는 여자애들의 '썬과 팬지 화해 대작전'이란 것이 실행되는 모양인데, 과연 정말로 괜찮을까?

썬에게는 들키지 않았지만, 팬지에게는 들켰고.

"하핫! 다들 여름 방학에도 건강한 모양이군! …여어, 팬지는 조금 기운이 없는데?"

"아, 아니… 평소랑 같아."

분위기가 무거워! 썬은 개의치 않고 말을 붙이지만, 팬지가 안 되는 모양이군.

평소에는 냉정하고 담담하게 남을 몰아붙이는 팬지가 이렇게까지 허둥대다니.

이거 서둘러서 관계를 개선시키고 싶다.

"좋았어! 일단은 내 차례야!"

숨기는 게 서투른 소꿉친구가 천진난만하게 나섰다.

왜 몰래 행동한다는 발상에 도달하지 못하는 거지? 의문이다.

"있잖아! 팬지, 썬!"

"왜 그래?"

"음, 무슨 일이야, 히마와리?"

"츠바키네 가게까지 셋이서 경주하자! 다 같이 운동하면 아주 재미있어!"

과연, 아무래도 히마와리의 작전은 썬과 팬지를 경쟁시킨다…라고 할까, 같이 몸을 움직이는 것으로 자연스럽게 사이가 개선

되게 하는 작전인 모양이다.

나쁘지 않은 작전이라 생각하지만….

"음! 좋지! 팬지는 어쩔래?"

"나는 사양할게."

문제의 팬지 씨에게서 NG가 나오면 어떻게 수가 없는 방법이지.

"팬지! 이것도 승부 중 하나야!"

"……! 히마와리, 당신 의외로 생각을 했네…. 알았어, 경주하자."

잘은 모르겠지만, 싫어하던 팬지가 할 마음이 들었다.

어째서인지 '승부'라는 단어에 반응했는데, 왜 그러는 거지?

"에헤헤! 그렇지~? 아스나로가 이렇게 말하면 분명 팬지도 해 줄 거라고 가르쳐 줬어!"

"아! 히마와리! 거기까지 말하는 건….."

"그래. 아스나로가….."

"아, 아하하하! 히, 힘내세요, 팬지!"

괜한 지혜를 일러 준 사람이 팬지의 눈총을 받고 멋쩍은 듯이 땀을 흘렸다.

포니테일을 둥글게 말면서 내 등 뒤로 숨었다.

"죠로, 이거 들어 주겠어?"

"어, 어어. 알았어."

할 마음이 든 팬지가 어깨에서 내린 숄더백을 내게 건네고 준비를 했다.

그러고 보면 이 녀석이 제대로 운동하는 건 처음 보는데, 과연 어떨까?

썬과 히마와리와의 승부에 응할 정도다.

사실은 꽤나 운동 신경이 좋은 게….

"그럼 간다~! Let's dash!"

"여차!"

"……!"

아니, 느려!

신호와 동시에 일제히 달려가는 세 사람…이지만, 한 사람만이 눈에 띄게 느리다.

순식간에 모습이 보이지 않게 된 히마와리와 썬과 달리, 바로 요 앞에서 모습이 확인되는 팬지. 이미 폼부터가 틀려먹어서, 평소에도 운동을 하지 않는 걸 알겠다. 왜 할 수 있다는 얼굴을 했지?

"…하아… 하아…. 두, 두 사람 다 어리석네…. 츠바키네 가게까지 여기서 걸어서 20분은 걸려. 즉 중요한 건 페이스 배분이야. …하아~…하아~….."

시작하자마자 체력이 바닥나지 않았으면 아주 설득력 있는 말이다.

그 뒤, 내가 코스모스와 아스나로와 함께 츠바키네 가게에 가던 도중, 힘이 바닥난 팬지를 발견했고, 썬과 히마와리는 경주에 열중해서 화해 같은 걸 할 수 있을 리도 없었다.

히마와리의 '같이 운동 작전'… 실패.

※

"우우! 왜 잘 안 되는 거야!"

"하핫! 질 순 없지, 히마와리! 괜히 코시엔 우승을 노리는 게 아니니까!"

결국 레이스의 승자는 썬.

또한 히마와리가 분한 기색을 보인 이유는 져서가 아니지만, 썬은 그렇게 판단했는지 어딘가 자랑스러운 미소를 짓고 있다.

"휴우…. 썬이 이겨 줘서 다행이야."

본인 왈 '그저 페이스 배분을 그르쳤을 뿐'인 운동 음치는 히마와리가 이기지 않은 것에 안심한 모양이다. 결국 아무것도 해결되지 않았지만.

"여어, 다들 어서 와, 랄까."

거기에 우리 자리로 다가온 것은 우리와 같은 반이자 여기― '따끈따끈한 튀김꼬치 가게'의 점장을 맡은 요우키 치하루… 츠바키다.

평소에는 나도 아르바이트를 하지만, 오늘은 쉬는 날이라서 손님으로 왔다.

"츠바키, 또 보네!"

"응, 그래. …아, 썬. 탄포포에게 또 설거지하러 와 달라고 전해 줬으면 한달까. 이번에는 제대로 급료를 줄 테니까. 그 기술은 버리기 아깝달까."

"알았어! 녀석, 츠바키를 엄청 존경하니까 기쁘게 올 거라 생각해!"

"그건 기쁘달까."

얼마 전에 탄포포는 사소한 실언으로 츠바키의 분노를 샀다.

그리고 그때 내 일을 방해한 벌로 가게의 설거지를 시켰는데, 분명히 그 설거지 실력은 대단했지. 꽤나 손재주가 좋아서 엄청 깨끗해졌고.

녀석, 바보이긴 해도 이상한 특기를 가졌단 말이야. 뭐, 그런 잡담은 넘어가고.

"후후훗! 그럼 다음은 내 차례네!"

다음은 멍텅구리 학생회장의 작전인지, 애용하는 노트를 한 손에 들고 기합이 들어간 기색이다. 아까 히마와리도 그렇고, 이번의 코스모스도 그렇고, 전혀 성공할 조짐이 보이지 않아서 큰일이다.

"츠바키, 준비는?"

"음, 만전일까."

"그건 다행이야! 그럼… 어흠. …썬! 가끔은 튀김꼬치를 먹기만 하는 게 아니라 만들어 보는 건 어때?"

"네? 내가요?"

"그래! 누군가를 위해서 열심히 요리를 하는 건 좋은 일이야! 게다가 그게 네가 좋아하는 튀김꼬치라면 더더욱!"

과연. 아무래도 코스모스의 작전은 '썬에게 튀김꼬치를 만들게 하고 팬지에게 먹인다'는 것인 모양이다.

아까 히마와리의 그것과 비교하면 꽤나 좋은 아이디어로군. 요리를 만들면 필연적으로 대화가 생긴다. 그리고 지금 팬지와 썬에게 부족한 것은 서로의 공통된 화제.

그걸 강제로 만들게 한다면….

"우왓! 확실히 재밌겠군요! 다만 츠바키의 일을 방해하는 게…."

"괜찮달까. 이런 일도 있지 않을까 하고 미리 넉넉히 만들어 놨으니까. 오히려 지금은 한가할 정도랄까."

"진짜냐! 그거 기쁜 오산이군!"

코스모스에게 사전에 부탁을 받아서 준비해 두었겠지.

역시나 츠바키 씨. '니시키즈타 유일의 양심'이라고 불리는 부처 같은 모습은 정말 안심이 된다.

"좋았어! 그럼 나와 썬은 츠바키에게 튀김꼬치 만드는 법을 배워 올 테니까, 다들 조금만 기다려 줘! 자, 가자, 썬!"

"알겠슴다! 코스모스 회장!"

응. 안 될까 싶었는데, 이번에는 잘 될지도 모르겠군.

"다들! 기다렸지! 썬의 특제 튀김꼬치 모둠이다!"

"후훗! 모처럼이니까 나도 만들어 봤어!"

15분 뒤. 평소보다 발랄한 표정으로 우리 자리에 돌아온 썬과 코스모스.

각자 두 손으로 든 커다란 접시에는 자기들이 만들었을 튀김꼬치가 가득 담겨 있었다.

"으음~ 평소에는 먹기만 했는데, 만들어 보니 어렵군!"

"그래. 생각 이상으로 심오해서 놀랐어!"

요리가 재미있었는지 화목하게 대화하는 썬과 코스모스.

하지만 제대로 목적은 기억하고 있는 건지.

"후후훗. 다음은 썬이 만든 튀김꼬치를 팬지가 먹고, 그 감상을 계기로 이야기꽃이 피면…."

학생회장은 자신만만한 미소를 짓고 있다.

그 표정을 보면 불안한 예감밖에 들지 않지만, 뭐, 행동 자체는 문제없으니까 괜찮겠지.

"좋아! 그러면…."

테이블 한가운데에 자기가 만든 튀김꼬치 모둠을 턱 내려놓고 본인도 착석.

"아, 죠로! 내가 만든 튀김꼬치를…."

"죠로, 얼른 먹고 감상을 들려줘!"

"아니!"

가게 안에 울리는 시원시원한 썬의 목소리. 충격의 표정으로 변하는 코스모스.

"어, 어어. 그럼…."

먹어 보라는 이상, 먹지 않을 수도 없어서 얼른 시식.

응, 이건….

"음! 맛있군. 게다가 이건…."

"그래! 네가 좋아하는 쑥갓이야!"

"그렇지! 으음~ 역시 쑥갓은 최고야! 이 쓴맛과 단맛이…."

"어이어이, 그렇게 쑥갓만 먹진 마! 이쪽에는 내가 추천하는 가리비 튀김도 있거든?"

"썬은 여전히 가리비파인가. 그럼 그쪽도…. 이쪽도 맛있는데!"

"그렇지! 헤헷! 네가 기뻐해 주니 나도 기쁘군!"

"큭! 본처가 훼방을 놓다니!"

누가 본처야.

"저, 저기, 썬. 괜찮으면 팬지에게도…."

"어라? 코스모스 선배의 튀김꼬치를 먹여 주는 거 아니었습니까? 아까 만들 때에 '팬지에게 튀김꼬치를 많이 먹여 줘야지~'라고 말하지 않았습니까!"

"아윽! 아니, 그건….."

아무래도 괜한 소리를 중얼거린 결과, 썬이 착각한 모양이다.

그래서 썬은 내게 튀김꼬치를 권한 건가.

"우우~…. 설마 이렇게 되다니…. 아니, 아직 포기하기엔 일러!"

네버 기브 업 정신은 좋지만, 코스모스는 뭘 할 작정이지?

"팬지! 가급적 신속하게 내 튀김꼬치를 다 먹어 줘!"

"코스모스 회장. 이건 혼자서 다 먹기에는 아무래도 양이…."

"아니, 걱정은 필요 없어! 하면 돼! 자! 자, 어서어서!"

"…큰일이네."

그 뒤에 억지로 코스모스가 튀김꼬치를 먹여 댄 팬지는 접시를 반쯤 비웠을 때 힘이 다했다. 다정함이 배를 가득가득 채우고 말았지.

코스모스의 '요리 감상 작전'… 실패.

"하아…. 조금만 더 하면 됐는데…."

"우우~…. 잘 안 되네~…."

자기 작전이 실패해서 추욱 풀이 죽은 코스모스와 히마와리.

더불어서 팬지는,

"전속력으로 달린 뒤의 폭식은… 괴로워…."

아주 힘든 표정으로 숨을 몰아쉬고 있다.

왠지 오늘의 팬지는 평소의 나만큼 비참한 꼴을 겪고 있군….

"뭐야, 두 사람 다 완전 틀렸지 않습니까."

그런 모습을 보면서 기막히다는 듯이 한숨을 내쉬는 아스나로.

포니테일을 흔들면서 고개를 내젓는 모습이 꽤나 어울린다.

"어쩔 수 없군요. 여기서부터는 제가 팔을 걷어붙이고 나서죠."

아무래도 다음은 아스나로의 작전을 실행할 모양이다.

지금까지의 모습을 보기론 코스모스나 히마와리와 비교해서 꽤나 제대로 된 사고회로를 가졌으니까 사실은 제일 기대했던 녀석이기도 한데, 과연 아스나로의 작전은….

"썬! 한 가지 묻고 싶은 게 있습니다!"

"응? 왜 그래, 아스나로?"

"여름 방학에 제 나름대로 정보를 모았더니, 대단히 흥미로운 정보가 하나 손에 들어왔기에 그 진위에 대해 확인하고 싶습니다!"

흠. 아까 히마와리나 코스모스와 마찬가지로 자기 특기 분야로 공략할 생각이로군.

자, 아스나로가 손에 넣은 정보란….

"당신, 최근에 좋아하는 사람이 생겼죠?"

"아닛!"

아스나로의 말에 의표를 찔렸는지, 무심코 손에 들고 있던 튀김꼬치를 떨어뜨릴 정도로 허둥대는 썬. 어이어이, 진짜냐! 이 반응은….

"아, 아니~! 글쎄? 그런 일은…."

"후후훗! 그 반응은 이미 '있다'고 말하는 거나 마찬가지거든요?"

분명히 그렇다. 이 반응은 아무리 생각해도 없는 녀석의 반응이 아냐.

게다가 썬에게는 창피한 일이겠지만, 팬지로서는 고마운 정보 아닐까? 실연시킨 상대가 새로운 사랑을 찾았다.

그렇다면 팬지도 그렇게 걱정할 필요가 없어지고….

"참고로 제 정보로는 그 인물은 비교적 당신 가까이에 있는 사람이라고 들었습니다."

"헤, 헤에~ 그, 그, 그렇구나~ 으음~ 그런 소문이 있나~"

필사적으로 얼버무리려는 썬. 하지만 전혀 그냥 넘어갈 분위기가 아니다.

"팬지, 들었습니까? 썬은 따로 좋아하는 사람이 있습니다! 그리고 모은 정보를 종합한 결과, 저는 그 인물의 특정에 성공했습니다!"

"그렇구나."

담담한 태도로 아스나로에게 대답하는 팬지. 하지만 속으로는 흥미진진하겠지.

시선이 이리저리 흔들리며, 썬과 아스나로를 교대로 확인하고 있다.

"어, 어이, 아스나로. 그 이상은…."

"안 됩니다! 여기까지 말했으니 끝까지 말하겠습니다! 그런고로 제가 특정한, 썬이 좋아하는 사람이란…."

여기서 내 이름이 나오면 그 포니테일, 확 뽑아 버린다?

부탁이다, 아스나로! 네 정보에 모든 게 걸려 있어!

"바로! 야구부의 매니저인… 탄포포겠죠!"

기대한 내가 바보였다….

"어? 아닙니다만?"

썬, 아주 냉정한 말이다.

"뭐라고요?! 하지만 평소부터 함께 지내고, 연습 중에도 매니저치고는 사이가 좋아 보이는 느낌이라고…."

"어, 어어. 뭐, 그렇지! 탄포포랑은 사이좋게 지내고 있어! 후배로서라든가, 매니저로서는 좋아해! 하핫!"

완전히 여유를 되찾은 썬이 밝게 아스나로에게 대답했다.

오히려 자기 정보가 틀렸다는 걸 알아차린 아스나로가 꽤나 당황한 기색이다.

"즉… 역시나 진짜는 죠로?"

그쪽으로 이야기를 돌리지 마.

포니테일, 나중에 확 뽑아 버린다.

"음! 친구로서 좋아하지!"

"그럴 수가…! 제, 제 정보가 틀리다니…. 쇼크입니다…."

결국 기대했던 대답을 얻어내지 못한 아스나로는 방금 전의 히마와리나 코스모스처럼 의기소침해서, 포니테일을 추욱 늘어뜨렸다.

"죠로. 언젠가는 내가 꼭 이기고 말겠어."

나아가서 정체 모를 라이벌 심리를 불태우는 팬지가 내게 강한 결의를 전해 왔다.

그걸 겨뤄서 어쩌자는 건데.

아스나로의 '썬, 새로운 사랑 폭로 작전'… 실패.

"우우~"

"아우~"

"하아~"

모든 작전에 실패하고 삼인삼색으로 의기소침한 모습을 보이는 히마와리, 코스모스, 아스나로.

반대로 지금까지 비참한 꼴을 겪어 온 팬지는 퉁명스러운 표정으로 세 사람을 바라보았다.

"정말이지 이상한 짓은 하지 말아 줬으면 해."

"아윽! 죄송합니다…."

"미, 미안해."

가시를 쿡. 꽤나 아프게 찔린 것은 히마와리와 코스모스다.

두 사람 다 얌전히 미안하다는 표정으로 고개를 숙였다.

하지만 정말로 큰일이군. 여기까지 왔는데 아직 썬과 팬지의 대화는 전무.

그렇긴 해도 썬은 의도적으로 팬지에게 말을 걸지 않는 게 아니라, 그저 화제가 이렇다 할 게 없기에 말하지 않는 느낌이군.

"어이, 죠로! 코시엔은 기대해 줘! 내가 완성한 신병기로 삼진을 대량 생산할 테니까!"

"음. 오늘 연습에서 보여 줬던 그거지?"

"음! 그거야!"

이것도 그리 생산성은 없지만, 어딘가 기분 좋은 대화. 모두와 함께 있다는 것만으로 즐겁고, 그대로 이 분위기에 잠기고 싶은 마음이 들지만, …그래선 안 된다.

이대로라면 다음에 썬의 야구부 활동이 쉬는 날에 갈 예정인 바다에서도 묘한 일이 일어나겠지.

그리고 거기서 또 코스모스나 히마와리의 폭주로 팬지가 비극을 만나서 그쪽의 관계가 붕괴할 가능성도 있다.

그러니까 썬, 팬지 문제는 오늘 중에 해결한다.

그런고로… 여기서부터는 내 작전의 시간이다.

"어이, 팬지."

"왜 그래?"

"너는 고등학교 1학년 때 니시키즈타 고등학교 밖에 친구가 있다고 그랬지?"

"그래. 아주 사이가 좋았어. 제과를 가르쳐 주기도 하고…."

정말로 그 친구가 소중한지 기분 좋게 팬지가 내게 말했다.

이런 정신머리 나간 여자와 그렇게 친하다니, 어떤 녀석일까?

"참고로 묻는 건데, 왜 그 애한테 제과를 가르쳐 주게 됐어?"

"그 애한테 좋아하는 사람이 있었어. 그래서 그 좋아하는 사람을 기쁘게 해 주고 싶다고 제과를 가르쳐 달라고 하더라고."

"그래. 그렇다면…."

여기까지 들었으면… 할 수 있다. 마침 저 세 사람이 좋은 힌트를 주었다.

세 사람이 취한 작전은 각각 '뭔가를 함께 한다', '자기가 만든 요리를 먹인다', '달리 좋아하는 사람'. 거기에 오늘 도서실에서 팬지에게 들은 이야기를 맞춰 보면….

"지금부터 썬에게 제과를 가르쳐 주지 않겠어?"

이 작전을 실행할 수 있다.

"모처럼 썬이 만든 튀김꼬치를 먹었으니까, 다음은 썬이 만든 과자를 먹어서 그걸 디저트로 삼는 거야."

내 발언에 바로 반응하는 히마와리, 코스모스, 아스나로.

아무래도 내 작전의 의도를 알아차린 모양이다.

"말해 두겠는데, 이 가게에는 꽤 디저트 종류가 많아. 그러니까 어중간하게 가르쳐서 가게의 퀄리티를 떨어뜨리는 짓을 하면 츠바키가 가만히 안 있을걸."

"내가 썬에게 제과를? 하지만…."

"나도 찬성! 있잖아, 팬지! 썬이랑 제과를 하면 재미있어! 그리고 나는 썬의 과자를 먹어 보고 싶어!"

의기양양하게 나선 것은 히마와리.

천진난만한 미소를 지으며 팬지를 똑바로 바라보았다.

"하지만 재료 같은 게…."

"그거라면 걱정 없어! 츠바키에게 이 가게의 식재료를 자유롭게 써도 된다는 허가를 받았으니까! 딱히 어려운 게 아니더라도 괜찮으니까, 꼭 좀 가르쳐 줬으면 해!"

다음에 발언한 건 코스모스다. 평소의 냉정하고 어른스러운 표정이 아니라 소녀 같은 미소로 팬지에게 말했다.

"어이어이, 두 사람 다 무슨 소리야? 나한테 제과 같은 건 안 어울리잖아?"

"하지만 좋아하는 사람은 기뻐할지도 모르는데요?"

"아닛!"

재빨리 썬의 발언을 제지한 것은 아스나로다.

탄포포는 아니겠지만, 아마도 썬에게는 정말로 팬지 외에 좋아하는 애가 있다. 그게 누군지 아스나로는 모른다. 아니, 여기에 있는 녀석은 아무도 모르겠지.

뭐… 아마도 **그 애**겠지.

"그런고로 우리를 실험용으로 쓰면 되니까. 팬지, 썬에게 제과를 가르쳐 줘."

"……."

내 제안에 팬지는 침묵했다. 하지만 그로부터 조금 지나서,

"썬이 좋아하는 애를 정말로 기쁘게 해 주고 싶다면 가르쳐 줄게."

어딘가 심술궂은 미소를 지으며 썬에게 말했다.

"어이어이, 팬지. 나한테 좋아하는 애가 있다고는…."

"없다고도 말 안 했어."

"큭! 비, 비겁해…."

"내가 비겁하다는 건 전부터 알고 있었잖아? 후훗."

겨우 평소 모습을 되찾았군.

그래. 너는 겁먹고 있기보다는 그 정도로 뻔뻔한 게 좋아.

"하아~! 알았어! 알았다고! 그럼 배워 보도록 할까! …팬지, 기뻐해 줬으면 하는 애가 있으니까 나한테 제과를 가르쳐 줘!"

평소의 열혈 미소와는 다른, 어딘가 부끄러움 섞인 미소를 지으며 썬은 그렇게 말했다.

유일하게 할 수 있는 허세가 '좋아하는 애'를 '기뻐해 줬으면 하는 애'라고 말한 정도일까.

"그래, 알았어. 그럼 다들 조금만 기다려 줘."

자기 특기 분야이자 좋아하는 제과를 할 수 있는 게 기쁜 걸까, 기분 좋게 일어서는 팬지.

"어이, 다들! 말해 두겠는데, 나는 제과라도 전력이야! 그러니까 평소 팬지의 과자보다도 더 맛있는 걸 먹여 줄 테니까!"

새빨개진 얼굴을 숨기듯이 서둘러서 주방으로 향하는 썬.

그 뒤를 팬지가 따라가나 싶었는데, 한차례 우리 쪽을 보고,

"세 사람 다, 오늘 참견은 필요 없었어."

"""으!"""

담담한 말에 얼굴을 찌푸리는 세 사람. 뭐, 처음부터 들켰던 거고.

팬지로서는 민폐라고 할 수밖에 없었겠지.

"미, 미안해…." "미안. 우우…." "…죄송합니다."

팬지의 나무람에 어린애처럼 사과하는 세 사람.

하지만 그 모습을 본 팬지는,

"하지만 정말 기뻤어."

무심코 쳐다보게 되는, 아름다운 미소와 함께 그렇게 말했다.

"자기에게 득이 되지 않더라도 그 사람을 위해 힘낸다. …마치 어딘가의 심술궂은 남자와 열성인 남자의 관계처럼 정말 기뻤어. 그러니까…."

멋쩍음을 숨기듯이 몸을 흔들고 잠깐 나를 바라본 뒤, 다시 한 번 세 사람에게 시선을 되돌리고,

"고마워. 히마와리, 코스모스, 아스나로."

그렇게 말했다.

"응! 나 기대하고 있을게, 팬지!"

"와아! 썬과 팬지가 제과! 둘이서 함께 제과를!"

"후훗! 이건 혹시나 좋은 기사가 될지도 모르겠네요!"

"그, 그럼 나도 이만 갈게. 썬이 맛있는 과자를 만들 수 있도록."

이번에는 팬지가 멋쩍음을 숨기듯이 주방으로 향하고, 남은 세 사람도 활짝 웃음을 보였다.

1학기에 우리는 전원 연애를 둘러싸고 커다란 트러블을 일으켰다.

그리고 자기 마음이 이루어진 녀석은 한 명도 없다.

누구 한 사람도 자기가 가장 원하는 것을 손에 넣을 수 없었다.

인간관계란 귀찮다. 이렇게 안 좋은 마음을 품게 될 거면 아예 쌓지 않는 게 낫다.

그렇게 생각한 경험은 셀 수도 없다. 하지만, 그래도… '친구'를 손에 넣었다.

당연한 일 같아서 놓쳐 버리기도 쉽지만, 고등학교 생활은 연애만이 아니야.

그러니까 지금은 이거면 된다. …아니, 이 관계가 제일 좋겠지.

······················.

·············.

·······.

훗날 탄포포와 만나자,

"우홋! 저번에 오오가 선배가 쿠키를 만들어 왔습니다! 아주 걱정이었지만, 먹어 보니 깜짝 놀랄 정도로 맛있어서 다들 마구마구 먹었습니다!"

라고 내게 기쁜 듯이 보고해 주었다.

아무래도 썬은 제대로 과자를 건네준 모양이군.

나를 좋아하는 건
너뿐이냐

나와 너의 시작

제 6 장

12월 31일 22시 15분.

"우와…. 사람 많네…."

나—죠로=키사라기 아마츠유의 현재 위치는 조금 큼직한 신사.

목적은 섣달그믐인 만큼 새해의 첫 참배. 다만 혼자서 온 게 아니라,

"아주 지쳤어."

옆에는 뚱한 표정을 지은 산쇼쿠인 스미레코가 있다.

외모는 어제까지 했던 땋은 머리에 안경이 아니라 본래의 모습.

일반적으로는 수수하게 판단되는 코트를 입고 있지만, 본래의 스미레코가 입으면 고급 브랜드로 보이니까 신기한 일이다.

"역시 사람이 많군."

섣달그믐인 것도 있어서 우리와 같은 목적을 가진 사람이 넘쳐나는 신사.

그리고 지나가는 사람들이 힐끔힐끔 우리에게… 아니, 스미레코에게 시선을 보내고 있다.

"정말이지 믿기지 않아…. 나는 인파가 싫은데 이런 곳에 데려오다니…. 당신의 뇌에서는 배려라는 말이 소멸한 것 아닐까?"

기분이 상한 모양인지 독설을 한 방.

사전에 신사까지는 꽤 걷는다고 말했는데, 딱히 의미는 없었

던 모양이다.

"나는 집에서 느긋하게 보내고 싶다고 말했을 텐데?"

"나는 당신과 함께 첫 참배를 가고 싶다고 말했어."

"그럼 우리가 인파 속에 있는 원인을 만든 건 누구지?"

"누가 어떻게 봐도 당신이네."

"누가 어떻게 봐도 너잖아!"

정말로 이 여자 뭐야?! 어떻게 지금 대화에서 내가 원인이 되지?!

12월 31일은 스미레코에게 다른 의미로 특별한 의미를 가진 날이다.

생일.

그러니까 나는 연인으로서 스미레코와 둘이서 보내는 미래를 선택했다.

최대한 스미레코의 요구를 받아 주고 다소 부조리한 소리를 해도 참자.

그렇게 결심하고 임한, 오늘이라는 날.

집에 있는 동안은 제법 즐거웠다.

다행스럽게도 스미레코와 우리 어머니는 이전부터 사이가 좋다.

스미레코를 우리 집으로 부르는 게 조금 (…아니, 꽤나) 창피하긴 했지만, 어머니에게 스미레코와 연인이 되었다고 보고.

어머니는 기뻐하며 스미레코를 환영했고, 한동안은 (어디의 누나는 일찌감치 어딘가로 여행을 갔지만) 우리 가족과 스미레코는 평화롭게 보냈다.

하지만 21시 30분. 스미레코가 갑자기 이렇게 말한 것이다.

"아마츠유, 새해 첫 참배를 가고 싶어."

내심 '귀찮다'라는 감정이 80%를 차지했지만, 소중한 연인의 부탁이다.

무엇보다 나도 스미레코와 둘이서 보내고 싶다는 마음이 있었다.

그러니 그런 말을 들은 시점에서 스미레코의 부탁을 들어줄 생각이었지만, 조금 창피했기에 '나는 집에서 느긋하게 보내고 싶다'는 말을 던졌다.

대답은 '그럼 가자'. 나는 스미레코와 함께 우리 집을 출발했다.

그리고 무사히 신사에 도착했는데….

"여자를 이렇게 걷게 하다니, 정말로 배려심이 없는 사람이네."

이 여자, 불평만 하고 있다.

"내가 말했지?! 우리 집에서 신사까지 꽤 걷는다고!"

"아마츠유, 나의 '꽤'는 5분까지야. 설마 30분이나 걸을 줄은 몰랐어. 즉 당신은 자신의 설명 부족을 후회해야 한다고 생각해."

"너의 '꽤'가 너무 폭이 좁은 걸 후회해야지!"

"어쩔 수 없네. 나는 이 이상 걷고 싶지 않고, 아마츠유에게 업혀서…."

"어쩔 수 없는 녀석이군. 자, 가급적 빨리 업혀."

일단 속공으로 굽혀 주었다.

스미레코는 미인이다. 미인인 데다가 대단히 풍만한 가슴을 가졌다.

즉 업는다는 행위를 하는 것으로 내 등에 멋지기 짝이 없는 감촉을 줄 게 틀림없음. 이 기회, 놓칠 수는 없다.

"…역시 그냥 걸을게."

"사양하지 마. 나는 설명 부족의 대가를 치러야만 해. 연인을 힘들게 하다니 어리석기 짝이 없는 짓. 업을 수밖에 없지. 자! 어서어서어서!"

"이상한 마음은 없다고 생각해도 좋을까?"

"음. 이상한 마음은 일체 없어. 다만 순수하게 가슴을 만끽하고 싶다는 마음으로 행동하고 있어."

"그냥 걸을 거야. 꼭."

솔직하게 순수한 마음을 전했는데, 엄청난 기세로 거부당했다. 연인 관계란 어렵다.

대단히 아쉬운 마음으로 가득하지만, 여기서는 참자.

괜찮아, 나와 스미레코는 연인이다. 그런 행위를 할 기회는 앞으로 얼마든지….

"참고로 아마츠유가 이상한 행위를 했을 경우, 당신의 어머니 ─로리에 씨에게 보고할 준비는 다 되어 있어."

있다고 잘라 말할 수 없는 모양이다.

제길! 어머니와 스미레코의 사이가 그렇게까지 좋지 않았으면…!

"알았어. 그럼, …자."

일어서서 나는 내 오른손을 스미레코에게 내밀었다.

"후후후, 아주 기뻐."

내 오른손을 스미레코의 왼손이 감쌌다. 우리는 둘이서 나란히 걷기 시작했다.

"저기, 패… 스미레코. 한 가지 물어봐도 돼?"

어차차. 지금까지의 버릇대로 '팬지'라고 부를 뻔했다.

이미 나에게 스미레코는 '팬지'가 아니다. 조심해야지.

"뭔데?"

살짝 왼손에 힘을 주는 게 느껴졌다.

평소에는 생각하는 바를 바로 말하는 주제에, 이럴 때는 행동으로 감정을 표현한다.

이런 점이 귀엽지.

"왜 이 시간에 나왔어? 첫 참배라면 조금 더 늦게 나와도 되잖아?"

"죠… 아마츠유, 한 가지 대답해 줄게."

나는 조금 오른손에 힘을 주었다.

스미레코가 기분 좋은 미소를 흘렸다.

"이 시간에 온 것은, 조금 추측을 했기 때문이야."

"추측?"

"그래. 첫 참배를 위해서라면 조금 더 늦어도 되었겠지. 하지만….."

"아～! 스미레코야! 스미레코가 있어어어어어!!"

"…라는 사태를 상정해서 일찍 왔어."

"과연."

우리의 대화 사이에 끼어드는 발랄한 목소리.

목소리의 주인은 외침과 동시에 스미레코를 향해 전력 돌격. 그대로 힘껏 껴안고 들었다.

나타난 것은 스미레코와 같은 반인 히이라기＝모토키 치후유다.

"히이라기도 왔구나."

"응! 나 왔어! 스미레코, 나 모르는 사람이 많이 있는 걸 참고 도망치지 않았어! 아주아주 힘냈어～!"

"장하네, 히이라기."

"기뻐～!"

머리를 쓰다듬어 주자 기분 좋은 듯이 웃는 히이라기.

스미레코의 추측이란 히이라기의 등장…이란 것이 아니라 예상 밖의 사건들이겠지.

섣달그믐과 생일. 스미레코에게 두 가지로 특별한 의미를 가진 날에 나와 둘이서 외출한다.

보통은 둘이서 평온한 날을 보낸다고 생각하겠지만, 우리는 그런 날일수록 어떠한 해프닝에 휘말리는 일이 많다(히이라기와의 만남은 해프닝이 아니지만). 그러니까 어떠한 해프닝이 발생한다 해도 대처할 수 있도록, 조금 일찍 신사에 온 것이다.

"여어, 죠로와 팬지도 왔구나."

히이라기와 스미레코의 모습을 지켜보던 나에게 말을 걸어온 것은 츠바키＝요우키 치하루.

나와 같은 반이자 아르바이트 하는 곳의 점장… 더불어서 히이라기와는 소꿉친구라는 관계다.

"그래. 저 녀석이 첫 참배에 가고 싶다고 해서."

왠지 모르게 친구들 앞에서는 '스미레코'를 '스미레코'라고 부르는 게 창피해서 나는 말을 흐렸다.

"그런가. 그럼 나랑 비슷하네."

"비슷해? 그럼 츠바키는…."

"음. 히이라기를 따라왔달까."

이거 조금 놀랐다. 아무리 첫 참배를 위해서라고 해도 극도의 낯가림인 히이라기가 이렇게 사람이 많은 장소에 오려고 하다니….

"'내가 정신 똑바로 차리지 않으면, 소중한 친구가 힘들어할 때에 도울 수 없어! 그러니까 낯가림을 고치는 특훈을 츠바키가

304

도와줬으면 해!'라면서."

"그런가…."

히이라기가 자신의 문제에 긍정적으로 맞서려는 것은 누가 어떻게 생각해도 좋은 일이다.

좋은 일이지만… 조금 적적하군.

"미안, 모처럼 단둘인 시간을 방해해서."

"아니, 신경 쓰지 마. 녀석도 히이라기랑 만나서 기쁜 모양이고."

"죠로는 나와 만나서 기쁘지 않은 걸까?"

"어?! 아니, 그건…."

"농담이랄까."

어른스러운 웃음을 지으며 윙크를 한 번.

츠바키가 이런 농담을 하는 경우는 드무니까 그만 당황했다.

"뭐… 저기, 기쁜, 데?"

"후후후. 고마워."

"아마츠유. 나는 왠지 기분이 상했어."

"우왓! 너는 어느 틈에 이쪽에 온 거야?!"

놀랐다. 스미레코 녀석, 기척도 없이 옆에 있지 말아 줘.

아니, 딱히 켕기는 이야기를 한 건 아니지만….

"팬지, 오해하지 말아 달랄까. 나와 죠로는 서로를 만나서 기쁘다고 이야기했을 뿐이랄까."

어이, 츠바키. 그거 분명 일부러 한 말이지?

"응. 전혀 오해 없이 기분이 상했어, 츠바키."

"아니, 딱히 기뻐하는 정도는 괜찮잖아."

"아마츠유, 나는 당신이 츠바키와 만나서 기뻐하는 것에 기분 상한 게 아냐."

뭐가 어떻게 돌아가는 건데?

"죠로, 스미레코가 화났어! 얼른 기운 내게 해 줘!"

"저기, 히이라기. 이 녀석의 잘 모를 행동을 일일이 신경 쓰다 간…."

"더 기분이 상했어."

의미 불명이라서 힘들다.

뭐지? 내가 다른 여자랑 이야기한 것만으로 스미레코는 기분 이 상하는 시스템이야?

"죠로, 이건 네가 잘못이랄까."

"뭐어?! 츠바키까지? 나는 딱히…."

"그래. 죠로는 아무것도 하지 않았어. 제대로 이름으로 부르지 도 않았달까."

"…아."

그거?! 어? 그걸로 화내?!

아니, 잠깐만. 얼마 전까지 나는 스미레코를 모두의 앞에서 '팬지'라고 불렀지? 갑자기 변한 호칭을 들려주는 건….

"……."

스미레코가 뺨을 불룩거리며 퉁명스러운 시선을 보내왔다.

아무래도 츠바키의 말처럼 내가 이름을 부르지 않아 삐친 모양이다.

"어, 그러니까… 기분 좀 풀어 주면 안 될까? 스, 스미레코…."

"그래. 어쩔 수 없으니까 그 부탁을 들어줄게."

순식간에 기분이 좋아져서 매력적인 미소를 짓는 스미레코.

연인이니까 스미레코를 과대평가하는 걸까 싶은 생각도 했지만, 주위를 지나가는 사람도 힐끗힐끗 스미레코를 보고 있으니 아마도 과대평가는 아니겠지.

덤으로 기분 좋아진 스미레코가 내 손을 잡아 오자, 왠지 지나가던 남자에게서 가시 돋친 시선이 내게 날아온 것도 같지만 그건 신경 쓰지 않도록 하자.

"오! 죠로와 팬지잖아! 그리고 츠바키와 히이라기도!"

그리고 그때 익숙한 열혈 보이스가 들렸다. 그쪽을 돌아보자, 거기에는 내 베프인 썬과 다른 학교 학생인 보탄 이치카가 있었다.

"여어! 너희도 새해 첫 참배인가!"

"썬도 왔구나."

말과 동시에 스미레코의 손을 놓았다.

옆에서 조그맣게 '기분 상했어'라는 말이 들려왔지만, 못 들은 척했다.

"음! 모처럼의 섣달그믐이니까! 이왕이면 이치카와 함께 참배를 갈까 해서!"

어머, 이 사람, 너무 멋지지 않나요?

"…타이요 씨! 너무 확실히 말하는 건…."

"어? 싫었어?"

"아뇨, 전혀 그렇진 않고요! 저기, 저도 같은 마음이고요…."

새빨간 얼굴을 하면서 썬의 말을 긍정하는 보탄.

베프인 나는 그저 경악할 뿐이다. 설마 이렇게 자연스럽게….

"아마츠유도 보고 배워야 해."

"나도 같은 의견이랄까."

"썬, 멋져!"

시끄러워. 말이나 행동 이전에 나와 썬의 스펙을 비교해 봐.

한 명은 평범한 고등학생.

또 한 명은 코시엔 준우승 투수, 덤으로 키도 크고 완전 미남이다.

가령 내가 같은 말을 했다고 해도, 절대로 같은 결과가 되진 않는다.

"하하핫! 너희도 평소랑 같아서 안심했어! 그보다 이치카는 애들하고는?"

"그렇군요. 만난 적은 있습니다만, 느긋하게 이야기할 기회라 할 것은 별로 없었습니다. 특히나 키사라기 아마츠유 씨와는…

저기, 죠로 씨라고 불러도?"

"그래. 오히려 그쪽이 기쁘겠어."

"알겠습니다. 그럼 오늘부터 당신을 '죠로 씨'라고 부르도록 하겠습니다."

전부터 생각했는데, 보탄은 꽤나 고지식한 성격이군.

썬이 상대면 허둥대는 일이 많지만, 나와 이야기하면 순식간에 냉정한 태도가 되어서 좀처럼 동갑이라고 생각되지 않는다.

"······."

보탄이 말없이 나를 똑바로 바라보았다.

그 뒤에 얼굴을 스미레코 방향으로.

"산쇼쿠인 씨, 질문을 해도 될까요?"

"뭔데?"

"잠시 죠로 씨와 둘이서 이야기하고 싶은 게 있습니다만, 잠시 빌려도?"

"아마츠유랑?"

"네."

어? 보탄이 나랑 둘이서 이야기?

"괜찮아. 다만 너무 오래 이야기하는 건 곤란한데."

"물론 그럴 생각은 없습니다. 10분이면 끝나는 이야기니까요."

"알았어."

"감사합니다. 그럼 죠로 씨, 잠시만 와 주시겠습니까?"

"어? 나는 괜찮지만 썬은….”

"괜찮아! 둘이서 이야기하는 동안은 내가 세 사람의 곁에 확실히 있을 테니까 안심해!"

뭐, 썬이 좋다면 괜찮지만.

"알았어.”

이렇게 나는 보탄과 둘이서 이동하게 되었다.

"실은 죠로 씨에게서 꼭 들었으면 하는 이야기가 있습니다.”

많은 인파 사이를 누벼서 이동한, 조금 커다란 나무 밑에서 보탄이 기세 좋게 그렇게 말했다.

"어? 나한테? 뭐, 내가 할 수 있는 거라면….”

"괜찮습니다. 이건 죠로 씨밖에 대답할 수 없는 것이니까요.”

"그, 그래.”

"그럼… 어흠.”

기분 좋게 헛기침을 한 번. 그 뒤에 씩씩한 시선을 내게 보냈다.

"숨길 것도 없겠죠. 저와 타이요 씨는 연인 관계라는 것입니다.”

너, 그걸 숨긴다고 숨긴 거였냐?

"호, 호오….”

"역시 놀라는군요. 그 마음은 잘 압니다.”

아마 아무것도 모르겠지.

"저도 저 같은 여자가 저렇게 멋진 남성과 연인이 될 수 있다고는 생각도 해 보지 않았습니다."

너도 충분히 정도가 아니라 꽤나 미인이야.

나와 스미레코와 비교하면 미남미녀의 이상적인 커플로밖에 안 보여.

이쪽은 미(微)남미(美)녀니까.

"하지만 그래서 불안하기도 합니다⋯."

보탄이 어두운 표정으로 말을 흘렸다.

"불안? 뭐가?"

"저기, 저와 타이요 씨는 연인 관계가 되었습니다만, 이렇다 할 진전이 없어서⋯."

"진전?"

"가능한 것은 손을 잡는 것뿐. 그다음으로 전혀 진전이 없어서⋯ 역시 제게는 매력이 부족한 게 아닐까 불안합니다⋯."

그거, 썬이 소극적이라서 그런 거야.

평소에는 열혈 미남이지만, 진짜 썬은 꽤나 신중파니까.

"그러니 한 발 전진하고 싶다고 생각합니다."

"그래. 즉 보탄은 썬과⋯."

"네, 오늘이야말로 꼭 팔짱을 끼겠습니다."

조금 더 앞으로 나아가지 않겠습니까?

"그래서 죠로 씨에게 들었으면 합니다. 당신은 팬지 씨와 연인 관계죠? 타이요 씨에게 어제 무사히 연인이 되었다고 들었습니다만."

"어, 어어…. 틀린 말은 아냐."

얼굴을 맞대고 그런 말을 들으니 창피하네.

"그렇죠. 게다가 아직 연인이 되고 하루밤에 지나지 않았는데 벌써 손까지 잡고 있었습니다. 저는 두 달이나 걸렸는데…."

실은 연인이 되기 전부터 잡았던 경험이 있다고 전하면 어떻게 될까?

"참고로 묻는데, 혹시 두 분은 그 이상까지?"

"상상에 맡길게."

"즉 이미 페어룩으로 외출할 준비까지 되었다고요?"

이 아이의 연애 기준을 잘 몰라서 큰일이다.

말해 두겠는데, 나는 페어룩 같은 창피한 짓, 절대로 안 할 거다.

"역시 당신에게 부탁하기로 한 것이 정답이었습니다."

"아니, 그런 거라면 같은 여자인 스미레코에게 묻는 편이 좋지 않아?"

"이거야 원…. 죠로 씨는 아무것도 모르는군요…."

아니, 너보다는 아마 잘 알아.

"저렇게 예쁜 여성과 제가 같은 일을 할 수 있을 리 없지 않습니까. 제게 필요한 것은 평범한 이의 지식입니다."

순수한 거야? 순수하고 자연스럽게 나를 디스하고 있는 거야?

"또한 죠로 씨는 타이요 씨와 친한 사이. 타이요 씨 자신도 '죠로는 나를 정말로 잘 알아줘!'라고 행복하게 이야기했습니다. 그런 미소, 저로서는 끌어낼 수 없습니다⋯."

오해가 생겨날 만한 표현은 최대한 피해 줬으면 합니다.

하지만 썬에 대해 잘 아냐고 묻는다면 바로 고개를 끄덕일 수도 있고⋯. 꼭 전부 다 틀린 소리는 아니로군.

"그러니까 부탁드립니다. 제게 타이요 씨에 대해 알려 주세요."

정중하게 깊이 고개를 숙이는 보탄.

두 사람의 관계에 진전이 없는 이유는 보탄에게만 있는 게 아니다.

오히려 썬이 원인의 태반을 차지하겠지.

저렇게 보여도 썬은 꽤나 소극적인 성격이고, 더 말하자면 겁쟁이다.

보탄에게 거절당하는 게 무서워서 현행 유지에 만족하고 있을 가능성이 크다.

두 사람에게는 두 사람의 사정이 있으니까 내가 너무 개입하는 것도 그렇다 싶지만⋯.

"알았어. 나라도 좋다면 협력하지."

썬에게는 어제까지 큰 빚을 졌으니까.

그걸 조금 정도는 갚아 보도록 할까.

"감사합니다."

지금까지의 어딘가 인간미 없는 담백한 표정에서, 나이에 어울리는 귀여운 미소로.

썬은 이 미소에 넘어간 거구나 싶어서, 왠지 모르게 납득했다.

※

"타이요 씨가 겁이 많다? 정말입니까?"

"그래. 썬은 저렇게 보여도 꽤나 조심스런 타입이고 겁 많은 일면이 있어."

"듣고 보니 그럴지도 모르겠네요. 타이요 씨는 시합에서도 중요한 순간에 꼭 볼을 던지는 경향이 있었고…."

그렇지. 썬이 대단한 투수라는 건 틀림없다.

하지만 멘탈 쪽으로는 몇 가지 과제를 남기고 있다.

"그렇지? 그러니까 보탄은 사양 말고 자기가 하고 싶은 바를 팍팍 밀어붙이면 된다고 생각해. 썬도 그편을 기뻐할 거고."

"알겠습니다. 제 나름대로 할 수 있는 일에 도전해 볼까 합니다."

담백한 표정인 채로 살짝 기합을 넣는 모습.

그 모습이 조금 스미레코와 비슷해서 두근거렸다. 살짝 죄악감.

"그럼 슬슬 돌아갈까. 꽤 오래 이야기했고."

"그렇군요. 10분이던 예정이 17분이나 이야기했습니다. 사죄

해야만 하겠습니다."

이 애, 세세한 면까지 신경 쓰는 타입이군.

"오! 돌아왔나!"

"어서 와, 아마츠유, 이치카."

우리가 돌아오자 히이라기와 츠바키의 모습은 보이지 않고, 있는 것은 썬과 스미레코뿐.

어, 두 사람은 어디에….

"히이라기가 '이미 충분히 연습했으니까, 이제 집에 가서 뜨뜻한 곳에서 뒹굴거릴 거야!'라면서 둘이서 돌아갔어."

과연. 낯가림 개선의 노력은 하지만, 한계는 있었나.

"그런가. 그럼 우리는…."

"죠로 씨, 팬지 씨. 여기서부터는 저희도 개별 행동을 하죠."

"어?"

"서로 친구랑이 아니라 연인과 보내고 싶은 때도 있겠죠?"

"아…. 뭐, 그런가. …알았어. 그럼 썬…."

"음! 다음에 만나는 건 내년이다!"

웃으면서 엄지를 척.

나와 보탄이 무슨 이야기를 했는지 모르기 때문일까, 평소의 여유 있는 태도가 눈에 띈다.

"그럼 타이요 씨, 가죠."

"어?! 어어어어?!"

하지만 그 여유는 보탄의 행동에 의해 와해.

마치 그렇게 되는 게 결정되어 있었던 것처럼 자연스러운 움직임으로 보탄이 썬의 팔에 자기 팔을 감았다.

"어, 어이, 이치카…."

"제가 하고 싶으니까 이렇게 했습니다. 불편하신가요?"

"아니, 그런 건 아니지만…."

새빨간 얼굴로 허둥대는 썬.

왠지 모르게 베프의 새로운 일면을 보게 된 듯해서 기뻤다.

"그럼 가죠. 죠로 씨, 감사합니다."

"그래. 보탄도 힘내."

아직 상황을 이해하지 못해 혼란스러워 하는 썬은 어딘가 만족스러운 기색인 보탄과 함께 떠나갔다.

자, 그러면….

"그럼 우리도 갈까?"

나도 자연스럽게 팔을 내밀며 스미레코에게 그렇게 말했다.

"어머? 별일도 다 있네."

"섣달그믐이니까."

보탄에게 말했던 적극성. 그건 꼭 썬에게만 적용되는 게 아니다.

지금까지의 일이 일이었으니까 나도 스미레코에게 비교적 조심스러워하는 경향이 있었다.

하지만 지금 우리는 연인이다. 나도 조금은 애써 봐야겠지.

"후후후. 아주 기뻐."

그 뒤로 나와 스미레코는 둘이서 팔짱을 끼고 인파 사이를 나아갔다.

평범하게 걸으면 5분 정도면 도달할, 제야의 종이 있는 장소까지도 이런 인파 속이라면 이야기가 다르다.

좀처럼 인파가 움직이질 않는다.

"뭐랄까, 지금까지의 우리 같네."

"무슨 소리야?"

"여러 마음이 꽉꽉 들어차 있어서 좀처럼 진전이 없어. 그러니까 조금씩… 조금씩 전진하는 거야."

"듣고 보니 그럴지도."

여러 마음이 뒤엉켜서 전진할 수 없게 된, 일그러진 관계.

그러니까 하나씩, 하나씩 그 엉클어짐을 풀어서 간신히 앞으로 나아갔다.

"썬과 이치카가 저런 관계가 되다니, 생각도 하지 못했어."

"그래. 나도 놀랐어."

하지만 그건 썬만이 아니다. 니시키즈타 고등학교의 모두와 지금 같은 관계가 되다니, 4월 당초에는 전혀 상상할 수조차 없었다.

"다만, 뭐… 앞으로도 변해야만 하겠지만."

"그래…. 방금 전에도 내 왜소함을 깨달았어."

스미레코의 표정이 어두워졌다.

"왜소하다고?"

"만난 게 츠바키와 히이라기라서 안도했거든…."

그런 건가…. 우리는 그냥 연인 관계가 된 게 아니다.

이 관계에 도달하기까지 많은 사람에게 폐를 끼치고 상처를 주고 이 관계에 이르렀다.

그러니까 지금까지 상처 입힌 자신의 소중한 이들과 만나는 게 무섭다.

나조차도 그런 마음은 있다.

분명 스미레코는 나 이상으로 강한 감정을 품고 있겠지.

"스미레코가 곤경에 처하면 도와줄게. …약속이니까."

1학기에 스미레코와 싸웠을 때, 나는 이 녀석과 약속했다.

곤경에 처하면 돕는다.

심플하고 진부한 약속이다. 하지만 나는 그걸 반드시 지키기로 결심했다.

"고마워. …아마츠유."

"딱히 됐어. 그보다 그렇게 걱정할 필요도 없으리라 생각하는데."

"응?"

"아니, 그렇잖아? 어제까지 녀석들은 전원 스미레코의 편을 들었잖아. 덕분에 내가 얼마나 고생했는지⋯."

겨울 방학, 마지막 문제 '스미레코를 찾아라'.

어제까지 어떻게든 나는 스미레코를 찾아야만 했는데, 그 녀석들은 전부 스미레코가 있는 곳을 가르쳐 주지 않고 숨기려 했다. 최종적으로 무사히 찾을 수 있어서 다행이지만, 그렇지 못했으면 어떻게 되었을지⋯.

"후후후, 그래⋯. 그랬지."

"그러니까 자신을 가져. 오히려 내가 걱정하는 건 지금 바로 이 순간이야."

"무슨 말이야?"

"아니, 뭐라고 할까, 왠지 예상 밖의 트러블이 일어날 듯한 느낌이 들어서⋯."

"그 점이라면 괜찮아. 아까 아마츠유와 이치카를 기다리는 동안 벤치에 앉아서 확인했는데 '이건 어디까지나 부록이니까 아무 일도 일어나지 않아치. 팬지와 죠로는 둘이서 느긋하게 보낼 수 있어치'라는 말을 들었어."

미안, 무슨 말을 하는 건지 잘 모르겠다. 하지만 추궁은 하지 않는다.

왜냐면 나에게 트라우마가 강한 단어가 섞여 있었으니까.

"'하지만 3학기부터는 또 잘 부탁해치'래."

"누구한테 말하는 건지 모르겠지만, 안 들은 걸로 해 둘게."

왜 모처럼의 섣달그믐에 이런 불길한 말을 들어야만 하는 거지?

"아무튼 얼른 가자. 나는 꽤 지치기 시작했어."

"얼른 가려고 해도 좀처럼 앞으로 갈 수가 없는걸."

"그럼 평소와 같군."

23시 50분.

인파 때문에 좀처럼 나아갈 수 없던 우리도 목적지에 무사히 도착.

하지만 그다음부터가 큰일이었다. 목적지인 제야의 종 주위에는 지금까지 이상으로 사람이 많아서 좀처럼 설 자리를 확보할 수 없었다.

걷는 것보다도 오히려 계속 서 있는 편이 힘들었다.

"새해 첫 참배라는 게 이렇게 힘들었구나."

아무래도 나와 같은 생각을 스미레코도 품었던 모양인지, 담담한 표정이면서도 조금 힘들어하는 기색이 언뜻 비쳤다. 그러고 보면 어제도 이 녀석은 계속 서 있었지.

야구장에서 혼자서, 올지 안 올지 모르는 나를 계속 기다리고….

"게다가 생각 이상으로 추워⋯."

팔에서 전해지는 스미레코의 떨림. 나도 스미레코도 방한 대책은 나름 하고서 여기에 왔다지만, 그래도 역시 추운 건 춥다.

뭔가 온기를 얻을 수 있는 게 있으면⋯ 아, 그렇지.

"⋯⋯."

"아마츠유, 왜 그래?"

갑자기 말이 없어진 나를 스미레코가 고개를 갸웃거리면서 바라보았다.

한 가지, 온기를 얻을 방법을 떠올렸다. 생각대로 잘 되면 스미레코는 온기를 얻을 수 있다.

다만 실패하면 최악이다. 지금과 비교도 할 수 없을 정도의 극한이 다가오고, 정말로 쓸쓸한 새해를 맞게 되겠지.

자, 어떻게 한다? 아니, 여기선 각오를 하고⋯.

"있잖아! 아스나로, 더 가까이 가자! 종소리가 대앵 하는 거, 나 가까이서 제대로 듣고 싶어!"

"좋습니다. 다만 주위 사람에게 폐가 되지 않도록 해 주세요. 오늘 정도는 트러블 없이 지내고 싶으니까요."

"아! 히마와리, 아스나로, 둘이서만 가다니 너무해! 나도! 나도 같이 갈 거니까!"

"아~! 사잔카가 있어~! 역시 돌아온 게 정답이었어~!"

"우왓! 히, 히이라기! 너도 와⋯ 으아아아아아! 갑자기 껴안고 들지 마! 넘어지면 위험하잖아!"

"휴우…. 이걸로 나도 조금 쉴 수 있달까. 하지만 내년에도 분명 재미있는 일이 많이 일어나겠지. …후후후."

"우홋! 사람이 많아서 아무것도 보이지 않습니다! 대체 어떻게 하면… 아! 떠올랐습니다! 토쿠쇼 선배, 목말 태워 주세요! 우후홋!"

"내, 내 어깨에 올라간다고?! 너, 너 이놈… 목숨이 아깝지 않은가 보구나?"

"츠키미, 왠지 안 좋은 예감이 드니까 여기서 조금 이동을… 푸핫!"

"아파앗~! 사람이 많아서 넘어져 버렸어… 어, 어라? 츠키미찌잖아! 츠키미찌도 왔구나! 그럼 혹시 호스찌도… 오오오옷?!"

"호스, 밑에 깔렸어. 납작."

"하아…. 체리 선배는 여전히 무시무시할 정도로 덤벙대네…. 모처럼의 생일에 왜 묘한 트러블을 일으키는 걸까…."

"하지만 나는 비올라랑 같이 와서 기뻐. 내년에도 같이 오자."

"후후후…. 나도 동감이야, 리리스."

"왠지 시끄러운 소리가 들렸습니다만, 타이요 씨의 친구 아닌가요?"

"그런가 보군! 참 녀석들은 정말 언제나 변함이 없어!"

어디선가 낯익은 목소리가 들려왔다.

어이어이, 설마 전원 집합이냐.

게다가 돌아간다고 말했을 터인 히이라기와 츠바키도 있고.

"다들 왔구나. 그렇다면… 어머?"

목소리가 들린 쪽으로 가려는 스미레코의 팔을 나는 강하게 붙잡았다.

갑작스러운 행동에 의미를 모르겠다는 듯이 스미레코는 고개를 갸웃거렸다.

"왜 그래, 아마츠유?"

상황은 좀처럼 좋지 않다.

내가 스미레코에게 온기를 주기 위해 떠올린 작전은 실패하면 낭패를 겪는다.

더불어서 지인들이 보기라도 하면 정말로 최악 중의 최악.

하지만 아무리 최악 중의 최악이라도, 실패하면 낭패를 겪더라도,

"좋아해, 스미레코."

하기로 마음먹었으면 한다. 그게 나의 모토다.

"……! 다, 당신은 무슨 소리를 하는 거야?"

내 말을 들은 순간, 스미레코는 누가 봐도 알 정도로 얼굴을 붉혔다.

내심 식은땀을 흘렸지만, 아무래도 잘 된 모양이다.

"춥다고 말했으니까. 온기를 얻을 수단을 실행해 봤어."

"그렇다고 해도 때와 장소를 생각해 줘. 여기에는 사람들이…"

"그런 건 신경 쓰지 않기로 했어. 아직 추워?"

"……춥지 않아."

나에게만 들릴 정도로 가느다란 목소리로 스미레코가 그렇게 말했다.

평소에는 공격당하기만 하는 나지만, 이따금은 공수 역전.

허둥대는 스미레코라는 구도도 보고 있으면 재미있다.

"그럼 다음은 그쪽 차례야."

"무슨 의미야?"

"나도 추워."

"……!"

스미레코의 얼굴이 한층 붉게 물들었다.

"여기에는 사람이 많아. 게다가 혹시나 친구들에게 들킬 가능성도…"

"괜찮아. 다들 우리를 아직 못 찾았어."

"근거가 없어."

"하아…. 춥다~ 엄청 추워~ 나는 스미레코를 위해 힘냈는데, 스미레코는 나를 위해 힘내질 않네~ 몸도 마음도 극한이야~"

"역시 당신은 못됐어."

"그래. 알고 있잖아?"

내 성격이 배배 꼬인 정도야 나 자신이 제일 잘 알고 있다.

애초에 그걸 말하자면 스미레코도 그렇다.

방약무인에 배배 꼬였고, 하지만 사실은 자기가 하고 싶은 것을 꾹 참고….

"얼른 어떻게 좀 해 줬으면 좋겠네~"

그러니까 누구보다도 사랑스러운 존재가 되었다.

"……."

침묵의 십 몇 초.

하지만 그 뒤 결심을 한 눈동자로 나를 바라보더니,

"눈을 감아 줘."

새빨간 얼굴로 그렇게 말했다.

지시대로 나는 조용히 눈을 감았다.

타이밍 좋게 울리는 제야의 종. 우리의 한 해는 끝을 고했다.

"따뜻해."

그리고 또 새로운 한 해가 시작된다.

「나를 좋아하는 건 너뿐이냐」 마침

◆작가 후기◆

지금까지 함께해 주신 독자 여러분, 진심으로 감사드립니다.

이 17권으로 『나를 좋아하는 것은 너뿐이냐』는 완결됩니다.

완결됩니다… 아마도. 응, 아마도로군요….

확정적으로 말했다가 나중에 실은 말이죠~ 싶을 때에 '에헤헷' 하고 변명을 해야만 하는 상황이 되니까, '아마도'라는 애매모호한 말을 덧붙이도록 하겠습니다.

이전에도 '다음 권으로 끝입니다'라고 말했으면서 다다음 권을 낸 전과자니까요.

실패해도 좋다. 하지만 그 실패를 거듭하지 않는 노력을 한다. 중요한 일입니다.

하지만 그 실패 덕분에 가능한 것도 있습니다. 지난번에 많은 분에게 감사를 전한 저입니다만, 끝이 없어서 스톱한 감사를 다시 한번 할 수 있게 되었습니다.

츠바키를 맡아 주신 토야마 씨, 호스를 맡아 주신 후쿠야마 씨, 체리를 맡아 주신 타네다 씨, 츠키미를 맡아 주신 코하라 씨, 시바를 맡아 주신 오사카 씨, 로리에를 맡아 주신 타무라 씨, 카리스마 그룹 B코를 맡아 주신 쿠보타 씨, 카리스마 그룹

C코를 맡아 주신 토와노 씨, 카리스마 그룹 D코를 맡아 주신 타케다 씨, 카리스마 그룹 E코를 맡아 주신 카자마 씨, 아야노코지 하야토를 맡아 주신 카미키 씨, 아주머니를 맡아 주신 아키호 씨, 이것저것 맡아 주신 카네마사 씨. 모두들 진심으로 감사드립니다.

혹시 실수로 누군가를 잊었을 경우에는 그거죠. 정말로 죄송합니다!

정말로 『나를 좋아하는~』의 애니메이션화는 즐거웠습니다. 모두가 하나가 되어서 전력으로 부딪치거나, 진지한 대화를 나누면서 만들어 갈 수 있었던 멋진 경험이 되었습니다.

컨트롤룸에서 지적을 하거나 과자를 먹었던 것은 정말 좋은 추억입니다.

혹시 또 기회가 있다면 부디 같은 멤버로 애니메이션을 만들고 싶군요.

8권의 극장판도 괜찮다고 생각합니다. 주인공의 출연이 적지만.

다만 그게 이루어지지 않더라도 또 새로운 작품으로 꼭 모두와 함께할 수 있기를!

그럼 마지막으로 항상 하던 감사 인사를.

마지막(?)까지 함께해 주신 독자 여러분, 진심으로 감사드립니다. 이게 아마도, 응, 정말로 아마도 최종권입니다. 아마도,

정말로 아마도.

　브리키 님, 멋진 일러스트 감사드립니다. 그리고 앞으로도 잘 부탁드립니다. 『샤인포스트』도 함께 잘 만들어 가죠!

　담당 편집자 여러분, 끝까지 저를 돌봐 주셔서 감사합니다. 앞으로도 많이 폐를 끼치겠습니다만, 부디 잘 부탁드립니다.

　내가 좋아하는 것은 모두야.

라쿠다

나를 좋아하는 건 너뿐이냐 [17]

2023년 9월 10일 초판 발행

저자 라쿠다 | **일러스트** 브리키 | **옮긴이** 한신남
발행인 정동훈 | **편집인** 여영아
편집 팀장 황정아 | **편집** 노혜림
발행처 (주)학산문화사 | 서울특별시 동작구 상도로 282 학산빌딩
편집부 02.828.8838(전화), 02.816.6471(팩스) | **영업부** 02.828.8986(전화), 02.828.8890(팩스)
홈페이지 www.haksanpub.co.kr | **등록** 1995년 7월 1일 | **등록번호** 제3-632호

ORE WO SUKINANOHA OMAEDAKEKAYO Vol.17
©Rakuda 2022
Edited by 전격문고
First published in Japan in 2022 by KADOKAWA CORPORATION, Tokyo.
Korean translation rights arranged with KADOKAWA CORPORATION, Tokyo.
through Korea Copyright Center Inc.

ISBN 979-11-411-0042-1 04830
ISBN 979-11-256-9864-7 (세트)

값 7,000원

라스트 엠브리오 8

타츠노코 타로 지음 | 모모코 일러스트

〈문제아 시리즈〉 완결 이후
언급되지 않았던 3년,
그 추상과 시동을 말하는 제8권!!

제2차 태양주권전쟁 제1회전이 열린 아틀란티스 대륙에서 격투를 뛰어넘은 '문제아들'. 세 명이 모인 평온한 시간은 실로 3년만…. 그동안 각자 보낸 파란의 나날. '호법십이천'에 들어온 의뢰에서 시작된 이자요이 일행과 화교와의 싸움. '노 네임'의 두령이 된 요우가 한 달 이상 행방불명된 사건. '노 네임'에서 독립한 아스카가 '계층지배자'로 임명되는데…?! 서로 마음을 열고 잠시 휴식을 취한 후, 모형정원 바깥세계를 무대로 한 제2회전이 막을 연다!

(주)학산문화사 발행

물리적으로 고립된 나의 고교생활 4

모리타 키세츠 지음 | Mika Pikazo 일러스트

유감스러운 이능력자들도
자신을 바꿀 수 있는(?)
청춘 미만 러브 코미디 제4탄!

나, 하구레 나리히라에게는 친구가… 있다! 문화제를 거쳐 마침내 동성 친구가 생겼다는 쾌거도 이루었다. 하지만 이능력 '드레인'은 건재하기에 여전히 학급에서는 고립되어 있다. 괴롭다. 수학여행이 다가오며 점점 애가 타는 가운데, 인관연의 문을 두드린 사람은 리얼충 요소를 잔뜩 가진 잘생긴 후배 여학생 아사쿠마 시즈쿠. 긴장하면 모습이 사라져 버리는 성가신 이능력을 극복하고 싶다는 그녀가, 설마 했던 시오노미야에게 제자로 삼아 달라며 지원…이라니. 내가 할 말은 아니지만 괜찮은 거야?!

(주)학산문화사 발행

신역의 캄피오네스 3

타케즈키 조 지음 | BUNBUN 일러스트

일본을 무대로
새로운 신화급 배틀의 막이 오른다!!

일본을 흔드는 여신 '이자나미' 강림…!! 북유럽 신화 세계에서 귀환한 렌 일행은 리오나와 약혼을 진행하기 위해 일본의 마술 조직 '신기원'의 본거지 교토를 찾았다. 리오나의 동생 후미카도 등장하고, 미래의 가족과 사이를 돈독히 다져 나가는 렌. 하지만 교토에 새로운 공간왜곡이 발생해 신화 세계와 연결되고 만다!! 생크추어리 요모츠히라사카. 일본 신화 세계를 순식간에 멸망시킨 여신 이자나미는 일본으로 침공. 간사이 지방은 요모츠시코메라 불리는 흉악한 좀비들로 득실거리게 되고 만다. 유래 없는 위기에 손쓸 방도조차 찾지 못하던 신기원은 유일하게 신에게 대항할 수 있는 '신살자' 로쿠하라 렌에게 일본을 맡긴다…!

(주)학산문화사 발행

아다치와 시마무라 10

이루마 히토마 지음 | raemz 일러스트 | 논 캐릭터 디자인

이루마 히토마가 선사하는
평범한 여고생들의 풋풋한 이야기, 제10탄!

나는 내일 이 집을 떠난다. 시마무라와 같이 살기 위해서. 나도 시마무라도 어른이 되었다. "아~다치." 벌떡 일어났다. "으아앗." 호들갑스럽게 뒤로 물러선 나를 보고 시마무라가 눈을 휘둥그렇게 떴다. 장난스럽게 양손을 들어 올렸다. 아래로 내려와 눈에 걸친 머리카락을 쓸어넘기면서 좌우를 둘러보고 이제야 상황을 이해했다. 아파트로 이사를 왔다. 둘이서 지내는구나. 앞으로 계속. "자, 잘 부탁합니다." "나도 많이 부탁을 하게 될 테니, 각오해 둬." 나의 세계는 모든 것이 시마무라로 되어 있었고, 앞으로 계속될 미래에는 그 어떤 불안도 없었다.

(주)학산문화사 발행

전생소녀의 이력서 6

카라사와 카즈키 지음 | **쿠와시마 레인** 일러스트

검과 마법의 이세계로 전생한
절세 미소녀의 행복찾기, 제6탄!

결계가 붕괴되어 왕국 전체가 혼란에 빠졌다. 하지만 루비포른령은 지금까지 행한 영지정책과 타고사쿠가 퍼뜨린 요르의 가르침으로, 마물의 피해를 최소한으로 억누를 수 있었다. 루비포른 영내의 혼란이 진정되기를 기다리다. 알렉에게 받은 '신을 죽이는 검'을 가지고 배쉬에게 돌아가는 료. 마물 대책으로 성냥이 유효하다고 실감한 료는 다시 한번 흰 까마귀 상회를 이용하여 다른 영지로 성냥을 보내는 계획을 실행한다. 흰 까마귀 상회의 인원을 늘리고 길을 정비하여 성냥 등의 배급이 다른 영지로 전달되면서 왕국을 뒤흔든 마물 재해도 진정되기 시작할 무렵, 왕도에서 어느 상인이 찾아오는데….

(주)학산문화사 발행

학전도시 애스터리스크 17

미야자키 유 지음 | 오키우라 일러스트

최고봉의 배틀 엔터테인먼트,
릿카의 영웅들이
지고무상의 대단원을 장식한다!

애스터리스크의 모든 이야기가 여기서 끝난다…! '왕룡성무제' 결승 스테이지의 유리스 vs 오펠리아, '식무제' 스테이지의 아야토 vs 마디아스. 앞과 뒤, 양쪽에서 마지막 승부를 내야 하는 때가 왔다. 금지편 동맹의 음모로 애스터리스크 전역을 혼란으로 몰아넣은 사건들도 클로디아와 학생들의 활약으로 진정되고, 드디어 종국의 순간이 가까워진다. 그리고 모든 것이 끝난 후, 아야토는 유리스를 비롯한 소중한 동료들의 마음에 진지하게 답해야 하는데….

(주)학산문화사 발행